Stefanie Brunswick

Flockenkuss

zwischen Apfelpunch und Zimtsternen

Stefanie Brunswick

Flockenkuss

zwischen Apfelpunch und Zimtsternen

*Bibliografische Information der Deutschen Nationalbibliothek:
Die Deutsche Nationalbibliothek verzeichnet diese Publikation in
der Deutschen Nationalbibliografie; detaillierte bibliografische Daten sind im Internet über http://dnb.dnb.de abrufbar.*

© *2021 Stefanie Brunswick*

*Covergestaltung: Jessica Dueren
Lektorat: Daniela Seiler
Korrektorat: Mila Marten
Herstellung und Verlag: BoD – Books on Demand, Norderstedt*

ISBN: 9783754336441

Kapitel 1

Sarah

„Etwas weiter nach rechts."

Vorsichtig bewegt Carlos die drei Meter große Tanne ein kleines Stück.

„Stopp, stopp. Das ist zu weit. Ein paar Zentimeter zurück", ordnet Frau Herald an, während um sie herum Gäste durch die Empfangshalle des Hotels flitzen, ankommen und abreisen. Manche bleiben kurz stehen und schauen dem Geschehen zu. Das Aufstellen des Weihnachtsbaumes bringt jedes Jahr ein festliches Gefühl mit sich. Der Platz direkt vor der gemütlichen Sitzecke ist perfekt für ihn.

Carlos, der als Portier eigentlich andere Sachen zu erledigen hätte, schiebt den Baum geduldig in die entgegengesetzte Richtung. Gespannt wartet er auf Frau Heralds Urteil.

„Hm. Irgendwie wirkt die Tanne immer noch schief." Sie kneift die Augen zu kleinen Schlitzen zusammen. „Vielleicht liegt es daran, dass rechts unten dieser große Ast herausragt." Sie verschränkt die Arme und guckt sich den Baum von mehreren Seiten an, während das gute Stück von Carlos im Schweiße seines Angesichts stillgehalten wird.

„Dreh ihn mal um ein Viertel", ordnet sie an.

Jan steht neben mir. Sein ganzer Körper bebt, denn er kann sich das Lachen kaum noch verkneifen. Ich muss zugeben, dass ich auch große Mühe damit habe und beiße mir immer wieder auf die Zunge.

Schon letztes Jahr war ich zufällig zum Dienst eingeteilt, als der Weihnachtsbaum für die Hotelhalle aufgestellt wurde und genoss das unfreiwillig komische Schauspiel. Diese Saison knüpft nahtlos daran an. Inzwischen hat der arme Carlos die Tanne einmal im Kreis gedreht, und Frau Herald ist immer noch nicht zufrieden. Sie besitzt zusammen mit Herrn Herald das Anton-Xaver Hotel, doch während er das Familienunternehmen leitet und jeden Tag anzutreffen ist, lässt sie sich für gewöhnlich nur zwei bis dreimal im Jahr im Hotel blicken. Das Aufstellen des Weihnachtsbaums ist einer der Termine und von allen Beteiligten gefürchtet. Der Vorgang kann mehrere zermürbende Stunden dauern.

Passend spielt im Hintergrund ein Orchester 'Oh Tannenbaum', denn Frau Herald hat uns ihre Playlist mitgebracht, die in den nächsten vier Wochen rauf und runterlaufen wird.

Ein Mann, der inzwischen vor dem Rezeptionstresen steht, räuspert sich, und ich reiße mich vom Geschehen am Baum los. Schnell trete ich auf ihn zu.

„Guten Tag. Wie kann ich Ihnen helfen?"

„Hallo, Frau ..." Er rückt die Brille auf seiner Nase zurecht und liest meinen Namen vom Schildchen, das ich trage. „... Sarah Kellermann. Wir sind die Müllers. Für uns ist ein Zimmer gebucht."

Er und seine Frau strahlen mich an und sind sichtlich voller Vorfreude auf ihren Aufenthalt. Mit solchen Gästen macht der Job Spaß. Ich begrüße die beiden, überprüfe die Reservierung kurz und schiebe ihnen den Papierbogen zu, auf dem sie mit einer Unterschrift die angegebenen Daten bestätigen sollen.

„Sie haben bis Freitag reserviert", lese ich vom Monitor ab.

„Ja. Eine weihnachtliche Städtereise. Ein Geschenk der Firma meines Mannes, als er in Rente ging", erzählt Frau Müller.

„Das ist ja schön. Wenn ich Ihnen mit Auskünften helfen kann, lassen Sie es mich wissen", biete ich lächelnd an.

„Das wäre wunderbar. Wir waren noch nie in München."

Ich händige ihnen die Schlüsselkarte für ihr Zimmer aus und falte dann einen kleinen Stadtplan auf, um zu erklären, welche Dinge sehenswert sind.

Neben mir klingelt das Telefon unermüdlich und hinter dem Ehepaar Müller reiht sich bereits der nächste Gast ein. Da ich beschäftigt bin und mich weder um das eine noch um das andere kümmern kann, gucke ich mich suchend nach Jan um. Der steht weiter vorne an der Rezeption und flirtet mit einer der Kellnerinnen.

„Jan. Könntest du mal übernehmen?", frage ich freundlich, aber bestimmt.

Enthusiastisch, als wäre er der Retter des Tages, kommt er angerauscht und begrüßt den wartenden Gast. Nachsichtig grinse ich. Typisch Jan. Er wird im Sommer seine Ausbildung zum Hotelfachmann abschließen, und wenn dieser Job auch oft stressig sein kann, lässt Jan sich nie aus der Ruhe bringen.

Wie an den meisten Montagen stehen viele Anreisen an. Die Freizeitgäste vom Wochenende sind abgereist, und Geschäftsleute beziehen die Zimmer. Ein Kommen und Gehen. Als ich das nächste Mal aufblicke, sehe ich Carlos auf der großen Leiter. Vorsichtig befestigt er die Lichterkette am Baum und folgt den Instruktionen von Frau Herald.

„Was habe ich verpasst?", höre ich die Stimme von Laura, der Empfangschefin, hinter mir. Sie kommt aus dem angrenzenden Büro und gesellt sich zu mir.

„Nicht viel. Es geht langsam voran und dauert sicherlich noch eine Weile, bis der Weihnachtsbaum fertig ist."

Sie lacht herzhaft und guckt auf die Uhr. „Ich muss mal eben in das Meeting für die zwei großen Weihnachtsfeiern nächste Woche. Jan und du kommt klar, oder?"

„Ja, geh nur. Falls wir plötzlich untergehen, rufe ich dich auf dem Handy an."

Sie hebt den Daumen. „Ach, und vergiss nicht, dass Herrn Keimels Abreise noch ansteht." Sie verdreht die Augen. „Wenn es Probleme gibt, dann melde dich, und ich komme sofort."

Missmutig nicke ich. Besagter Gast ist ein bisschen ... schwierig, um es vorsichtig auszudrücken. Er reiste am Freitag an und blieb nur übers Wochenende. Trotzdem hat er sein Hotelzimmer in der kurzen Zeit zweimal gewechselt, weil er beide Male etwas auszusetzen hatte. Zu allem Überfluss hat ihm in unserem Hotelrestaurant einer der Kellner versehentlich Soße über sein Hemd gekleckert und zusätzlich wurde an einem der Tage sein

Zimmer nicht gründlich genug gereinigt. So lautete zumindest seine Beschwerde. Insgesamt brachte ihm das einen Preisnachlass von fünfzig Prozent ein. Meiner Meinung nach gar nicht so schlecht. Man muss sich nur oft genug beschweren und schon kann man sich das teuerste Hotel leisten. Sollte ich vielleicht auch mal ausprobieren, doch natürlich weiß ich, dass ich mich nie so verhalten könnte.

Seufzend sehe ich Carlos dabei zu, wie er von der Leiter steigt. Die Lichter sind an den Ästen befestigt, und Frau Herald scheint zufrieden. Sie macht sich daran, ihren silbernen Baumschmuck zu verteilen. Dazwischen hängt sie lilafarbene Engelfiguren. Jedes Jahr dasselbe. Es ist nicht so, dass ich Silber oder Lila nicht mag, aber ich finde Rot und Gold viel festlicher. Mein Weihnachtsbaum zu Hause wird jedenfalls diese Farben tragen.

Gedankenverloren schaue ich den großen Tannenbaum vor mir an. Elegant und pompös ist er mit seiner drei Meter hohen Pracht allemal. Mit der Musik im Hintergrund kommt langsam wirklich Weihnachtsstimmung auf.

Jan reißt mich aus meiner weihnachtlichen Trance, als er sich hinter mir versteckt. „Ich checke den Kerl nicht aus", flüstert er mir zu.

Oh. Herr Keimel kommt direkt auf uns zu. Sein grau meliertes Haar wippt bei jedem seiner Schritte.

„Ist schon gut. Ich übernehme das", lasse ich Jan wissen. So ungern ich das auch mache, ist es wohl besser, wenn ich es tue anstatt unser Azubi. Ich hole tief Luft und setze ein Lächeln auf. Dann mal los.

„Können Sie jemanden auf mein Zimmer schicken, um das Gepäck abzuholen? Ich checke aus." Mit steinerner Miene wirft Herr Keimel mir die Zimmerkarte auf den Rezeptionstresen und kramt in seinem Portemonnaie.

„Selbstverständlich. Gerne, Herr Keimel." Mein Blick wandert zu Carlos, der den Gast gehört hat und sich den Gepäckwagen schnappt.

„Zimmer 506", rufe ich Carlos zu.

Mit einem Nicken lässt er mich wissen, dass er schon unterwegs ist.

Ich will die nächste Formalitätsfrage eigentlich nicht stellen, weil nichts Gutes kommen kann, aber sie gehört zum Job. „Hatten Sie einen angenehmen Aufenthalt, Herr Keimel?"

Er lacht sarkastisch auf. „Wenn Sie glauben, dass ich hier nochmal residiere, haben Sie falsch gedacht. Dass diese Absteige als Fünf-Sterne-Hotel verkauft wird, ist eine Frechheit."

„Es tut mir sehr leid zu hören, dass Ihnen der Service nicht zugesagt hat."

Eigentlich kann ich solche Situationen ganz gut meistern, und gerade für diesen Gast hat Laura strikte Instruktionen hinterlassen. Leider fallen die nun in sich zusammen wie ein Kartenhaus, denn Frau Herald bekommt die Misere mit und will Herrn Keimels Beschwerde nicht auf ihrem Haus sitzen lassen.

„Darf ich erfahren, was hier los ist?" Sie reicht Herrn Keimel ihre Hand. „Ich bin die Besitzerin des Hotels. Wie kann ich weiterhelfen?"

Manchmal ist man gut damit beraten, einfach auf Durchzug zu schalten. Jetzt zum Beispiel.

Herr Keimel holt tief Luft und redet die folgenden Minuten ohne Punkt und Komma. Der Lärm von der Straße, den er in seinem ersten Gästezimmer ertragen musste, war verstörend. Am nächsten Tag wechselte er sein Zimmer und landete in einem unbequemen Bett. Das Reinigungspersonal ist zu nachlässig. Die Mitarbeiter im Restaurant sind unfähig. Und zu guter Letzt hat ihm das Essen nicht geschmeckt.

Frau Herald hört ihm zu, nickt gelegentlich und setzt eine mitfühlende Miene auf. Keine Ahnung, was sie denkt. Ich wähle vorsichtshalber Lauras Nummer. Wenn beim Check-out auch noch was schiefgeht, will ich es nicht ausbaden.

„Sie müssen Ihr Personal besser in den Griff bekommen. Hier läuft allerhand schief", kommt Herr Keimel nun endlich zum Ende.

„Selbstverständlich werde ich die Missstände hinterfragen. Darauf können Sie sich verlassen."

Ach, wie schön. Sie fällt ihrem Personal in den Rücken. Innerlich seufze ich.

„Was kann ich tun, um Sie etwas glücklicher abreisen zu sehen? Wir wollen Sie doch als Gast nicht verlieren."

Ich verstehe ja, dass Frau Herald gern zufriedene Gäste hat, aber den brauchen wir nicht. Er hat das ganze Wochenende nur Ärger gemacht, und wirklich jeder Mitarbeiter ist froh, ihn gehen zu sehen. Ich kann mir nicht vorstellen, dass er beim nächsten Mal glücklicher wäre. Es gibt Leute, die sind einfach gerne unzufrieden.

Als Laura neben mir auftaucht und die Situation zu klären versucht, ist die Sache schon gelaufen. Nach einigem Hin und Her erlässt Frau Herald die gesamten Kosten, damit Herr Keimel auch bei seinem nächsten Aufenthalt in München unser Hotel wählt.

Die beiden verabschieden sich mit einem kräftigen Händedruck, und glücklicherweise steht nun auch Carlos mit dem Gepäck bereit.

„Bitte setzen Sie die Beschwerden von diesem Gast auf die Themenliste für das morgige Meeting der Abteilungsleiter", weist Frau Herald Laura an, als Herr Keimel die Lobby verlassen hat. „Solche Servicefehler können und müssen wir vermeiden." Dann widmet sie sich wieder dem einzigen Grund, weshalb sie überhaupt im Hotel herumspukt – dem Weihnachtsbaum.

Laura verdreht die Augen. „Wenn sie dem Tunichtgut die ganze Rechnung erlässt, könnte sie ihrem Personal auch mal ein paar Euro mehr zahlen", murrt sie und legt sich sofort die Hand auf den Mund. „Das habe ich nicht offiziell gesagt."

Ich lache. „Geht klar."

Den ganzen Abend arbeiten wir emsig vor uns hin. Wir bearbeiten neue Anreisen, Gästewünsche und verbinden Telefonate. Irgendwann ist der Weihnachtsbaum fertig geschmückt und glänzt nun in Silber und Lila. Frau Herold verabschiedet sich, und langsam wird es in der Hotelhalle ruhiger.

„Wie viele Gäste fehlen noch?", will Laura von mir wissen.

14

Schnell sehe ich im Computer nach. „Zehn."

„Kommst du alleine zurecht? Dann mache ich im Büro die Zimmerzuteilung für morgen."

„Ja. Außerdem müsste Jan gleich aus seiner Pause zurück sein."

Irritiert guckt sie auf eine der runden Uhren, die hinter uns die Wand zieren. Die etwas größere in der Mitte, deren Schildchen darunter 'München' anzeigt, verrät uns, dass es kurz vor neun Uhr ist. Die anderen vier weisen die Tageszeit in London, New York, Tokyo und Sydney aus.

„Wo bleibt er eigentlich?"

Ich zucke mit den Schultern. Jan dehnt seine Pausen gerne etwas länger aus.

„Wenn er zurückkommt, dann schick ihn zu mir. Unglaublich, wie er den Bogen immer überspannt."

Grinsend nicke ich. Wirklich Ärger hat Jan noch nie bekommen. Er versteht es, Laura mit ein paar Sprüchen und einem charmanten Lächeln zu beruhigen. Sie und auch der Rest des Teams können ihm nie lang böse sein. Und wenn er seinen Dienst ausübt, glänzt er in seiner Rolle. Denn genauso wie er seine Kollegen um den Finger wickeln kann, tut er das auch mit den Gästen.

Laura verschwindet im Büro hinter der Rezeption. Ich vervollständige die Gästekarteien und lausche der Weihnachtsmusik, die immer noch im Hintergrund dudelt. Im Spätdienst genieße ich diese Momente, in denen die Aufgaben des Tages fast erledigt sind und Ruhe einkehrt.

„Hansen", durchfährt eine Stimme den Klassiker 'Oh du Fröhliche'.

Ich blicke auf und sehe einen Geschäftsmann, der vor dem Empfangstresen steht und geschäftig auf sein Handy eintippt.

„Guten Abend", begrüße ich ihn höflich.

Er beachtet meine Worte nicht, sondern konzentriert sich weiter auf sein Gerät. Innerlich schüttle ich den Kopf. Manche Leute haben wirklich gar keine Manieren.

Kurz frage ich mich, ob ich ihn schon einmal gesehen habe. Irgendwie kommt er mir bekannt vor. Ich gebe den Namen in den Computer ein und stutze, denn auch der sagt mir etwas. Aber was? Ben Hansen. Ein Gast, der schon mal hier war? Nö. Jemand von früher, aus Azubijahren? Nein, auch nicht. Auf jeden Fall sieht der Kerl nicht schlecht aus.

„Das dauert ja ewig. Soll ich in der Lobby schlafen?" Zum ersten Mal blickt er auf. Karamellfarbene Augen, die mich fast durchbohren.

„Ähm ... Entschuldigung. Also ... Herr Ben Hansen?"

Er seufzt übertrieben laut. „Das habe ich doch schon gesagt, oder gibt es zwei davon?"

Schnell drucke ich den Papierbogen aus, auf dem die Daten stehen, die seine Firma bei der Buchung angegeben hat, und schiebe ihn über den Empfangstresen. „Könnten Sie bitte das Dokument vervollständigen und unterschreiben?"

„Das müsste meine Assistentin längst gemacht haben, als sie das Zimmer reserviert hat. Muss ich diesen Firlefanz echt ausfüllen? Ich habe einen langen Tag hinter mir."

Ich auch, mein Freund. Trotzdem bin ich freundlich zu dir – das würde ich ihm am liebsten laut ins Gesicht sagen.

Ächzend, als hätte ich ihn gebeten, drei Runden um den Block zu laufen, fängt er an, seine Daten in den Bogen zu notieren. Nochmal wage ich einen Blick auf ihn und plötzlich macht mein Herz einen riesigen Satz. Nun weiß ich es.

Ben Hansen. Wir sind zusammen zur Schule gegangen. Das währte zwar nicht lange, und wir waren noch ziemlich jung, trotzdem habe ich keinen Zweifel. Er war der tollste Junge in unserer Klasse. Immer einen flotten Spruch auf den Lippen, niemals verlegen. Alle Mädels in unserem Jahrgang waren unsterblich verliebt in ihn. Ich auch.

Meine Güte, er sieht toll aus.

Sein Telefon klingelt.

„Ja", bellt er hinein. „Ich bin jetzt endlich im Hotel. Was für ein Tag." Sein Ton klingt genervt. „Nein. Ich stehe mir die Beine an der Rezeption in den Bauch. Das Personal ist nicht das Schnellste."

Entsetzt blicke ich auf. Hat er das gerade wirklich gesagt?

Er beachtet mich gar nicht. Ernüchtert nehme ich hin, dass der tolle, lustige Junge von einst einem Meckermuffel gewichen ist. Ohne Zweifel erinnert er sich nicht an mich, und falls er es doch tut, zeigt er keinen Hinweis darauf.

„Wegen eines Unfalls stand ich während der Rushhour ewig im Stau und musste mich mit dem Mietwagen durch sämtliche Einbahnstraßen der Stadt kämpfen, um zum Hotel zu gelangen. Als ich es endlich erreicht hatte, fand das Auto in dem winzigen Parkhaus beinahe keinen Platz. Dann funktionierte der Fahrstuhl in die Lobby nicht, und ich musste um das ganze Haus herumlaufen, um den Eingang zu finden."

Ups. Der Aufzug ist schon wieder kaputt? Sofort mache ich eine Notiz, damit die Kollegen morgen früh gleich jemanden für die Reparatur verständigen können.

Ben Hansen stößt seinen Atem scharf aus. „Und jetzt braucht die gute Dame vom Empfang ewig, um mir ein Zimmer zu geben."

Weiß er, dass ich ihn hören kann?

„Ja. Du, ich ruf dich zurück, wenn ich endlich in mein Hotelzimmer darf." Er beendet das Gespräch und sieht mich herausfordernd an.

„Und? Haben Sie ein Zimmer für mich?"

„Selbstverständlich, Herr Hansen." Ich setze ein Lächeln auf. „Sie bleiben bis ... Freitag?", stelle ich meine üblichen Fragen und stöhne innerlich. Eine ganze Woche? Nicht doch! Vielleicht sollte ich mir spontan Urlaub nehmen.

„Wird sich nicht vermeiden lassen", antwortet er. „Gleiches Spiel nächste Woche", schiebt er hinterher.

Das auch noch.

Mir schwirrt der Kopf. Wie konnte aus dem unbeschwerten Jungen so ein unsympathischer Typ werden?

Schnell betätige ich die Taste, die ihn im System eincheckt, um ihn endlich loszuwerden. Mit einem Ruck ziehe ich die Zimmerkarte durch das Schlüsselsystem, damit sie für sein Hotelzimmer codiert wird und ... erhalte eine Fehlermeldung. So ein Mist.

Das kommt zwar schon mal vor und ist normalerweise kein Problem, aber da ich den Vorgang nun wiederholen und die Zimmernummer manuell eingeben muss, dauert der Check-in länger.

Ben Hansen lehnt den Arm an den Tresen, stützt den Kopf auf seiner Hand ab und stößt seinen Atem hörbar aus. Er sieht mir bei jeder meiner Taten genau auf die Finger, was mich schrecklich nervös werden lässt.

Als ich die dumme Schlüsselkarte endlich erstellt habe, nehme ich einen der kleinen Papierumschläge, in die solche Kärtchen gesteckt werden. Nun versuche ich, die Zimmernummer darauf zu notieren und verwische versehentlich die Tinte mit meinen schweißnassen Händen. Das darf doch nicht wahr sein.

Gerade will ich einen neuen Umschlag hervorholen, als er über den Tresen greift und sich die Zimmerkarte schnappt.

„Sie brauchen nichts weiter aufschreiben. Wie ist die Nummer? Ich werde sie mir merken." Er tippt sich mit dem Finger an die Stirn.

„212", sage ich und bin mit meinen Nerven am Ende. Ich hatte schon mit vielen schwierigen Gästen zu tun. Warum lasse ich mich ausgerechnet von ihm so aus der Fassung bringen?

„Können wir Ihnen mit dem Gepäck helfen?", frage ich wie im Automodus.

Carlos ist bereits nach Hause gegangen, daher muss Jan das übernehmen. Hastig will ich sehen, wo der bleibt, und laufe glatt gegen ihn.

„Ups. Nicht so stürmisch", scherzt er.

Ich kann Ben Hansen lachen hören. „Nein, danke. Hab nur einen kleinen Koffer und mache das lieber selbst."

Benommen schaue ich zu, wie er mit seinem Gepäck in den Aufzug steigt, und sich die Tür hinter ihm schließt.

Endlich ist er weg. Es kommt mir vor, als wenn ein ganzer Felsen von meiner Schulter fällt.

„Was war das denn?", will Jan wissen.

Ich seufze und schüttle den Kopf. „Frag lieber nicht."

Nachdem sich Jan Lauras Predigt wegen seiner ausgedehnten Pausen angehört hat, machen wir uns an die letzten Aufgaben des Tages, drucken das Übergabeprotokoll, räumen auf. Ein Blick auf die Uhr. Noch eine Stunde, bis der Nachtportier übernimmt.

Durch den Bogen aus dem Restaurantbereich kommen Ollie und Carmen auf die Rezeption zu. Heute bleibt mir wirklich nichts erspart.

„Hallöchen", grüßt Ollie uns. „Wir sind schon fertig. Im Restaurant war es sehr ruhig." Er reicht mir seine Abrechnung.

Ich nicke und mache mich an die Arbeit, die Belege zu kontrollieren, damit ich mich nicht mit den beiden unterhalten muss.

20

Carmen legt ihre Quittungen auf den Tresen und schmiegt sich an Ollies Arm.

„Wollen wir noch in Maritas Bar vorbeischauen?", fragt sie ihn, während ich ihre Unterlagen im System überprüfe.

„Nö. Ich glaube, ich will lieber aufs Sofa", antwortet er.

„Ein kuscheligcr Pärchenabend gefällt mir sowieso besser", haucht sie ihm entgegen und grinst breit. „Bestimmt fallen uns ein paar Sachen ein, um den Abend noch schöner zu machen."

Jan räuspert sich extra laut. Ollie zieht seinen Arm etwas zurück. Wenn er nur ein bisschen Gewissen übrig hat, sollte ihm das Verhalten seiner Freundin mir gegenüber unangenehm sein.

Schnell zeichne ich die Abrechnungen als kontrolliert ab und gebe den beiden grünes Licht für ihren Feierabend. „Passt alles. Schönen Abend noch."

Sie drehen sich um und marschieren händchenhaltend in Richtung Ausgang.

Jan stößt seinen Atem hörbar aus. „Mann, die Kuh lässt keine Gelegenheit aus, dir die Scheiße unter die Nase zu reiben, hä?"

Trotz der dummen Situation muss ich auflachen, weil er es treffender nicht hätte sagen können. „Nope. Scheinbar nicht."

Kapitel 2

Sarah

Schwer atmend drehe ich den Schlüssel in meinem Türschloss. Man könnte denken, dass ich nach über zwei Jahren daran gewöhnt sein müsste, mich in den fünften Stock zu schleppen. So sehr ich die kleine Wohnung liebe, in der ich lebe, wünschte ich mir nach einer langen Schicht trotzdem einen Aufzug im Gebäude.

Beim Eintreten dudelt mir Musik entgegen. Sie kommt aus der Küche, zusammen mit Gelächter und dem unverwechselbar süßlichen Duft von Glühwein. Etwas Warmes, Weiches schnurrt um meine Beine herum.

„Na, Benny", begrüße ich unseren WG-Kater und nehme ihn hoch. „Sollen wir mal gucken, was da drin vor sich geht?"

Neugierig gebe ich der Küchentür einen kleinen Schubs und sehe in zwei angeheiterte Gesichter. Mein jüngerer Bruder Mark, der nebenbei auch mein Mitbewohner ist, sitzt mit seiner Freundin Tina am Küchentisch.

„Was ist denn hier los?"

„Sarah. Du kommst genau richtig. Kannst unseren letzten Schluck Glühwein haben. Sonst würden wir uns nur darum streiten." Tina wackelt mit den Augenbrauen.

Sie ist nicht nur die Freundin meines Bruders, sondern auch meine. Genaugenommen war sie zuerst meine Freundin ... und Kollegin.

Sie arbeitet, ebenso wie ich, an der Rezeption im Anton-Xaver Hotel. Dort haben wir uns vor einem Jahr kennengelernt und mochten uns sofort. Nur kurze Zeit später kam sie auf einen Mädelsabend in meiner Wohnung vorbei. Mark stieß dazu, und der Rest ist Geschichte. Seither sind die zwei unzertrennlich, und weil ich mich mit den beiden sehr gut verstehe und nur das Beste für sie will, freue ich mich darüber.

Lachend nehme ich ihr Angebot an. Der erste Glühwein der Saison. Warum nicht?

„Hatte nicht gedacht, dass ihr noch wach seid." Ich gucke auf die Uhr. Schon fast zwölf. Gähnend setze ich Benny auf dem Boden ab, und er macht sich davon.

„Tina hat morgen frei, und meine Vorlesung fängt dienstags etwas später an", erklärt Mark.

Während ich mir das süße rote Gesöff in eine Tasse gieße, nehme ich ein seltsames Rascheln wahr. Mein Blick fällt auf den Kater, der hinten in der Ecke beim Fenster an den Fransen eines kleinen pinken Plastikbaumes spielt.

„Böser Benny", schimpft Tina und scheucht ihn weg. „Lass unseren Weihnachtsbaum in Ruhe."

„Unseren was?"

„Unseren Weihnachtsbaum. Ist er nicht schön?"

„Das ist nicht dein Ernst." Ich schaue fassungslos zwischen ihr und dem rosaroten Fremdkörper hin und her. „Kommt nicht in Frage, dass wir dieses künstliche Monster behalten."

Mark und Tina fangen an zu lachen.

„Was? Er gefällt dir nicht?" Sarkasmus liegt in Marks Stimme. „Tina hat ihn extra festlich geschmückt."

Skeptisch gucke ich mir das Ungetüm näher an. „Das ist kein Weihnachtsschmuck, das sind Wattebällchen aus dem Badezimmer."

„Die passen farblich wundervoll zum rosaroten Baum."

Ich schenke Tina einen eindeutigen Blick.

„Na gut. Dann nicht." Sanft streichelt sie die Fransen der Äste.

„Wo habt ihr das Ding überhaupt aufgetrieben?"

„Wir haben Tinas Tante beim Umzug geholfen. Ein paar Sachen hat sie ausgemustert und uns gefragt, ob wir sie haben wollen", erzählt mein Bruder und hebt dabei die geblümte Tasse an, in der sich sein Glühwein befindet.

Offensichtlich hat er die auch ergattert, denn vorher hatten wir sie noch nicht im Schrank stehen.

„Ich kann jedenfalls erahnen, warum sich die Tante von dem Baum trennen wollte. Und ihr nehmt das Teil gleich mit in unsere Wohnung", meckere ich.

„Einem geschenkten Gaul schaut man nicht ins Maul." Mark prostet mir zu.

„Oh doch", wende ich ein. „Der bleibt auf keinen Fall hier stehen. Spätestens, wenn ich nächste Woche eine echte Tanne mitbringe, muss das pinke Monster gehen."

Das wäre ja noch schöner.

„Keine Sorge. Er kann in Marks Zimmer wohnen." Tina grinst meinen Bruder frech an.

Mit einem müden Seufzen lasse ich mich auf den Stuhl plumpsen und reibe meine Stirn. „Was für ein Tag."

„War es stressig in der Arbeit?", will sie wissen.

„Frag lieber nicht." Ich genehmige mir einen großen Schluck aus der Tasse. „Frau Herald tanzte den halben Tag um uns herum, weil sie den Weihnachtsbaum in der Halle dekoriert hat."

Tina verzieht das Gesicht.

„Und dieser Keimel ist natürlich nicht ohne viel Tamtam abgereist."

„Oh, wie bin ich froh, dass ich heute frei hatte", gratuliert sich meine Freundin selbst.

„Kannst du auch. Und das ist nicht alles."

„Was war sonst noch?"

Ich stöhne jämmerlich und schüttle den Kopf. „Männer. Ich hasse Männer. Ich will nie wieder einen haben." Nochmal nehme ich einen Schluck aus meiner Tasse. „Eigentlich sollte ich was Stärkeres trinken."

„Oh, jetzt wird es interessant." Tina steht auf und kramt im Küchenschrank herum. „Welche Männer?"

„Wenn ihr nun mit Frauengesprächen anfangt, dann geh ich lieber." Mein Bruder verdreht die Augen und seufzt übertrieben genervt.

„Nein, nein. Bleib. War nur Ollie und ..."

„Ach, nicht schon wieder Ollie. Der Idiot hat keine deiner Tränen verdient." Tina knallt mir ein Schnapsglas vor die Nase und öffnet eine Flasche Jägermeister.

„Nicht doch. Ich hab das nicht wörtlich gemeint."

Sie schenkt mir trotz meines Protests ein. „Egal. Trink und hör endlich auf, diesem Trottel hinterher zu trauern."

Bis vor zwei Monaten waren Ollie und ich ein Paar gewesen. Dann erwischte ich ihn mit Carmen im Bett, mit der er gemeinsam im Hotelrestaurant arbeitet. Ich zog die Konsequenzen aus seinem Betrug und trennte mich von ihm. Eine Weile lang bemühte er sich, mich zurückzuerobern, bat mich wiederholt um Verzeihung. Doch ich konnte das alles nicht so schnell vergessen, brauchte Zeit. Diese wollte Ollie wohl nicht erübrigen und ist nun seit drei Wochen offiziell mit Carmen zusammen, die ihn während unserer Trennungszeit weiterhin hemmungslos angeflirtet hatte.

„Ich trauere ihm gar nicht mehr hinterher." Das ist nicht gelogen. Einen Mann, der so mühelos von einer Frau zur nächsten wechseln kann, will ich nicht. „Es ist nur nicht leicht, die beiden jeden Tag zu sehen und Carmens schadenfrohes Grinsen zu ertragen."

„Ignorier doch das Pizzagesicht."

Über diesen Ausdruck muss ich schmunzeln, während Benny auf meinen Schoß hüpft und es sich dort gemütlich macht.

„Oder hetze unseren Kampfkater auf sie", schlägt Mark vor. „Dein Angriffsziel ist ein Pizzagesicht namens Carmen", wendet er sich an Benny. „Bitte einmal herzhaft in den Finger beißen und die Krallen ausfahren."

Wir alle lachen auf. Dieser Angriffsbefehl ist nicht ganz aus der Luft gegriffen. Benny hat Probleme, sich an fremde Menschen zu gewöhnen und in der

Vergangenheit einige Male gekratzt oder auch schon mal gebissen. Das hat ihm den Spitznamen 'Benny der Böse' eingebrockt.

Gerade schnurrt er allerdings gemütlich vor sich hin, während ich ihm das grauweiße Fell kraule. Dabei fällt mir sein Namensvetter ein.

„Ach, und dann hat heute auch noch mein Schwarm aus der vierten Klasse ins Hotel eingecheckt."

Tina guckt sofort auf. „Ooch! Erzähl, erzähl. Wer ist er?"

„Er heißt Ben Hansen."

„Und du standst mal auf ihn?"

„Tja, irgendwie schon. Als Zehnjährige war ich unsterblich verliebt in ihn." Ich räuspere mich und überdenke meine Aussage. „Na ja, so weit man in dem Alter verliebt sein kann."

„Natürlich kann man das", sagt Tina zustimmend. „Mit zehn war ich absoluter Fan von ..." Sie zieht die Augenbrauen zusammen und setzt die Denkermiene auf. „Wie hieß diese amerikanische Boyband? Wisst ihr nicht mehr? Alle total süß."

„Klar", wirft Mark ein. „Und heute bestimmt alle megaabgefuckt und pleite."

„Hm ... Das stimmt. Aber wie hießen die nochmal?"

„Ist doch jetzt egal", unterbricht er ihre Gedanken. „Sarah erzählt gerade von ihrem Loverboy."

„Oh Gott. Nenn ihn nicht so." Der Typ ist ganz sicher nicht mein Loverboy. „Das war damals absolut unschuldig. Ich fand sein Lächeln einfach süß. Und er war sehr witzig."

„Und dann?" Tina sieht mich so gebannt an, als ob sie eine große Geschichte erwarten würde.

„Da gibt es nicht viel zu erzählen. Er kam irgendwann während des dritten Schuljahres in unsere Klasse, weil er gerade hergezogen war. Nach dem vierten Jahr war die Grundschule beendet, und wir gingen auf verschiedene Schulen. Ich habe ihn nicht wiedergesehen. Bis heute."

„Und weiter? Ist sein Lächeln ..." Sie unterstreicht das Wort mit Gänsefüßchen in der Luft. „... immer noch so süß?"

„Das weiß ich nicht. Er hat beim Check-in nicht gelächelt und war total überheblich. Nichts war gut oder schnell genug. Ich hoffe, in den nächsten Tagen möglichst wenig von ihm zu sehen. Er ist ein richtig unsympathischer ..." Mir fehlen die Worte.

„Arsch", beendet Mark meinen Satz.

„Was?", stößt Tina so spitz aus, dass sich Benny auf meinem Schoß erschreckt. „Ihr seht euch nach vielen Jahren wieder, und er behandelt dich scheiße?"

„Er hat mich nicht erkannt. Da bin ich mir sicher. Wir waren ja nicht lange in einer Klasse, und er hat mich damals vermutlich gar nicht wahrgenommen." Ich erinnere mich nur deshalb so genau, weil er der allererste Junge war, bei dem ich Herzklopfen bekam. „Außerdem sind wir keine zehn mehr, sondern sechsundzwanzig", erwähne ich das Offensichtliche.

„Warum hast du nichts gesagt?"

„Was hätte ich denn sagen sollen? *Hi, du hast dich gerade über tausend Dinge beschwert und wirkst ziemlich unsympathisch, aber ... Tada. Ich bin es. Sarah.* Mal ganz zu schweigen, dass er bestimmt nicht wüsste, wer Sarah ist."

Die beiden nicken zustimmend.

„Stimmt. Hast du echt nicht nötig. Weißt du, warum er im Hotel wohnt?"

„Keine Ahnung. Er arbeitet für ..." Ich reibe mir die Stirn. Solche Namen bleiben mir nie im Gedächtnis. „Hab vergessen, welche Firma ihn eingebucht hat."

„Ist ja auch egal. Bleibt er wenigstens zwei Tage? Morgen habe ich frei, aber ich würde gerne einen Blick auf ihn werfen."

„Das ist die bittere Pille", stöhne ich. „Er bleibt die ganze Woche, reist kurz fürs Wochenende ab und kommt nächsten Montag wieder. Bäh. Dann kannst du ihn einchecken. Ich will das nicht mehr machen."

„Sehr gerne. Ich werde mir von dem nichts gefallen lassen." Tinas Blick wird kampflustig.

„Aber übertreibe es nicht. Du hast schon viel zu oft Ärger wegen so was bekommen, und Ben Hansen ist es echt nicht wert."

Unverschämtheiten nimmt Tina niemals einfach so hin, was natürlich richtig ist, doch in manchen Situationen würde es mehr helfen, über den Dingen zu stehen, anstatt sich darauf einzulassen. Sie hat schon das ein oder andere Wortgefecht mit Gästen gewonnen, nur um dann Ärger mit unserem Hoteldirektor zu bekommen.

„Also haben wir jetzt nicht nur Benny den Bösen ..." Mark gießt sich und Tina einen Schluck Jägermeister ein und erhebt sein Glas. „... sondern auch noch Ben den Bösen. Prost!"

Kapitel 3

Ben

„Den Arnsberg hast du heute im Meeting sprachlos gemacht. Innerlich habe ich Tränen gelacht. Äußerlich musste ich mir so richtig auf die Zunge beißen, um es zu unterdrücken." Torsten klopft mir auf die Schulter und prostet mir mit seinem Bier zu.

„Ich habe nichts weiter getan, als meinen Standpunkt zu vertreten", sage ich diplomatisch. Immerhin kenne ich meine neuen Kollegen nur kurze Zeit und habe keine Ahnung, wem ich vertrauen kann und wem nicht. Bisher empfinde ich das Münchner Büro wie ein Haifischbecken, und der größte Hai ist Joachim Arnsberg. Er scheint mir Steine in den Weg legen zu wollen, wo es ihm nur möglich ist. Immer hat er meiner Meinung etwas entgegenzusetzen, egal ob es sich um die Kalkulation des nächsten Großprojekts handelt oder die Analyse einer Kostenverteilung. Dabei hat er mich gestern beim Teammeeting wie einen dummen Schuljungen aussehen lassen. Kurz wusste ich nicht, wie mir geschah und brachte meine Ausführungen mehr schlecht als recht über die Bühne. Gerade als ich mich gefangen hatte und anfing zu punkten, fiel mir Carsten Taling, ein anderer Kollege, in den Rücken. Was für ein beschissener Start. Heute allerdings wusste ich, wie der Hase läuft, und habe entsprechend reagiert.

„Ja, aber es war schön, den Arnsberg mal sprachlos zu sehen." Emilia nickt und leert ihr Glas.

„Ist er bei neuen Mitarbeitern immer so ..." Ich versuche, meine Worte vorsichtig zu wählen. Ein Bier mit Kollegen ist nett, trotzdem bleibe ich reserviert. „... unkooperativ?"

„Er ist einfach schon zu lange dabei und denkt, ihm gehört der Laden. Zu eingefahren. Frischer Wind ist dringend nötig. Und da kommst du ins Spiel. Du kannst froh sein, dass du dich nur kurz mit Arnsberg herumschlagen musst."

„Ist wohl auch ganz gut für Arnsberg, wenn er sich nicht lange mit dir beschäftigen muss", wirft Torsten ein.

„Wie meinst du das?"

„Er hatte seine eigenen Vorstellungen, wer seine Nachfolge antreten soll, wenn er in Rente geht", sagt er vage.

„Carsten Taling", platzt es aus Emilia heraus. Sie verdreht die Augen.

„Ich dachte eigentlich, das wäre schon besiegelt", erklärt Torsten weiter. „Als klar wurde, dass jemand aus dem Hamburger Büro kommen würde, um Arnsbergs Job zu übernehmen, waren viele überrascht. Am meisten er selbst. Er hat etwa ein Jahr damit verbracht, Carsten einzuarbeiten. Inoffiziell natürlich. Steht wohl außer Frage, dass dich die beiden nicht abkönnen." Er lacht auf.

Ach was? Da liegt das Problem. Puh. Das lässt mich aufatmen. Ich proste ihm zu und bin dankbar für diese

Information. Nun weiß ich, woran ich bin. Das sind Dinge, die ich in den Griff bekommen kann.

Ich verabschiede mich von den Kollegen nicht allzu spät, denn wenn ich ins Hotel komme, muss ich unbedingt noch ein paar E-Mails beantworten. Glücklicherweise liegt es nicht weit entfernt.

In der Hotellobby ist fast nichts los. Im Hintergrund läuft ganz leise Musik. Die meisten Sitzgruppen sind leer, und das Pärchen, das auf dem Sofa genau vor dem großen Weihnachtsbaum gesessen hat, erhebt sich gerade. Eigentlich könnte ich meinen Laptop kurz hier aufklappen und mir ein Bier von der Bar holen. Ist netter, als alleine auf dem Zimmer zu sitzen.

Keine fünf Minuten später habe ich mein Getränk und lasse mich auf einem der Sessel nieder. Ein paar Schluck vom Bier, während mein Computer hochfährt, und schon tippe ich drauf los. Eine E-Mail. Zwei. Dann drei.

Was steht als Nächstes an? Sollte ich mir die Statistik für die Budgetverteilung im kommenden Jahr ansehen? Ja, das sollte ich, wenn ich morgen punkten möchte und Arnsberg ein für alle Mal in seine Schranken verweisen will.

Mein Telefon reißt mich aus meinen Überlegungen. Der Name auf dem Display sagt mir, dass es mein bester Kumpel Henning ist.

„Was ist los, mein Herz? Ist dir ohne mich langweilig?"

Sein Lachen dringt durch die Leitung. „Moin, Moin. Na, wie ist die Bayernmetropole?"

Ich muss grinsen. Seit ich mich um die Stelle beworben habe, steht er der Sache skeptisch gegenüber.

„Es wird schon." Ich habe keine Lust, ihm von meinem holprigen Start zu erzählen, will aber auch nicht lügen.

„Ben, ich prophezeie dir, dass du schneller wieder im guten alten Norden sein wirst, als du denkst."

„Wir werden sehen." Normalerweise verstärkt sich meine Bissfestigkeit, je mehr die Leute um mich herum versuchen, mir meine Ideen auszureden.

„Gibt es wenigstens schöne Frauen da unten?"

Mein Blick schweift durch die Halle und bleibt an der brünetten Rezeptionistin hängen. Hm. Es ist die Kleine, die mich gestern eingecheckt hat. Sie ist definitiv hübsch anzusehen. Insgeheim tat es mir echt leid, dass ich sie bei meiner Ankunft so blöd angemault habe, aber meine Laune war wegen Arnsberg im Keller.

„Ja. Die gibt's hier auch", sage ich und sehe ihr zu, wie sie einen Gast eincheckt, nebenher ein Telefonat annimmt und dabei lächelnd von einer Ecke zur anderen schwebt. Ich schaffe es nicht, meinen Blick von ihr zu nehmen. Irgendetwas an ihr zieht mich an, und ich kann nicht feststellen, was es ist. Sie kommt mir bekannt vor. Hab ich schon gestern gedacht und dann wieder verworfen.

„Ben, Kumpelchen, hörst du mir überhaupt zu?", fragt Henning am anderen Ende der Leitung.

„Ähm ... Sorry. Ich war abgelenkt."

33

„Hauptsache, du lässt dich am Samstag blicken, ja?"

„Samstag. Klar!" Das könnte ich nicht vergessen. Es ist sein Geburtstag, und obwohl der Siebenundzwanzigste weit von einem runden Ereignis entfernt ist, hat er Gott und die Welt dazu eingeladen. Solche Partys schmeißt er öfter. Es wird sicherlich ein großer Spaß.

„Auf dich wartet eine Überraschung."

„Was? Auf mich? Es ist dein Geburtstag." Ich lache. Henning übertreibt immer maßlos.

„Du wirst schon sehen. Ach, und falls dir in München doch langweilig wird, dann melde dich bei Sylvia und Lorenzo. Habe gehört, dass die auch gerade für einige Wochen in der Stadt sein müssten."

„Alles klar. Werde ich machen."

Wir beenden das Gespräch. Ich strecke mich, atme durch. Die ellenlange Excel-Datei flimmert geöffnet vor mir, und ich versuche, mich wieder auf meine Arbeit zu konzentrieren. Nach dreißig Minuten habe ich die Tabelle so ergänzt, wie ich es für richtig halte und bin zufrieden. Vielleicht drucke ich mir die Statistik schnell aus, damit ich sie morgen beim Frühstück studieren kann.

Ich schnappe mir meinen Laptop und gehe rüber an die Rezeption. Während sich der eine Mitarbeiter mit einem Gast unterhält, hakt die Brünette irgendeine Liste ab. Sie ist so beschäftigt, dass sie mich nicht bemerkt, und für ein paar Sekunden sehe ich ihr einfach nur zu.

Wie die übrigen Mitarbeiterinnen trägt sie ein rosarotes Trachtenkleid, was wohl die Arbeitsuniform in diesem Hotel darstellt. Alle Angestellten sind in traditionell bayerische Kleidung gehüllt. Ihr Haar ist zu einem lockeren Zopf geflochten und unterstreicht damit das Gesamtbild. Eine ihrer gewellten Strähnen hat sich gelöst und steht links etwas ab. Mir juckt es in den Fingern, sie hinter ihr Ohr zu schieben.

Meine seltsamen Gedankengänge überraschen mich, und ich kratze mich irritiert am Kopf.

Diese Bewegung lässt sie aufblicken. Sie zuckt zusammen, als sie mich sieht.

„Oh Entschuldigung. Ich hatte Sie nicht gesehen. Warten Sie schon lange?"

„Hängt vom Wartenden ab", sage ich, weil ich mir die Zeit wunderbar damit vertrieben habe, ihr einfach nur zuzusehen. Aber gleich bemerke ich, dass sie meine Antwort wohl in den falschen Hals bekommen hat, denn ihre scheuen Rehaugen betrachten mich noch verschreckter als gestern. Und nun kommt mir der Gedanke wieder. Irgendwoher kenne ich sie.

„Was kann ich für Sie tun?", fragt sie, nachdem ich nichts weiter sage.

Ich räuspere mich. „Ich würde gerne etwas ausdrucken. Könnte ich das hier machen?"

„Dafür können sie unser kleines Businesscenter nutzen." Sie weist auf eine Glastür neben der Rezeption, hinter der ich ein paar Computer entdecke.

„Der Drucker ist kaputt. Morgen kommt jemand, um ihn zu reparieren", mischt sich ihr Kollege kurz ein und wendet sich wieder dem anderen Gast zu.

„Oh." Mit einer schnellen Handbewegung streicht sie sich die verirrte Haarsträhne hinter ihr Ohr. Hm. Das hätte ich wirklich zu gerne übernommen.

„In diesem Fall drucke ich Ihre Unterlagen selbstverständlich von hier. Bitte senden Sie mir ihre Datei zu." Sie greift sich eine Visitenkarte vom Hotel und zeigt auf die genannte E-Mail-Adresse. Dann lächelt sie mich an. Vermutlich eine beruflich antrainierte Geste, denn jede Faser ihres Körpers erzählt mir, dass sie lieber nichts mit mir zu tun haben will.

Mit drei Klicks habe ich meine Tabelle verschickt und lasse die kleine Brünette nicht aus den Augen, während wir auf das Eintreffen der E-Mail warten. Diese Situation ist ihr unangenehm. Selbst ein Blinder könnte das sehen. Sie schafft es nicht, meinem Blick standzuhalten, streicht sich immer wieder das Haar hinters Ohr, das dort eigentlich schon brav steckt, und guckt alle zwei Sekunden im virtuellen Posteingang nach, ob meine Dokumente angekommen sind.

„Da ist die E-Mail", sagt sie und klingt erleichtert. Hastig macht sie sich daran, die Unterlagen auszudrucken, doch der Drucker rattert nur einmal kurz auf und scheint dann nichts weiter zu tun. „Oh. Das Papier ist alle."

Ich halte es nicht aus. Sie ist zu niedlich, als sie an dem armen Gerät herumhantiert und damit nicht gerade freundlich umgeht. Grinsend lehne ich mich an die Rezeption, stütze meinen Kopf auf die Hand und starre sie unverhohlen an. Eine kleine Anmache würde sie wohl völlig aus dem Konzept bringen, daher lasse ich es lieber bleiben. Außerdem kreisen meine Gedanken wieder um die Frage, woher ich sie kenne.

Mit roten Wangen schließt sie das Papierfach am Gerät und versucht nochmal, meinen Kram auszudrucken.

„Oh Mann", schimpft sie zu sich selbst. „Papierstau." Das Schicksal meint es heute nicht gut mit ihr.

Ich kann mir das Lachen nicht verkneifen, was ihr sichtlich nicht gefällt. Sorry, aber es ist zu lustig. Wieder öffnet sie ein paar Klappen, zieht zwei zerknitterte Papierfetzen heraus und nimmt einen erneuten Versuch vor. Diesmal hört sich der Vorgang erfolgreicher an. Kurz blickt sie auf und wünscht sich bestimmt schon einen Moment später, es nicht getan zu haben, denn ich lehne immer noch da und starre sie frech an. Das tut mir nicht mal leid. Ihre Verlegenheit ist einfach zu süß.

Irgendwann erlöst sie der Drucker und kommt zum Ende. Sie schnappt sich die Blätter und händigt sie mir aus.

„Bitte schön. Hier sind Ihre Unterlagen, Herr Hansen." Dabei sieht sie mich wieder mit ihren Rehaugen an.

Ich greife nach den Papierbögen, ohne meine Augen von ihren zu nehmen. Sie versucht, meinem Blick standzuhalten. Oh ja, sie versucht es, aber es gelingt ihr nicht. Verlegen guckt sie zu Boden.

„Kennen wir uns irgendwoher?", platzt es aus mir heraus. Gestern schob ich den Gedanken beiseite, doch heute bin ich mir hundertprozentig sicher. Diese scheuen Rehaugen habe ich schon mal gesehen.

Sie dreht sich zu mir um und schüttelt dann langsam den Kopf. „Nein. Das denke ich nicht."

Wirklich nicht? Ich hätte darauf geschworen, brauche nur einen Anhaltspunkt.

„Sie kommen mir irgendwie bekannt vor." Mein Blick fällt auf das Namensschild, das sie trägt. Sarah Kellermann. Fieberhaft krame ich in meinem Gedächtnis.

„Nicht, dass ich wüsste. Kann ich sonst noch etwas für Sie tun?" Sie versucht sich an einem unbeteiligten Gesichtsausdruck und zuckt mit den Schultern. Dabei unterschätzt sie die Röte auf ihren Wangen. Sie ist eine sagenhaft schlechte Schauspielerin.

Ich bin mir nicht nur sicher, dass wir uns kennen, sondern bekomme mehr und mehr das Gefühl, dass sie sehr genau weiß woher, es mir aber nicht sagen will. Doch für heute lasse ich es gut sein.

„Nein, ich brauche nichts weiter. Danke fürs Ausdrucken." Kurz wedle ich mit meinen Papieren in der Luft.

„Gut. Dann wünsche ich Ihnen einen schönen Abend." Da ist es wieder. Das falsche, beruflich antrainierte Lächeln. Je näher unser Gespräch dem Ende kommt, umso selbstsicherer wirkt sie.

„Gute Nacht", sage ich und grinse sie nochmal frech an.

Erwischt. Wieder erröten ihre Wangen, und ich habe riesigen Spaß dran. Ich werde noch herausfinden, was es mit ihr auf sich hat.

Mit leichten Schritten mache ich mich mit dem Laptop und den Unterlagen auf den Weg in mein Zimmer, in dem ich die Statistik bis in die Nacht hinein studiere und darüber fast einnicke. Hundemüde falle ich ins Bett, will eigentlich nur noch schlafen. Aber da ist sie wieder. Sarah Kellermann. Ich grüble. Ich überlege. Ich komm nicht drauf. *Sarah Kellermann, woher kenne ich dich?* Ich hasse es, dass ich nicht abschalten kann, muss morgen fit sein. Verdammt! *Sarah Kellermann, lass mich in Ruhe.*

So wälze ich mich zwischen Halbschlaf und komischen Träumen hin und her, bis es irgendwann in meinem Kopf Klick macht. Sarah Kellermann. Wir waren in derselben Klasse. Müsste Grundschulalter gewesen sein. Allzu lange habe ich nicht in München gewohnt und das meiste aus der Zeit vergessen. So auch Sarah. Ich kann mich nicht daran erinnern, ob ich je ein Wort mit ihr gewechselt habe. Vermutlich nicht. Aber irgendwie sind mir ihre schüchternen Rehaugen in Erinnerung geblieben.

Seufzend werfe ich einen Blick auf meine Uhr. Schon nach fünf. Scheiße. Ich muss gleich aufstehen und fühle mich wie gerädert.

Kapitel 4

Sarah

Als ich nach getaner Spätschicht aus dem kleinen Nebenausgang komme, der für das Personal und Lieferanten gedacht ist, schlägt mir die Kälte entgegen. Nasse Kälte, um die null Grad. Der Wetterbericht sagt Schnee voraus, und vermutlich ist es bald soweit. Mein Herz hüpft. So kitschig es klingen mag, aber die Weihnachtszeit macht mit Schnee doppelt so viel Spaß. Doch noch lässt er sich nicht blicken. Vielleicht morgen.

Ich schlinge den Schal um mich und ziehe die Handschuhe an. Es ist spät. Soll ich noch schnell bei Marita vorbeischauen? Wäre nur ein Katzensprung. Sie besitzt die kleine Bar am Ende der Straße. Ich entscheide mich dafür und will gerade den Weg einschlagen, als ich mit jemandem zusammenstoße.

„Oh, Entschuldigung", sage ich rasch, bevor ich aufsehe.

„Gleichfalls", kommt es von der anderen Person.

Ben Hansen. Wieso ausgerechnet er?

Die vergangenen zwei Tage mit ihm haben mir gereicht. Am Montag behandelte er mich beim Check-in wie den letzten Dreck und am Dienstag guckte er mir grinsend genauestens auf die Finger, während ich mich mit dem blöden Drucker abmühte. Er schien großen Spaß daran zu haben, sich über mich lustig zu machen, brachte mich in einem fort aus dem Konzept. Ich war so wütend auf mich selbst, dass er solch ein leichtes Spiel hatte. Warum nur macht er mich so nervös? Ich konnte gestern gar nicht anders, als zu leugnen, dass wir uns kennen. Oder kannten. Wie man es nimmt. Nach meiner Schicht ging ich völlig aufgekratzt nach Hause und konnte die halbe Nacht nicht schlafen.

Als Ben heute Abend in der Hotelhalle vorbeikam, warf er mir wieder so einen Blick zu. So ... so ... Keine Ahnung. Er scheint es auf mich abgesehen zu haben. Doch wenigstens musste ich mich nicht mit ihm abgeben, denn jedes Mal, wenn er sich an der Rezeption herumtrieb, war ich mit einem anderen Gast beschäftigt.

Dass ich nun ausgerechnet ihm begegne, ist ein Witz, oder?

Auch er braucht einen Moment nach unserem Aufprall.

„Ach, du bist das", sagt er und sieht mich mit verengten Augen an.

Zwei Fragen keimen in mir auf. Erstens: Warum sind wir plötzlich beim Du? Zweitens: Wieso schaut er mich so argwöhnisch an? Wenn er seine seltsamen Launen wieder an mir auslassen möchte, dann kann er was erleben. Ich bin außer Dienst und muss mir rein gar nichts von ihm gefallen lassen. Schnell will ich zusehen, dass ich von hier wegkomme.

„Warte mal ...", sagt er und legt seine Hand auf meine Schulter. „Du hast mir gestern eine schlaflose Nacht bereitet." Er grinst mich dreist an.

Was für eine Frechheit. Ich sollte wirklich abhauen. Auf eine schlüpfrige Anmache habe ich keine Lust.

„Ich habe überlegt und gegrübelt. Und irgendwann – um etwa fünf Uhr morgens, wenn es dich interessiert – wusste ich es. Ich hatte recht. Wir kennen uns."

Ach nee. Monsieur erinnert sich. Das hat mir noch gefehlt.

„Sie irren sich", sage ich schnell und will nun wirklich das Weite suchen.

„Doch, doch. Ich dachte die ganze Zeit, dass ich diese Rehaugen schon mal irgendwo gesehen habe."

Wie bitte? Rehaugen? Macht er sich über mich lustig?

„Und der Name", fährt er fort. „Sarah Kellermann. Wir sind zusammen zur Schule gegangen."

Er sieht mich erwartungsvoll an, wirkt fast nett.

Aber ich kann über seine Arroganz der letzten Tage nicht hinwegsehen. Kurz zucke ich mit den Schultern und laufe die Straße entlang.

„Warte." Nicht doch. Jetzt kommt er mir auch noch hinterher. „Du wusstest, dass wir uns kennen, nicht wahr?"

Ohne Antwort gehe ich weiter.

Nun läuft er neben mir her. „Warum hast du nichts gesagt?"

Abrupt bleibe ich stehen.

„Weißt du ..." Wenn er mich plötzlich duzt, dann mache ich das auch. „Es ist spät, und ich habe eine lange Schicht hinter mir. Und nun, da ich nicht im Dienst bin, kann ich sagen, was ich denke. Du bist nicht der Gast, und ich bin nicht die Rezeptionistin."

Er guckt mich ungläubig an. So, als verstehe er überhaupt nicht, wovon ich spreche.

„Es stimmt. Ich wusste, dass wir uns kennen. Das hätte ich dir beim Check-in gesagt, aber du warst zu beschäftigt, dich über alles zu beschweren und hast dich benommen wie ..." Ich will mich wirklich etwas besser ausdrücken, doch ich schaffe es leider nicht. „... ein doofer Blödmann." Ich wende mich zum Gehen. „Schönen Abend noch."

„Warte."

Wieder spüre ich seine Hand auf meiner Schulter.

„Du redest ja schneller, als ich alles aufnehmen kann." Er schüttelt den Kopf. „Zugegeben war ich bei meiner Ankunft ein bisschen gestresst, aber ..."

Ich fasse es nicht.

„Ein bisschen *gestresst?*" Ich spreche das Wort schrill aus und unterstreiche es mit Gänsefüßchen in der Luft. „Willst du mich auf den Arm nehmen? Als du ankamst, warst du schon wegen des Verkehrs und der Einbahnstraßen gereizt. Lösung: Buche das nächste Mal ein anderes Hotel. Dann hast du dich schrecklich über die enge Tiefgarage aufgeregt. Info: Die haben hier in der Innenstadt nie viel Platz. Ich gebe zu, dass der Check-in nicht reibungslos verlaufen ist, aber selbst wenn ..." Ich schnaube. „Du hättest sicherlich ohnehin etwas gefunden, an dem du rummeckern kannst. Und über mich am Telefon zu reden, als ob ich gar nicht da wäre, zeugt davon, dass du schlicht keine Manieren hast."

Puh. Ich muss erst mal Luft holen. Selten habe ich mich so in Rage geredet und normalerweise perlen unfreundliche Gäste an mir ab, sind die Aufregung nicht wert. Er hat mich einfach nur eiskalt erwischt.

Ich kann sehen, wie es in seinem Kopf rattert.

„Hör mal, *Herr Hansen*." Ich sage es auf schnippische Weise, um ihn mir vom Hals zu halten. „Ich gehe jetzt. Schönen Abend."

Schnellen Schrittes überquere ich die Straße und hoffe, dass die Unterhaltung zwischen Ben und mir damit abgeschlossen ist. Gegenüber erwartet mich der Eingang zu Maritas kleiner Bar. Ich drücke die Tür auf und fühle sofort die Wärme auf meinen Wangen. Der Duft von Zimtsternen liegt in der Luft und im Hintergrund singt John Lennon sein 'Happy Xmas' aus dem Lautsprecher des Radios am Tresen. Viel ist nicht los. Ein Pärchen sitzt an einem der Tische, und an der Bar trinkt einer der Stammgäste sein Bier.

„Ah Sarah. Ich habe mich gefragt, ob du heute noch vorbeischaust." Marita steht hinter der Bar und trocknet die Gläser ab.

„Aber klar! Alle haben von deinen Zimtsternen geschwärmt. Da musste ich vorbeikommen."

Ein Lächeln schleicht sich auf mein Gesicht. Marita hat Weihnachtsglanz in ihre Bar gebracht. Jedes Jahr überlädt sie den ohnehin kleinen Raum mit Massen an Deko. Auf dem Tresen steht ein wunderschöner selbstgebundener Adventskranz. Die erste Kerze brennt bereits. Lichterketten hängen über der Bar. Tannengestecke zieren Tischmitten und an den Fenstersimsen sind unzählige Windlichter verteilt.

„Na komm, setz dich", fordert sie mich auf.

Eigentlich wollte ich nur kurz vorbeischauen. Es ist spät, und wenn ich jetzt hier hängen bleibe, wird es wohl wieder nach eins, bis ich ins Bett komme. Andererseits ist es unhöflich, bloß schnell hereinzuschneien, um die Zimtsterne abzugreifen und zu gehen.

Hinter mir öffnet sich die Tür. Ich kann die kühle Luft im Nacken fühlen, die der Windstoß mit sich bringt. Wer auch immer in die Bar getreten ist, bleibt dicht neben mir stehen.

„Also …", höre ich Bens Stimme. „Auf was kann ich dich einladen?"

„Wie bitte?" Ich fahre herum.

„Offensichtlich habe ich mich unmöglich verhalten. Es wäre schön, wenn du mir die Möglichkeit gibst, es wiedergutzumachen. Ich kann das doch nicht auf mir sitzen lassen." Er sagt diese Worte so laut, dass sie auch Marita und ihr Stammgast verstehen und ermunternd nicken.

Ich zögere. Darauf war ich nicht vorbereitet. Seine Anwesenheit stellt in meinem Körper irritierende Dinge an. Eben war mir noch kalt, jetzt bilden sich Schweißperlen auf meiner Stirn. Wie gestern, als ich unbeholfen mit dem Drucker kämpfte, während er mich unverschämt angegrinst hat.

„Gib dem armen Kerl eine Chance", drängelt der Mann, der bei Marita an der Bar sitzt.

Ben grinst mich an. „Was trinkst du?"

Seufzend nicke ich. „Also gut. Eine Tasse Tee."

„Echt? Tee?" Er legt seine Stirn in Falten, als ob ich um Essigsäure gebeten hätte.

„Ja. Marita hat immer verschiedene Sorten hier. Ich lass mich überraschen, was sie heute anbietet."

Amüsiert bestellt Ben meinen Tee und für sich selbst ein Bier.

„Ich bring es euch an den Tisch." Marita nickt uns zu.

Wir brauchen eine Weile, bis wir uns von Jacke, Schal, Mütze und Handschuhen befreit haben und setzen uns dann an den schmalen Ecktisch.

Maritas Bar ist winzig, was ein familiäres Gefühl vermittelt, denn meist trifft sich hier das Personal der umliegenden Hotels und Restaurants nach Dienstschluss und genehmigt sich ein Feierabendbier. Man kennt sich. Außer den paar Stühlen, die sich um die Bar verteilen, finden fünf kleine Tische Platz.

Ich setze mich Ben gegenüber. Fühlt sich an wie ein Blind Date. Was nun?

In seinem Blick sehe ich genau dieselbe Frage. Wir beide lachen auf.

„Also …", beginnt er. „Ich möchte dich um Verzeihung bitten, dass ich mich benommen habe wie ein … Wie hast du gesagt?" Er überlegt einen Moment lang. „… doofer Blödmann. Du hast recht. Das war wirklich daneben."

„Hm-hm", gebe ich trocken von mir und verschränke meine Finger auf dem Tisch.

„Lass es mich erklären", fährt er fort. „Montag war der erste Tag an meinem neuen Arbeitsplatz, und alles lief schief. Der Flug hatte Verspätung. Im Büro angekommen, platzte ich unvorbereitet ins Teammeeting. Und dann wurde ich auch noch von zwei Mitarbeitern unter Beschuss genommen." Er seufzt. „Aber mir ist klar, dass das kein Grund war, dich runterzumachen. Es tut mir leid."

„Okay", sage ich, um es gut sein zu lassen. Ihm scheint viel daran zu liegen, dass ich ihm sein schlechtes Benehmen verzeihe. „Sollen wir einfach nochmal von vorne beginnen?"

Er nickt und wirkt erleichtert. Das macht ihn fast schon niedlich.

Stille entsteht.

Zum Glück serviert uns Marita das Bier und den Tee. „Heute habe ich Holunder-Kirsche", lässt sie mich die Geschmacksrichtung meines Heißgetränks wissen. Nebenbei stellt sie eine kleine Schüssel mit Zimtsternen auf den Tisch. Sie ist die Beste.

„Dankeschön." Sofort greife ich nach dem Gebäck und stecke eines in den Mund. Oh, das ist so lecker. Dieser süße zimtige Geschmack.

„Also", sage ich zu meiner eigenen Verlegenheit mit vollen Backen. „Erzähl."

„Was soll ich erzählen?"

Ich lehne mich nach vorne und werde etwas selbstsicherer. „Na, wir haben festgestellt, dass wir uns kennen. Doch eigentlich tun wir das nicht, oder?"

Ben lacht auf. „Da hast du tatsächlich recht. Um ehrlich zu sein, kann ich mich an dich nur als kleines Mädchen mit scheuen Rehaugen erinnern."

Da ist es schon wieder. Dieses Wort. Rehaugen. Was will er damit sagen?

„Wo hat es dich nach der vierten Klasse hin verschlagen?" Lieber lenke ich das Thema weg von mir und hin zu ihm.

„Hm. Aufs Gymnasium in ... Wie hieß der Stadtteil noch?" Kurz überlegt er. „In Nymphenburg war das. Aber lange war ich nicht dort. Mein Vater ist Amerikaner und nahm einen Job in seiner Heimat an. Meine Mutter und ich sind natürlich mit in die Staaten gezogen. Als sich meine Eltern ein paar Jahre später scheiden ließen, blieb ich bei meiner Mutter. Wir kamen zurück nach Deutschland und schlugen unsere Zelte in Hamburg auf." Das Wort Hamburg spricht er mit diesem typischen Akzent aus, sodass kein Zweifel daran bleibt, dass er ein Nordlicht ist.

„Wow. Du kommst ganz schön herum", gestehe ich ihm zu. „Und was verschlägt dich zurück nach München?"

Er schmunzelt. „Ich hatte keine Ahnung, dass ich heute noch in ein Verhör gerate."

Ich zucke betont cool mit den Schultern. „*Du* bist *mir* gefolgt."

Seine Mundwinkel ziehen sich noch breiter über sein Gesicht. „Stimmt. Passiert nicht oft, dass ich einer Frau hinterherlaufe."

Muss das sein? Meine Augen verdrehen sich wie von selbst.

„Okay, okay. Ich arbeite für Meinfeld und Co. in Hamburg. Oder besser gesagt habe ich dort gearbeitet. Gerade trete ich eine Stelle als Projektleiter in unserer Niederlassung in München an."

„Und dein erster Tag war nicht so toll", fasse ich all die Infos zusammen.

„Es hätte besser sein können." Ben greift nach einem Zimtstern und dreht ihn zwischen seinen Fingern. „Ein paar Leute würden lieber jemand anderen auf meinem Stuhl sehen. Und das macht mir enormen Druck." Er seufzt, bevor er sich dazu entscheidet, das Gebäck in seiner Hand zu essen.

„Kann ich verstehen. Du musst dich also erst mal beweisen." Vorsichtig nippe ich an meinem heißen Tee.

„Das muss man immer. Wenn so eine Stelle frei wird, gibt es viele fähige Bewerber. Einer der Münchner Mitarbeiter wollte den Job eben auch."

„Na, die werden schon wissen, warum sie dich genommen haben", muntere ich ihn auf.

Ich bemerke, wie ich mich in seiner Gesellschaft zunehmend wohler fühle. Jetzt, da er nicht im Anzug, sondern in Jeans vor mir sitzt und mir anvertraut, was ihn bewegt, wirkt er nicht mehr so ... schnöselig. Er kommt wie ein netter Kerl rüber.

Ben setzt sich auf und nimmt einen Schluck von seinem Bier. „Natürlich wissen die, warum sie mich genommen haben." Er trommelt mit den Fingern auf der Tischkante. „Ich bin eben der Beste für den Job."

Zu früh geurteilt. Der eingebildete Schnösel ist wieder da. Ich kann Aufschneiderei nicht ausstehen.

Sofort erkennt er an meinem Gesichtsausdruck, dass mich solche Reden nicht beeindrucken.

„Ich meine ... Ich habe hart gearbeitet und die Stelle verdient. Der Montag war noch holprig, aber schon am nächsten Tag wusste ich, wie der Hase läuft. Und heute ..." Er nimmt einen Zimtstern, wirft ihn hoch und fängt ihn, bevor er ihn in den Mund steckt. „... konnte ich bei der Präsentation der Budgetverteilung richtig glänzen. Weißt du, wer mir dabei geholfen hat?" Mit seinen karamellfarbenen Augen fixiert er mich, und mir wird etwas heißer, als es sollte.

Ich schlucke. „Wer?"

„Eine niedliche Rezeptionistin, die mir gestern Abend im Schweiße ihres Angesichts meine Tabelle ausgedruckt hat."

Mein Blick senkt sich auf die Tischdecke. „Ha-ha. Der dumme Drucker wollte einfach nicht funktionieren."

„Zum Glück!", ruft er aus. „Dir dabei zuzusehen, wie du mit dem Ding gekämpft hast, war der beste Teil meines Tages."

Er stützt seinen Kopf auf die Hand und grinst mich breit an.

Schon wieder entsteht Stille, denn eigentlich wäre es an mir, eine freche Antwort zurückzugeben, doch bei ihm scheinen mir ständig die richtigen Worte zu fehlen. Mit Schlagfertigkeit war ich noch nie gesegnet, aber in seiner Gegenwart mutiere ich zum Schatten meiner selbst. Kein Wunder, dass er mich andauernd mit einem schüchternen Reh vergleicht.

Ich überlege fieberhaft, wie ich das Gespräch vorantreiben kann.

„Und warum wohnst du im Hotel?"

„Ich habe noch keine Wohnung gefunden", sagt er salopp und leert sein Bier. „Da fällt mir ein, dass ich meiner Maklerin antworten muss." Er zieht sein Handy aus der Hosentasche. „Sie hat für morgen Abend zwei Besichtigungen organisiert. Am Gärtnerplatz", liest er vor.

„Das ist sehr zentral. Da kann man sicher schön wohnen."

Er tippt auf sein Handy ein, um den Termin zu bestätigen.

„Ja, mal sehen, ob die richtige Bleibe dabei ist." Seufzend legt er das Gerät auf die Seite. „Meine jetzige Wohnung in Hamburg gehört mir. Ich werde sie erst mal vermieten und später darüber nachdenken, was ich damit mache."

Ich nicke und muss innerlich fast grinsen, als ich an unsere Gegensätze denke. *Seine eigene Wohnung.* Ich bin schon froh, wenn ich jeden Monat die Miete für mein WG-Zimmer bezahlen kann.

„Du stehst also momentan mit einem Bein in Hamburg und mit dem anderen in München."

„Das kann man vermutlich so sagen. Am Wochenende geht's auf jeden Fall nach Hause in den Norden. Mein bester Kumpel hat Geburtstag und schmeißt eine Riesenparty. Da will ich nicht fehlen."

„Ah, und am Montag kommst du wieder." Darum ist er für eine weitere Woche eingebucht.

„Genau. Nächste Woche verbringe ich nochmal im Münchner Büro, bevor ich zwei, drei Tage Übergabe in Hamburg mache. Danach ist Weihnachten. Im Januar geht's dann richtig los. Bis dahin habe ich hoffentlich eine Bleibe."

Ich leere meinen Tee, der fast kalt ist.

„Soll ich uns Nachschub holen?" Ben erhebt sich bereits, doch ich winke ab.

„Das ist lieb, aber nein, danke. Marita will sicher Feierabend machen."

Wir sind inzwischen die beiden einzigen Gäste.

Ben geht zu ihr, um für die Getränke zu bezahlen, während ich Winterjacke, Mütze, Schal und Handschuhe überziehe. Auch er schlüpft in seine Jacke und hält mir galant die Tür auf, durch die ich trete.

Draußen erwartet uns die winterliche Kälte. Bevor ich Kurs auf die Straßenbahnhaltestelle nehme, sehe ich zu Ben auf. „Danke für den Tee. Es war schön, dich ... wieder kennengelernt zu haben."

Eigentlich will ich mich von ihm verabschieden, aber er verschränkt die Arme und sieht mich tadelnd an.

„Ich bemerke gerade, dass du mich reingelegt hast."

„Wie bitte?"

„Ja. Denn ich habe dich keineswegs wieder kennengelernt. Du hast das Gespräch ständig auf mich gelenkt und weißt jetzt alles von mir. Ich habe immer noch keine Ahnung, wer du bist, Bambi."

Mein Gesicht verzieht sich zu einer Grimasse. „Bambi?"

„Ja. Bambi."

„Kannst du bitte aufhören, diese komischen Sachen zu sagen?"

„Welche denn?"

„Na, Dinge wie ‚scheue Rehaugen' oder ‚Bambi'. Ich bin doch kein wildes Tier."

„Oh, là, là, ich würde nicht ausschließen, dass du das bist." Was für ein anzügliches Grinsen.

Verdammt! Muss er solche Zweideutigkeiten sagen? Damit bringt er mich aus dem Konzept und macht mir den schönen Abend kaputt.

„Hey. Ich wollte dich nicht verärgern", sagt er sanft. Völlig unvermittelt schiebt er mir eine verirrte Haarsträhne hinters Ohr.

Ich weiß nicht, wie mir geschieht. Die kleine Berührung ist nicht unangenehm. Im Gegenteil. Sie fährt wie ein Blitz durch meinen Körper und gibt meinem Herz den Befehl, dass es klopfen soll ... und zwar sehr viel schneller als sonst. Ich mache einen Schritt zurück, um Distanz zwischen uns zu bringen.

„Es war nett, mit dir zu sprechen, Sarah Kellermann." Er betont meinen Namen und hebt die Hand zum Gruß. „Auch wenn ich dich dabei nicht kennengelernt habe."

Ich nicke. „Bis morgen."

Mit weichen Knien mache ich mich auf den Heimweg. Gerade ist keine Straßenbahn in Sicht, was mir allerdings recht ist. Zu Fuß zu laufen wird dreißig Minuten dauern, aber die brauche ich, um runterzukommen und wieder normal zu werden.

Kapitel 5

Ben

Zwei Risse und mehrere Dellen. Nur fünf Meter entfernt. Ernüchtert schaue ich aus dem Fenster auf die Hauswand direkt gegenüber. Panoramablick kann man das nicht nennen.

Es ist die zweite Besichtigung, und Frau Lieblich gibt sich alle Mühe, mir diese Wohnung anzupreisen. Ohne Erfolg. Keine Frage, die Lage ist top, aber der Rest ein Flop. Die Zimmer sind zu verwinkelt und das Gebäude zu abgenutzt. Wenn ich schon ein Vermögen dafür ausgebe, um in der Stadt zu wohnen, dann muss ich mich wohlfühlen.

Schneller als Frau Lieblich lieb ist, stehen wir wieder auf der Straße und reichen uns die Hand.

„Ich lasse Ihnen in den nächsten Tagen weitere Besichtigungsobjekte zukommen. Ganz sicher finden wir das richtige Domizil für Sie, Herr Hansen."

„Ich lege mein Vertrauen in Ihre Hände."

Frau Lieblich steigt in ihren Wagen, und ich gucke auf die Uhr. Gleich acht. Der Abend ist noch jung. Aber was tun, wenn man niemanden in der Stadt kennt? Vielleicht sollte ich Henning beim Wort nehmen und Lorenzo eine Nachricht schreiben.

Hey Lorenzo.
Was treibst du so?
Ich bin in München und mir ist langweilig.
Lust auf ein Bier?
Ben

Ich drücke auf Senden und stecke das Gerät weg. Und jetzt? Es ist kalt geworden. Ich stelle den Kragen meiner Jacke auf und laufe zum Hotel, das nicht weit entfernt liegt. Hoffentlich ist Bambi da. Sarahs Reaktion auf diesen Spitznamen war so witzig. Ich konnte mir den anzüglichen Spruch mit dem wilden Tier nicht verkneifen. Der Gedanke an den Moment pflastert mir ein breites Lächeln ins Gesicht.

Pfeifend gehe ich durch die geschäftigen Straßen und komme an mindestens drei Weihnachtsmärkten vorbei. Wie Hamburg ist München zur Weihnachtszeit ein einziger Glühweinstand. Ich laufe auf das Isartor zu, das mit seinen drei mittelalterlichen Türmen vor mir steht. Wie mir gestern ein ortskundiger Kollege erzählte, war es einst das östliche Tor der Stadtmauer. Heute ist es noch komplett erhalten und restauriert.

Weiter vorne liegt der Marienplatz. Ein Touristenmagnet. Hunderte von Menschen wuseln dort herum und hasten entweder in die abzweigende Shoppingmeile oder bummeln zwischen den Holzhütten des Weihnachtsmarktes umher. Das Herzstück des Platzes ist das Rathaus, vor dem ein großer hellerleuchteter Weihnachtsbaum steht.

Gerade will ich in die Gasse einbiegen, die mich zum Hotel führt, als mein Blick an einem Süßigkeitenstand haften bleibt. Dort halte ich an und sehe mir das Sortiment etwas näher an. Es riecht verlockend. Unzählige Lebkuchenherzen hängen hinter dem Verkäufer an einer Stange. Alle möglichen Sprüche sind darauf zu lesen: 'Du bist mein Herz' oder 'Ich liebe dich'. Auch Unverfänglicheres ist dabei: 'Servus München' oder 'Grüße aus Bayern'. Und dann sind da noch Aufschriften, die ich kaum entziffern kann: 'Spatzl, I mog di' oder 'Herzerl, gib ma a Busserl'. Hä? Ob Bambi mir das übersetzen könnte?

Die Herzen sind längst nicht das einzige Angebot. Mit Schokolade überzogene Früchte reihen sich neben einer großen Auswahl von Lebkuchen und Gebäck. Mein Blick wandert an Lakritzschnecken, Pralinen und bunten Lollis vorbei, bis ich gefunden habe, was ich kaufen will. Ich bestelle zwei Tüten gebrannte Mandeln. Eine stecke ich in die Jackentasche, die andere öffne ich und esse davon, während ich weitergehe. Lecker!

Vor dem Anton-Xaver Hotel bleibe ich stehen und gucke durch eines der großen Fenster ins Innere.

Sarah ist hinter der Rezeption, aber leider ziemlich beschäftigt. Eine Reisegruppe steht mit ihren Koffern in einer Schlange und wartet darauf, ein Zimmer zugeteilt zu bekommen. Ich begebe mich ins Gebäude und hole mir ein Bier von der Bar. Dann setze ich mich auf eines der Sofas in der Hotelhalle, nasche von den Mandeln und sehe meinem Bambi bei der Arbeit zu.

Halt. Meinem Bambi?

Ich muss auflachen. Was hat denn der gute Mann am Stand in die Mandeln gemischt?

Für die nächste halbe Stunde rotiert Sarah von einer Ecke zur anderen, verteilt Schlüsselkarten, händigt Stadtpläne aus und erzählt gefühlte hundert Mal, wann und wo es morgen Frühstück gibt. Zwischendurch blickt sie auf und entdeckt mich auf dem Sofa. Ich proste ihr grinsend mit meinem Bier zu. Wie erwartet, kann sie damit nicht umgehen und streicht sich verlegen die widerspenstige Haarsträhne hinters Ohr. Unnötig zu sagen, dass ich das gerne übernommen hätte. So wie gestern. Meine Hand hat sich einfach verselbstständigt. Ich hätte diese Geste nicht verhindern können, selbst wenn ich es gewollt hätte. Aber natürlich war das nicht richtig.

Sarah versucht, mich zu ignorieren, so gut es ihr gelingt. Dennoch sehe ich, dass ihre Aufmerksamkeit gelegentlich zu mir wandert. Wenn sich unsere Blicke treffen, guckt sie schnell weg. Ach Bambi.

Es dauert noch eine Weile, bis auch der letzte Gast aus der Gruppe eingecheckt und verschwunden ist. Ganz langsam nimmt das Stimmengewirr ab. Als Ruhe in die Lobby einkehrt, ergreife ich die Chance und trete zu Sarah.

„Es macht mich nervös, beobachtet zu werden", sagt sie, ohne aufzublicken, während sie etwas auf einen Zettel notiert.

„Ja?" Grinsend ziehe ich eine Augenbraue hoch. „Wer beobachtet dich denn?"

Sie beendet ihre Arbeit, legt den Stift weg und seufzt. „Ich meine es ernst, Ben. Wegen dir mache ich Fehler.

Beinahe hätte ich das Pärchen vorhin in ein Zimmer eingecheckt, das für einen anderen Gast vorgesehen ist. Ich kann mich nicht konzentrieren."

„Dich aus dem Konzept zu bringen, ist inzwischen eins meiner liebsten Hobbys."

Sarah wirft mir einen bösen Blick zu.

„Aber natürlich will ich nicht, dass du Ärger bekommst."

Schnell hole ich die Packung Mandeln aus meiner Jackentasche hervor. „Hier. Hab ich dir mitgebracht."

„Für mich?" Sie greift nach der Tüte. „Danke."

„Ich warte dann so lange an der Bar."

Sie sieht fragend auf. „Auf was willst du denn warten?"

„Bis du Feierabend hast."

„Und weiter?"

„Mir kommt gerade der spontane Gedanke, dass ich gerne nochmal mit dir ausgehen würde." Siegessicher lächle ich sie an. Es macht großen Spaß, ihre Reaktion zu beobachten.

„Erstens sind wir gestern nicht miteinander ausgegangen. Und zweitens kannst du das nicht einfach so beschließen. Was, wenn ich schon etwas vorhabe?"

„Also gut. Dann hole ich mir eben noch ein Bier von der Bar und lerne dich hier an Ort und Stelle kennen. Denn das schuldest du mir. Gestern hast du alles über mich erfahren. Heute läuft es anders herum."

Unschlüssig blickt Sarah sich um. Ihr Kollege beendet gerade ein Gespräch mit einem Gast und vermutlich will sie nicht, dass er unseres mitbekommt.

„Na gut. Meine Schicht endet um elf. Treff mich um viertel nach bei Marita."

Zufrieden mache ich mich auf den Weg in mein Zimmer, um kurz zu duschen. Mein Handy piept.

Hey Ben,
super, dass du in der Stadt bist.
Heute eröffnet eine Tanzbar in der Innenstadt.
Sylvia und ich wollen dahin.
Komm dazu. Ich schicke dir den Link.
Lorenzo

Beim Anblick der Nachricht muss ich auflachen. Sorry, Lorenzo. Ich habe was Besseres vor. Schnell lasse ich ihn wissen, dass ich es heute nicht mehr schaffe, und vertröste ihn auf nächste Woche.

Als ich zwei Stunden später in die kleine Bar trete, ist auf jeden Fall mehr los als gestern. Viele von den Leuten, die hier sitzen, erkenne ich wieder. Es sind Hotelmitarbeiter. Ich nicke dem ein oder anderen freundlich zu und setze mich auf einen der Barhocker vor dem Tresen.

Lange muss ich nicht warten. Nach ein paar Minuten kommt Sarah herein. Sie grüßt ihre Kollegen und geht zögerlich auf mich zu.

„Wieder Tee?", frage ich, als sie mich erreicht hat und sich auf dem Stuhl neben mir niederlässt.

„Hm ... Hast du deinen leckeren Apfelpunsch da?", richtet sie sich an die Kneipenbesitzerin.

„Aber sicher doch, Süße."

Ich bestelle auch einen und wende mich Sarah zu. Sie ist mit ihren Gedanken woanders, guckt immer wieder verstohlen an mir vorbei zu ihren Kollegen.

„Möchtest du dich lieber zu deinen Freunden setzen?", frage ich.

„Was?" Perplex sieht sie zu mir. „Nein, nein. Das sind Mitarbeiter aus dem Hotel. Sie sind das Team aus dem Restaurant."

Erneut schleicht ihre Aufmerksamkeit zu der Gruppe.

„Okay. Wir können uns gerne zu ihnen gesellen. Oder ist es dir unangenehm, mit mir gesehen zu werden?"

„Was?" Nun wandert ihr Blick zu mir zurück. „Nein. Es ist mir doch nicht peinlich, mit dir hier zu sitzen." Bei diesen Worten legt sie kurz ihre Hand auf meinen Arm und scheint für einen Augenblick lockerer zu werden.

„Also." Ich stütze meinen Kopf auf die Hand und schaue sie auffordernd an. „Erzähl."

„Was soll ich denn erzählen?"

„Na so, wie ich gestern. Alles ab der vierten Klasse."

Sie lacht und stöhnt übertrieben auf, ruft sich aber sofort zur Ordnung. Die Anwesenheit ihrer Kollegen lässt sie nicht entspannen.

„Also ... Ich arbeite an der Rezeption im Anton-Xaver Hotel."

Ich lache. „Das brauchst du mir nicht erzählen. Es ist das Einzige, was ich über dich weiß."

„Ähm ... Ach so. Klar." Während sie sich verstohlen umsieht, redet sie weiter. „Nebenher mache ich ein Tourismusstudium."

„Ach wirklich?"

„Ja."

Unsere Unterhaltung könnte zäher nicht laufen. Alles an ihrer Körperhaltung sagt mir, dass sie sich nicht wohlfühlt.

„Zweimal Apfelpunsch. Heiß und dampfend." Marita stellt die beiden Tassen vor uns auf den Tresen, und Sarah verwickelt sie die nächsten zehn Minuten in ein Gespräch über die Rezeptur des Getränks. Ich bin kurz davor, sie erlösen zu wollen und einen anderen Tag oder Ort für unser Treffen vorzuschlagen, denn offensichtlich passt ihr die Situation ganz und gar nicht. Aber dann erheben sich ihre Kollegen und verabschieden sich von Marita. Die meisten wünschen auch Sarah einen schönen Abend, was sie mit einem netten Gruß erwidert. Nur der eine Typ – ich glaube, er ist der Oberkellner – geht grußlos und starrt uns dabei ziemlich dreist an. Ich kann fühlen, wie unangenehm es Sarah ist.

Erst als die Tür zufällt, wende ich mich an sie. „Was war das denn eben?"

„Das war mein Ex."

Oh. Auf die Idee wäre ich nicht gekommen, aber zumindest erklärt es ihr komisches Verhalten.

„Das ... tut mir leid." Keine Ahnung, ob das die richtige Reaktion ist.

„Braucht es nicht", sagt sie etwas kratzbürstig. „Wir haben uns schon vor einer Weile getrennt."

„Aber du hängst noch an ihm", schlussfolgere ich.

„Was? Nein." Sie seufzt laut auf. „Es ist nur eine dumme Situation. Wir arbeiten im selben Hotel und er hat inzwischen eine neue Freundin, die ebenfalls eine Kollegin ist."

„Na, das stelle ich mir kompliziert vor." Auf sowas hätte ich keinen Bock.

„Leicht ist es nicht. Getratscht wird natürlich ständig, und jetzt sitze ich auch noch mit einem Hotelgast hier. Verstehst du, was ich meine?"

Ich muss grinsen, denn nun hat sie sich schon wieder in eine Ecke manövriert. „Ach, du willst nicht das Mädchen sein, das sich erst den Kollegen angelt und später einen Gast vernascht?"

„Was? Nein", sagt sie zum wiederholten Male und sieht mich diesmal schockiert an. „Du denkst doch nicht etwa, dass … du und … und ich …?"

Den Lachkrampf, der mich überfällt, kann ich nicht vermeiden und ich brauche einen Moment, um mich zu beruhigen.

Ach, Bambi. Du bist zuckersüß.

Inzwischen blitzen mich ihre Augen bitterböse an. Ich muss schnell zurückrudern, wenn ich nicht will, dass dieser Abend gleich vorbei ist.

„Nur ein Scherz. Zugegeben ein schlechter. Sorry."

Sie scheint abzuwägen, ob sie nicht doch lieber das Weite suchen soll.

„Jetzt, da deine Kollegen weg sind … Wollen wir uns an ihren freigewordenen Tisch setzen?", schlage ich vor.

Sarah willigt ein. Wir nehmen unsere Tassen und wechseln von den Barhockern an den kleinen Tisch am Fenster. Nachdem ihr Ex-Freund gegangen ist, entspannt sie sich sichtlich.

Wieder bringt uns Marita eine Schale mit Zimtsternen herüber, aus der wir uns sofort bedienen. Ich gucke Sarah erwartungsvoll an, und sie versteht.

„Schon gut ... Also ich ging nach der vierten Klasse, wie jedes Kind, weiterhin zur Schule. Da gibt es nichts Außergewöhnliches zu erzählen. Danach habe ich eine Ausbildung zur Hotelfachfrau gemacht."

„Warum ausgerechnet das?"

„Ich fand den Job interessant und mir gefiel die Idee, in anderen Ländern zu arbeiten."

Ich lehne mich vor und sehe sie herausfordernd an. „Und? Bist du weit gereist?"

Sie zuckt mit den Schultern. „Weiß nicht, ob man das weit nennen kann. Nach Beendigung meiner Ausbildung nahm ich an einem Auslandsprogramm teil, das damals an der Berufsschule angeboten wurde, und arbeitete für ein halbes Jahr in London."

„Du steckst voller Überraschungen, Bambi", platzt es aus mir heraus.

„Nenn mich nicht ständig Bambi", faucht sie sofort. „Und warum ist das so überraschend?"

Abwehrend hebe ich die Hände. „Ich hätte nur nicht ..." Ich kratze mich verlegen am Kopf. Vielleicht unterschätze ich sie. Nur weil sie scheu schaut, heißt das nicht, dass sie sich nichts traut. „Egal. London also. Klingt cool! Wie war das?"

Sie lehnt sich zurück und denkt einen Moment lang nach. „Die Stadt ist wahnsinnig toll. Wer würde nicht mal für ein paar Monate dort leben wollen?"

„Aber ...“, werfe ich ein, weil ich das Gefühl habe, dass sie etwas hinterherschieben möchte.

„Na ja.“ Sie lacht. „Die Lebensumstände waren ein bisschen ... gewöhnungsbedürftig. Eine Agentur hatte mich und einige andere junge Bewerber vermittelt und auch die Unterkunft gestellt. Die war unter aller Kanone. So viele Leute wie möglich wurden auf wenigen Quadratmetern untergebracht. Das Gebäude war feucht und schimmelig. Dazu endlose Arbeitsstunden in dem Hotel, in dem ich beschäftigt war.“ Wieder zuckt sie mit den Schultern. „Es war eine interessante Erfahrung und ich möchte sie nicht missen. Außerdem konnte ich mein Englisch gut aufpolieren. Trotzdem hätte ich es nicht länger als sechs Monate machen wollen.“

„Das glaube ich dir gerne.“

Sarah nippt an ihrem Punsch und fragt dann: „Hast du schon mal im Ausland gearbeitet?“

„Ja“, antworte ich wahrheitsgemäß. „Aber heute reden wir über dich.“

„Was willst du noch wissen?“

„Wie ging es nach London weiter?“

„Eine Freundin schleppte mich für ein paar Monate in die Schweiz.“ Wieder überrascht sie mich und scheint es mir auch anzusehen, denn nun grinst sie breit. „Da machten wir Saisonarbeit, bedienten beim Après-Ski Anzugträger wie dich, die sich ein Wochenende lang die Piste und die Kante geben wollten.“

„Anzugträger wie mich“, wiederhole ich etwas beleidigt. „Was für ein Kompliment.“

„Du nennst mich auch ständig Bambi.“

„Aber Bambi ist nett gemeint. Anzugträger hingegen ... klingt ziemlich abwertend."

„Entschuldige. Ich habe es nicht so gemeint", rudert sie zurück. „Du bist ein sehr lieber Anzugträger."

„Oh. Du hast keine Ahnung, wie lieb ich sein kann."

Sie verdreht die Augen, und ich muss lachen.

„Okay." Ich gebe mich kleinlaut. „Ich hör ja schon auf. Erzähl weiter."

„Hm ... So viel ist da nicht mehr. Danach bin ich nach München zurück und arbeitete weiterhin in der Hotellerie. Und irgendwann kam mir die Idee, dass ich nebenher studieren könnte."

„Lässt sich ein Studium mit so einem Job vereinbaren?", frage ich, bevor ich mir noch einen Zimtstern in den Mund stecke. Das Zeug harmoniert so gut mit dem Apfelpunsch.

„Ja. Wenn es geregelt ist. Die eine Hälfte des Monats studiere ich und die andere arbeite ich. Ich muss ja irgendwie Miete bezahlen und von was leben."

„Toll, wie du das machst", sage ich anerkennend.

Sie blickt mich ungläubig an. „Ich komm ganz gut klar. Ein Überflieger wie du bin ich aber nicht."

Ein Lachen entfährt mir. „Deine Ansichten über mich sind wirklich süß."

Als Marita zu uns herüberkommt, um unsere Getränke zu kassieren, bemerke ich erst, dass wir schon wieder die letzten Gäste sind.

„Meine Lieben, wenn es euch nichts ausmacht, dann mache ich langsam Schluss."

„Oh natürlich, Marita. Was schulde ich dir?" Sarah guckt auf die Rechnung und zieht ihr Portemonnaie aus ihrer Tasche.

„Mo-ment." Schnell komme ich ihr zuvor und bezahle. „Immerhin habe ich dich genötigt, heute nochmal mit mir auszugehen."

Sarah stöhnt genervt und schüttelt den Kopf. „Wir sind nicht miteinander ausgegangen."

„Nicht?"

„Nein ... doch. Aber bei dir klingt das so, als wäre es ein Date."

„Ist es nicht?"

Sie guckt mich erschrocken an, und ich kann mir das Lachen nicht mehr verkneifen. Marita auch nicht. Sarah belässt es dabei.

Wir erheben uns.

„Danke für den Apfelpunsch."

„Gerne. Und ..." Ich lege meine Hand auf ihre Schulter. „Schön, dich auch endlich kennengelernt zu haben."

Ihre roten Lippen verziehen sich zu einem Lächeln. Sie streift sich ihre Jacke über, und ich halte ihr die Tür auf.

„Viel Spaß bei deiner Nikolaustour", ruft Marita ihr hinterher. „Die ist doch morgen, oder?"

„Ja. Papa scharrt schon mit den Hufen." Die beiden lachen und verabschieden sich.

Draußen auf der Straße greife ich das Thema nochmal auf. „Was für eine Tour ist das?"

„Am sechsten Dezember besucht mein Vater immer als Nikolaus verkleidet Familien und verteilt kleine Gaben. Das macht er schon viele Jahre, und ich helfe ihm."

„Ach, so wie der Weihnachtsmann?"

„Nicht der Weihnachtsmann", korrigiert sie mich. „Nikolaus. Der Brauch bezieht sich auf einen Bischof im vierten Jahrhundert, der sein Vermögen an die Armen verschenkte. Aber die Figur des Weihnachtsmannes ist vermutlich aus der des Nikolauses entsprungen."

„Na, dann liege ich doch nicht so falsch." Ich lache und stupse sie auf die Nase. „Und dein Vater verteilt einfach so Geschenke an irgendwelche Familien?"

„Ganz so viel Großzügigkeit können wir uns nicht leisten. Er schaut bei Kindern vorbei, deren Eltern vorher bei uns angefragt und einen kleinen Unkostenbeitrag gegeben haben."

„Aha. Und was ist deine Aufgabe dabei?"

„Na ja." Sie stockt, und ich könnte schwören, dass sie ein bisschen rot wird. „Ich bin quasi seine Assistentin und ... und ... trage ein Engelskostüm."

„Engelskostüm ..." Ich kann meine Mundwinkel leider nicht kontrollieren. Sie zucken nach oben, und ich muss mir große Mühe geben, nicht lauthals loszulachen.

„Jetzt grins doch nicht so blöd." Sie boxt mich gegen den Oberarm.

„Ich grinse gar nicht. Eigentlich bin ich schrecklich niedergeschlagen."

„Wieso?"

„Ich würde alles dafür geben, das sehen zu können." Nun bricht mein Widerstand, und ich lasse meinen Lachanfall zu.

„Tja, wie schade, dass du morgen abreist." Der Sarkasmus trieft aus ihrer Stimme. „Und ich muss jetzt wirklich los. Wegen der Nikolaussache habe ich morgen Frühschicht. Die Nacht wird kurz. Wir sehen uns dann zum Check-out." Sie hebt die Hand zum Gruß und will sich davonmachen.

„Warte." Ich gehe einen Schritt auf sie zu und halte sie auf. „Ich hab's nicht so gemeint."

„Okay, ist schon in Ordnung."

Sie sieht zu mir auf und wartet darauf, dass ich was sage. Ein ‚Tschüss' vielleicht oder ein weiterer dummer Spruch. Nur ... mir fällt nichts ein. So stehen wir da und schweigen für einen Augenblick, bis sich etwas kleines Weißes sanft auf ihre Wange legt. Im Schein der Straßenlaterne glitzert es einen Moment lang und schmilzt sogleich auf ihrer Haut.

Meine Hand verselbstständigt sich und greift nach ihrem Gesicht, damit mein Daumen den Wassertropfen wegstreichen kann. Sarah fühlt sich toll an. Ganz weich und warm. Und ein Teil von mir fängt an, sich zu fragen, wie sie wohl schmeckt.

Sie schreckt leicht zurück.

„Es schneit", flüstert sie und weist damit auf das Offensichtliche hin.

Ich lache leise auf und nicke. „Ja. Es schneit."

Unsere Blicke wenden sich gleichzeitig nach oben, von wo mehr und mehr weiße Flocken aus der Dunkelheit rieseln.

„So, wie es aussieht, bekommt ihr sogar Schnee für eure Weihnachtsmanntour."

„Nikolaus", sagt sie tadelnd und bringt mich schon wieder zum Lachen.

Als meine Augen zurück zu ihr wandern, haben sich bereits einige Flocken auf ihr Haar gelegt.

Es juckt mich in den Fingern. Ich will hineingreifen.

„Wir sollten wirklich nach Hause gehen," unterbricht sie meine Gedanken.

Ich nicke brav. „Du hast recht." Unverfänglich reiche ich ihr die Hand, damit ich nicht noch eine Dummheit begehe. „Bis morgen."

Sie ergreift sie. „Bis morgen."

Dann läuft sie mit schnellen Schritten zur Straßenbahn, die gerade um die Ecke biegt und langsam auf die Haltestelle zufährt.

Kapitel 6

Sarah

Ein direkter Wechsel von der Spät- zur Frühschicht ist niemals schön und normalerweise vermeidet es Laura, uns so unvorteilhaft einzuteilen. Da ich aber diese Woche selbst darum gebeten habe, damit ich heute Abend mit Papa die Nikolaustour machen kann, muss ich in den sauren Apfel beißen.

Die Müdigkeit steckt mir in den Knochen, als der Wecker um fünf Uhr klingelt. Wegen Ben ist es gestern ziemlich spät geworden.

Hm ... Ben.

Seine kleinen, fast nichtigen Gesten fallen mir ein und noch immer weiß ich nicht, was ich davon halten soll. Vorgestern strich er mir eine Haarsträhne aus dem Gesicht und einen Tag später den Schnee. Warum macht er das ständig? Und wie kann so eine winzige Berührung solche Auswirkungen auf mich haben? Meine Knie waren weich wie Pudding, und ich konnte mich auf meinen wackeligen Beinen kaum aufrechthalten, als ich zur Straßenbahn ging. Das irritiert mich. Was denkt sich mein Körper dabei, so zu reagieren? Ben passt doch gar nicht zu mir, und ich bin mir ziemlich sicher, dass ihm nichts fernerliegt, als ernsthaft mit mir zu flirten. Er genießt es, mich in Verlegenheit zu bringen und das gelingt ihm leider viel zu oft.

Und nun denke ich schon wieder über ihn nach. Reicht es nicht, dass ich das den größten Teil der Nacht getan habe?

Genervt mache ich mich für den Tag bereit und klopfe sachte an die Tür meines Bruders. Nach ein paar Sekunden steckt Tina ihren Kopf heraus. Wenn wir zusammen Frühschicht haben, verlässt sie sich jedes Mal darauf, dass ich sie wecke.

„Danke, Süße", sagt sie mit kratziger Stimme.

Wir wechseln uns im Bad ab und machen uns dann auf den Weg aus dem Haus, nur um vor der Tür überrascht zu werden.

„Ach du scheiße!", stößt Tina aus.

Eine dicke Schneedecke hat sich über die Stadt gelegt. Schon nach dem ersten Schritt stehe ich mehrere Zentimeter tief in der weißen Pracht. Die Flocken schweben in großen Mengen weich und flauschig auf uns herab, schmelzen auf meiner Wange. Noch ist kein anderer Mensch auf der Straße und es ist an uns, die ersten Fußabdrücke zu hinterlassen. Gebannt lausche ich dem besonderen Knirschen, das dabei entsteht.

„Wann ist das denn passiert?" Tina stöhnt genervt.

Ich nehme es ihr nicht übel, dass sie sich am Flockenzauber nicht erfreuen kann. Um diese frühe Uhrzeit tun das wohl die wenigsten Menschen. Ich jedoch genieße den Moment. Die kalte, frische Luft und das Bild der weißen Straßen, die vor uns liegen.

„Es muss die ganze Nacht geschneit haben. Als ich gestern nach Hause fuhr, fing es erst an."

„Wo warst du denn so lange? Ich hatte noch auf dich gewartet und dann aufgegeben."

„Ach, ich habe mich bei Marita verquatscht." Dass Ben dabei war, erzähle ich jetzt mal lieber nicht, sonst nimmt mich Tina sofort ins Kreuzverhör.

Sie hinterfragt nichts, da wir nun an die Haltestelle für die Tram kommen, und die Anzeige das erzählt, was ich bereits befürchtet habe.

Verspätungen. Der Schnee liegt dick auf den Gleisen. Wir können wohl nicht erwarten, dass bald eine Straßenbahn vorbeikommt. Seufzend machen wir uns auf den Weg zur nächsten U-Bahn-Station. Die ist zwar fünfzehn Minuten entfernt, aber die Chancen, dass sie zuverlässig fährt, sind gut.

Als wir das Hotel schließlich völlig durchgefroren erreichen, müssen wir uns mit dem Umziehen beeilen, damit wir nicht zu spät kommen. Schnell wechseln wir in unsere Arbeitsuniform, das Dirndl, und hasten an die Rezeption.

„Also, wenn Ben der Böse heute auscheckt und ich es nicht mitbekommen sollte, dann gib mir bitte einen Schubs", ordnet Tina an.

„Was? Ben der Böse? Wovon redest du?"

Ach, stimmt. Tina ist ja noch auf dem Stand von Montagabend, als ich mich bei unserem unverhofften Glühweinabend über Ben ausgelassen habe. An den Spitznamen 'Ben der Böse' hatte ich gar nicht mehr gedacht. Unvermittelt muss ich lachen. Wenn er wüsste, wie wir ihn genannt haben.

„Ich weiß immer noch nicht, wie dein Schwarm aus der vierten Klasse aussieht. Er hat sich bei mir nicht extra vorgestellt." Sie zwinkert mir zu. „Vermutlich wird er sich sowieso über alles beschweren. Also überlass ihn mir."

Oh weh. Vielleicht sollte ich sie darüber aufklären, dass Bens schlechtes Verhalten Schnee von gestern ist. Aber apropos Schnee: Genau der hält uns so beschäftigt, dass wir keine Möglichkeit haben, noch weiter zu sprechen. Es hört nicht auf zu schneien. Carlos hat alle Hände voll zu tun, die weiße Pracht vor dem Hoteleingang immer wieder wegzuräumen und Salz zu streuen. Am Freitagmorgen ist meistens sowieso viel zu tun, doch heute häufen sich schon früh die Anrufe. Gäste stornieren oder äußern Bedenken, weil weite Teile des Landes zugeschneit sind. Dazwischen all die Abreisen und Herr Herald, der sich jede halbe Stunde einen Lagebericht von uns geben lässt.

Gerade bereite ich die Rechnung für einen Gast vor, als ich Ben aus dem Augenwinkel sehe, der artig wartet und mich dabei mit seinen Augen karamellig anstrahlt. Ohne etwas dagegen tun zu können, spult sich der kleine Moment zwischen uns in meinem Kopf ab. Dieser Augenblick, als er die Schneeflocke von meiner Wange wischte. Herzklopfen. Innerlich seufze ich. Ich will nicht, dass er es schafft, mich so nervös zu machen, wie er es tut.

„Kann ich Ihnen helfen?", wendet sich Tina an ihn.

„Nein, danke." Ben winkt ab. „Wenn es okay ist, würde ich gerne bei ihr auschecken." Lächelnd deutet er mit seinem Zeigefinger auf mich.

Ich beiße mir auf die Unterlippe.

Tina zieht ihre Augenbrauen hoch und bleibt vorerst tatenlos, da kein weiterer wartender Gast hier ist.

Als ich den Herrn vor mir verabschiedet habe, wende ich mich Ben zu.

„Na? Heute geht es zurück nach Hamburg?", frage ich und hoffe, dass es so leicht und unverfänglich klingt, wie es soll. Mein Herz klopft ein bisschen zu schnell für meinen Geschmack.

Tinas Neugierde hilft mir auch nicht. Sie starrt zwar konzentriert in den Computer, doch ihre Ohren werden so groß wie Satellitenschüsseln.

„Ja. Bis Mittag muss ich noch ins Büro. Dann ab zum Flughafen." Ben händigt mir die Schlüsselkarte aus, und ich bin froh, dass er die Zweideutigkeiten für den Moment sein lässt.

Professionell versuche ich, ihm die üblichen Fragen zu stellen. „Hatten Sie ..." Ich räuspere mich und fahre etwas ruhiger fort. „Hattest du einen schönen Aufenthalt?" So ganz gelingt es mir nicht, ein normales Kundenverhältnis zu wahren.

„Mein Aufenthalt war sehr angenehm." Nun beugt er sich ein bisschen zu mir nach vorne. „Besonders die Abende. Vielleicht können wir das nächste Woche wiederholen?"

Obwohl er diese Frage kaum hörbar stellt, kann ich aus dem Augenwinkel sehen, wie Tinas Kopf in die

74

Höhe schießt. Die wird mich nachher ins Verhör nehmen.

Unbeholfen blicke ich zu Ben auf und treffe auf seine Augen, die mir zuzwinkern. Das macht die Situation nicht besser. Kein bisschen! Mir wird heiß.

„Ähm ... Ich muss schauen, wie mein Dienstplan ist."

„Alles klar. Dann sehen wir uns am Montag." Er legt den Kopf schief. „Ich freu mich schon ... Bambi."

Och, das musste ja kommen. Ich verdrehe die Augen. „Bis dann."

Er lacht und läuft mit seinem Rollkӧfferchen zum Ausgang.

„So, so", höre ich Tina hinter mir. „Ich vermute ganz stark, dass das gerade eben Ben der Bӧse war, nicht wahr?"

„Hm", entgegne ich, ohne sie anzusehen.

„Und so bӧse ist er wohl nicht mehr, hä?"

„Hm."

„Ach, und gestern hast du dich bei Marita verquatscht. So, so." Sie stemmt ihre Hände in die Hüften.

Ich wende mich ihr zu. „Na ja. Das war nicht gelogen. Vielleicht habe ich nur nicht gesagt, mit wem."

„Besser mit jedem außer Ollie."

„Hӧr bloß mit dem auf", stӧhne ich. „Der war anfangs auch in der Bar und hat mir den Abend beinahe verdorben, weil er immerzu herübergestarrt hat."

„Tja, er kann es wohl nicht ertragen, dass du ihm nicht mehr hinterherweinst. Wurde Zeit! Nun lenk aber nicht ab. Was läuft zwischen dir und 'Ben, dem nicht so Bӧsen'?"

Die Chancen stehen gering, dass sie lockerlässt. Also erzähle ich ihr alles, was passiert ist. Und das ist nicht viel. Er hat mich auf ein Getränk eingeladen. Punkt.

„Nächste Woche müsst ihr auf ein richtiges Date gehen, nicht nur zu Marita. Er ist so ein süßes Sahneschnittchen. Mal sehen, was ich da einfädeln kann."

Ich hasse es, wenn Tina versucht, Amor zu spielen.

„Bitte lass das sein. Ich will nicht mit ihm ausgehen." Sie grinst mich breit an.

„Wir haben nur ein bisschen geplaudert, weil wir uns von früher kennen. Das ist alles."

„Ja, ja, ja."

Genervt wende ich mich dem nächsten Gast zu, der auschecken will, während sie nach der Schale mit Gebäck greift, die auf dem Empfangstresen steht. Zur Weihnachtszeit stellen wir sie immer dort auf, und das Küchenpersonal befüllt sie jeden Tag mit hausgemachten Leckereien. Lebkuchen, Plätzchen, Zimtsterne oder Spekulatius. Eine nette Idee, die unsere Gäste in Weihnachtsstimmung versetzt und zudem milde stimmen soll, falls sie einmal warten müssen. Leider riecht das Gebäck meist zu verlockend und füllt überwiegend die Bäuche des Personals. Wer könnte es uns verdenken?

Tina und ich arbeiten an diesem Vormittag mindestens so effizient wie Frau Holle, denn die Flocken fallen nach wie vor dick vom Himmel.

„Ich hoffe, dass die Straßen geräumt sind. Unser kleiner Enkel hat heute Geburtstag, und wir wollten auf jeden Fall am Nachmittag zu Hause sein, um ein bisschen mit ihm zu feiern", sagt Frau Müller, während ihr Mann die Schlüsselkarte über den Tresen schiebt.

Im System kann ich sehen, dass die beiden aus Frankfurt kommen. Bei normalem Wetter machbar. Heute ... könnte es ein wenig länger dauern.

„Wie alt wird Ihr Enkel?", frage ich.

„Er wird fünf. In dem Alter freuen sie sich noch, wenn die Großeltern kommen."

„Dann drücke ich Ihnen die Daumen, dass Sie schnell zu Hause sind."

Bevor ich dem Ehepaar Müller richtig auf Wiedersehen gesagt habe, steht schon der nächste Gast vor mir. Langweilig wird mir heute nicht.

„Ob es irgendwann wieder aufhört zu schneien?" Tina nimmt sich ein weiteres Plätzchen aus der Schale und guckt nachdenklich aus dem Fenster. „Mark und ich wollten doch auf das Konzert."

„Warum sollte es nicht normal stattfinden? Wegen Schnee wird die Olympiahalle nicht geschlossen. Und bis heute Abend hat sich das Wetter bestimmt beruhigt."

Der Tag bleibt interessant. Ein paar Gäste entschließen sich, ihren Aufenthalt zu verlängern, andere sagen ihr geplantes Wochenende in München ab.

Gerade will ich mich in die Mittagspause zurückziehen, als Laura mir ein Telefongespräch durchstellt.

„Sarah, es ist deine Mutter."

Oh. Warum ruft sie mich denn im Hotel an? Kaum habe ich den Hörer abgenommen, kommt mir ihre besorgte Stimme entgegen.

„Hallo mein Kekschen. Es tut mir leid, dass ich dich in der Arbeit störe, aber Papa hat sich heute Morgen beim Schneeräumen den Fuß verknackst."

„Oh nein. Wie geht es ihm? Wart ihr schon beim Arzt?"

„Ja, waren wir. Er muss den Fuß stillhalten und kühlen, denn er ist angeschwollen."

„Natürlich", meine ich. „Sieh bitte zu, dass er das auch wirklich tut und nicht immer wieder aufsteht."

Stillsitzen ist eines der wenigen Dinge, die mein Vater sehr schlecht kann.

„Ich werde jetzt alle Bekannten anrufen, die ihn als Nikolaus vertreten könnten", lässt sie mich wissen. Unsere Nikolaustour hatte ich über das Schneechaos beinahe vergessen.

„Aber heute scheint einer dieser Tage zu sein … Mal sehen, ob ich jemanden finde. Sonst müssen wir es dieses Jahr sein lassen."

„Na, wir werden doch wohl jemanden auftreiben?" Ich will es nicht absagen. Die Nikolaustour ist eines meiner Jahreshighlights. Leider kann ich die Rolle als Frau nicht selbst übernehmen.

„Leichter gesagt als getan. Onkel Walter dreht seine eigene Runde in seinem Viertel. Georg von nebenan hat Gäste. Mark geht auf das Konzert. Tante Caro braucht ihre Jungs in ihrem Stand."

„Hm. Ich spreche gleich mal mit Tina. Bestimmt finden wir einen Nikolaus."

„Mach das."

„Okay." Ich blicke auf und sehe eine Schlange von Gästen, die sich gerade in der Halle gebildet hat. „Mama, ich muss aufhören. Bis dann."

Schnell weiter im Takt. Kurz gelingt es mir, Tina zu bitten, ihre grauen Zellen darüber anzustrengen, wer ein Nikolausersatz sein könnte. Vielleicht kennt sie jemanden. Doch in den nächsten zwei Stunden kommen wir nicht dazu, uns des Themas nochmal anzunehmen.

Erst als die Lobby für einen Moment leer scheint, greife ich nach dem Hörer und rufe meine Mutter an.

„Ich bin es, Sarah", sage ich hastig. „Hast du Ersatz aufgetrieben?"

„Leider nicht. Es ist zu kurzfristig. Ich werde die Nikolausrunde absagen. Nicht, dass dein Vater unvernünftig wird und es selber machen will."

„Warte noch. Vielleicht treibe ich jemanden im Hotel auf. Ich frage mal herum."

Zerknirscht lege ich auf.

„Ich habe leider auch eine Absage erhalten", sagt Tina, die verstohlen auf ihr Handydisplay guckt. „Sei nicht so enttäuscht, falls es nicht klappt." Sie klopft mir auf die Schulter. „Dann eben nächstes Jahr wieder."

Ich gebe nur ein Brummen von mir. Was für ein doofer Tag.

„Frau Kellermann." Herr Herald steht vor mir. „Ich war bis eben in einem Meeting. Können Sie mir eine aktuelle Anreiseliste ausdrucken?"

„Natürlich. Kommt sofort."

An solchen Tagen merkt man ihm den Stress deutlich an. Sonst ist er immer ganz ruhig.

„Frau Winkler", wendet er sich an Tina. „Bitte rufen Sie in der Küche an und lassen die Gebäckschale auffüllen." Er deutet auf die leere Schüssel und zwinkert ihr zu, denn sie hatte sich gerade noch daraus bedient und nickt nun mit vollen Backen.

Herr Herold nimmt die Liste und verschwindet in seinem Büro.

„Ich glaube, der hat ein Radar dafür, wenn ich mir das Gebäck klaue. Diese Woche hat er mich schon dreimal erwischt."

„Hm." Gedankenverloren sehe ich durch die Fensterwand nach draußen. Es schneit immer noch, wenn auch nicht mehr so stark wie heute Morgen. Gleich habe ich Dienstschluss.

Die automatische Schiebetür geht auf, und ich gucke dem neuen Gast verdutzt entgegen. Ben kommt mit seinem Rollkoffer herein.

„Hi", begrüßt er mich zwinkernd.

„Was machst du denn hier?" Ich hatte nicht gedacht, ihn so schnell wiederzusehen.

„Mein Flug nach Hamburg wurde gestrichen."

„Oh. Das tut mir leid."

„Am Flughafen ist scheinbar totales Chaos. Lange Wartezeiten und so. Ich bin vom Büro gar nicht erst dorthin aufgebrochen, sondern direkt hierhergekommen." Er seufzt und schenkt mir ein halbes Lächeln.

„Da kann man nichts machen. Auf jeden Fall achte ich

darauf, dass ich mein Pech nicht wieder an der süßen Rezeptionistin auslasse.""

Innerlich verdonnere ich mich dazu, bloß nicht rot zu werden und versuche, sachlich zu bleiben.

Ich räuspere mich. „Womit kann ich dir dienen?"

Plötzlich wird er ernst und senkt seine Stimme. „Ich weiß nicht, wohin heute Nacht und ... Na ja, es ist Weihnachtszeit. Zeit der Nächstenliebe und so ...", stottert er. „Also hatte ich gehofft, dass du mich vielleicht mit nach Hause nimmst und ich bei dir schlafen kann."

„Wie bitte?" Mir fällt die Kinnlade runter. Spinnt der?

Ben wird von einem Lachanfall überrollt und braucht einen Moment, um sich zu beruhigen. „Ach Bambi, ich finde es fast beleidigend, dass du es so schrecklich fändest, mich bei dir einzuquartieren. Aber ..." Immer wieder muss er auflachen. „... Ich werde dich verschonen. Meine Assistentin hat ein Zimmer hier im Hotel gebucht."

Ich weiß nicht, über was ich mich mehr ärgere. Ihn, weil er mich derart auf den Arm nimmt oder mich, weil ich es ihm so einfach mache. Ich gebe seinen Namen ins System ein, und tatsächlich erscheint er unter den Anreisen.

„Das Zimmer ist für das ganze Wochenende gebucht", prüfe ich die Reservierung.

„Ja, nur für den Fall, dass ich morgen auch nicht wegkomme."

„Wolltest du nicht auf eine Party?"

„Tja. Ich habe meinen Kumpel vorgewarnt, dass ich es vielleicht nicht schaffe. Er meinte übrigens, dass es nur hier im Süden so heftig geschneit hat. In Hamburg ist kein Schnee in Sicht." Er entdeckt die Schüssel mit dem Weihnachtsgebäck und nimmt sich ein Plätzchen heraus.

„Hm, wenn du wirklich hierherziehen willst, wirst du dich an mehr Schnee gewöhnen müssen." Ich zucke mit den Schultern und überreiche ihm einen Gästebogen, den er nur auf Richtigkeit überprüfen muss, da er seine Daten ja bereits am Montag aufgeschrieben hat.

Er zeichnet ihn ab und guckt auf. „Gibt es im Hotel einen Reinigungsservice? Andernfalls muss ich neue Klamotten kaufen gehen."

„Ja. In deinem Zimmer findest du dafür einen Beutel im Schrank. Dauert nur vierundzwanzig Stunden."

„Wunderbar. Vielleicht sollte ich mich morgen gar nicht weiter um einen Rückflug kümmern, sondern mich an der Tatsache erfreuen, dass ich das Wochenende mit Bambi verbringen kann." Er legt den Kopf schief und grinst mich an.

„Da würde ich nicht drauf wetten. Morgen habe ich frei."

„Och." Sein Grinsen verschwindet, und er scheint echt enttäuscht.

Die Geste lässt mein Herz hüpfen. Beinahe möchte ich mit der Hand gegen meine Stirn hauen. Geht's noch kindischer? Ich sammle mich und versuche, meiner Arbeit nachzugehen. Schnell gebe ich ihm die Schlüsselkarte.

„Okay, Herr Hansen. Ich habe Sie ins selbe Zimmer eingecheckt, in dem Sie diese Woche gewohnt haben."

82

„Sehr schön. Das hat ne große Badewanne, die ich nutzen werde." Er nimmt die Karte und lehnt sich leicht vor. „Frau Kellermann?"

„Ja?"

„Warum sind wir wieder beim *Sie*?"

„Weil du nicht aufhörst, mich nach einem blöden kleinen Reh zu benennen", entfährt es mir.

Er setzt einen geknickten Gesichtsausdruck auf. „Liebe Sarah, es tut mir sehr leid, dass du dich davon so gestört fühlst. Ich hatte diesen Spitznamen nett gemeint."

„Schon gut. Wirst du es von jetzt an lassen?"

„Das kann ich nicht versprechen." Nun lacht er wieder.

Ich drehe meine Augen an die Zimmerdecke. Wo sind die anderen Gäste, wenn man sie braucht? Ich will mich nicht mehr mit ihm beschäftigen müssen.

Tina, die in Hörweite herumschleicht, grinst breit.

Ben nimmt die Karte entgegen und dreht sie ein paar Mal in seiner Hand. „Und könntest du mir noch einen Tipp geben, was man hier am Freitagabend so treibt? Sonst wird mir langweilig."

Ich überlege kurz und liste dann die üblichen Empfehlungen auf. „Zurzeit sind viele Weihnachtsveranstaltungen in der Stadt. Du kannst ..."

„Herr Hansen", unterbricht mich Tina. „Heute Abend haben Sie die einmalige Gelegenheit, Kinderherzen höherschlagen zu lassen. Haben Sie jemals darüber nachgedacht, als Nikolaus Adventsstimmung zu verbreiten?"

„Tina. Nein." Ich schüttle den Kopf. „Lass das sein."

„Aber da haben wir die Lösung. Du suchst nach einem Nikolaus, und Herr Hansen will den Abend nicht gelangweilt auf seinem Hotelzimmer verbringen. Alle werden glücklich."

Wenn Blicke töten könnten, dann wäre Tina jetzt mausetot.

Ben sieht uns beiden zu und legt den Kopf schief. „Spielt dein Vater nicht den Weihnachtsmann?"

„Nikolaus." Wie oft muss ich das erklären?

Tina erzählt ihm, was meinem Vater passiert ist, und ich werde nicht müde, ihm zu versichern, dass er sich über den Ersatz eines Nikolauses keine Gedanken machen soll.

„Wie läuft das genau ab? Ich meine ... Sowas habe ich noch nie gemacht."

„Glauben Sie mir", sagt Tina „das haben die wenigsten."

„Hört mir denn hier niemand zu? Er ist nicht der Richtige dafür."

Es ist ja nicht damit getan, einen roten Mantel anzuziehen. Zu dieser Rolle gehört so viel mehr und das kann ich ihm nicht in fünf Minuten beibringen. Warum müssen alle anderen heute schon was vorhaben?

„Tja, es sieht aber so aus, als ob Ben der Einzige ist, der dir aus der Patsche helfen kann." Sie wendet sich von mir ab und guckt ihn fragend an. „Ach, ich bin übrigens Tina."

Die beiden reichen sich die Hand. Bin ich im falschen Film? Innerhalb einer weiteren Minute ist es

beschlossene Sache. Ben wird mit mir zusammen die Nikolaustour machen. Meine Einwände scheinen an ihm
abzuprallen.

„Okay, dann bringe ich meinen Koffer nach oben und
treffe mich mit dir in einer Viertelstunde vor dem Hotel", wendet er sich an mich und steigt in den Fahrstuhl.

Ich bleibe sprachlos zurück. Ein ganzer Abend mit
Ben. Bei dem Gedanken wird mir heiß und kalt zugleich.

„Gut." Tina holt zufrieden ihr Handy aus ihrer Tasche. „Ich schreibe deiner Mutter schnell eine Nachricht,
dass sie bloß nicht absagen soll."

Kapitel 7

Ben

Welch ein Mist! Sowas mache ich normalerweise nicht. Nie. Nicht mal, wenn mein Leben davon abhinge. Was da wohl auf mich zukommt? Keine Ahnung, was in mich gefahren ist. Warum zum Teufel habe ich zugesagt? Die Antwort liegt auf der Hand. Weil Bambi sich so sehr dagegen gesträubt hat. Hätten die beiden Mädels mich freundlich gebeten, diesen ... Weihnachts-was-auch-immer-Job zu übernehmen, dann hätte ich milde gelächelt und abgelehnt. Aber so ... Es ist einfach mit mir durchgegangen. Bevor ich wusste, was geschieht, habe ich mich selbst in diese Verkleidungsshow geritten.

Schneller als mir lieb ist, habe ich mein Zimmer erreicht und stelle den Koffer ab. Und jetzt? Tief durchatmen. Hastig genehmige ich mir eine Dusche, damit ich den Weihnachtsmann nicht stinkend spielen muss. Dann packe ich die meisten Klamotten in den Reinigungssack und lege ihn gut sichtbar neben die Tür. Wenigstens bleibt zu wenig Zeit, um mir nochmal in den Arsch zu treten, dass ich bei dieser dummen Aktion zugesagt habe.

Zehn Minuten später lehne ich an der Hauswand gegenüber vom Hotel und frage mich, ob ich uns einen Gefallen tue, wenn ich absage. Immerhin war Sarah nicht begeistert, und ich habe mich nur dazu hinreißen lassen, weil ich sie ärgern wollte.

Das Geräusch der Metalltür des Seiteneingangs lässt mich aufblicken. Sarah geht auf mich zu. Je näher sie kommt und mich mit ihren dunkelbraunen Augen ansieht, umso mehr Sicherheit steigt in mir auf, dass ich es trotz aller Vorbehalte tun werde. Ich werde den Weihnachtsmann ... Nikolaus ... Santa Claus oder wie sie alle heißen spielen. Wie schlimm kann es schon sein? Ist doch nichts dabei, sich zu verkleiden und für ein paar Stunden zum Clown zu machen. Tun die Leute ja auch jedes Jahr an Karneval.

„Ben, wirklich", legt sie los, ohne mich zu begrüßen. „Du musst das nicht tun. Wir sagen es einfach ab, hm?"

„Nope", sage ich und lasse mir keinen meiner Zweifel anmerken. „Ich freue mich auf einen Abend mit dir, Bambi."

Sie verdreht die Augen.

„Ach stimmt, wer wirst du sein? Ein Engelchen."

Nun schnaubt sie verächtlich.

Ich muss lachen und fange an, mich auf den Abend zu freuen. Gleichzeitig schüttle ich den Kopf über mich selbst. Wie alt bin ich? Zwölf?

„Brauchen wir ein Auto?", frage ich.

„Normalerweise nehmen wir das von meinem Vater."

„Wie wär es mit meinem Mietwagen?", schlage ich vor. Dann kann ich danach wenigstens schnell zurück ins Hotel fahren und bin nicht auf irgendwelche Bahnen angewiesen.

Sarah willigt ein. Durch den Seiteneingang gelangen wir in die Tiefgarage des Hotels, und ich drücke auf den Autoschlüssel. Sogleich blinkt der Wagen auf.

Als wir sitzen und angeschnallt sind, gucke ich sie verschmitzt an. „Und wohin fahren wir jetzt? Zum Nordpol?"

Endlich ein Lächeln. „Fast. Wir müssen in einen Vorort. Fahr los. Ich lotse dich."

„Zu Befehl, Mrs Claus."

Sie lehnt sich zurück, und ich starte den Motor. Kaum haben wir die Tiefgarage verlassen, finden wir uns im Winterwunderland wieder. Die meisten Straßen sind zwar inzwischen einigermaßen geräumt, aber durch die Schneeberge an der Seite sehr eng. Langsam fahre ich durch die verschneite Stadt. Ein paar Manöver hier und ein Hupen dort, und schon bald stehen wir an einer roten Ampel.

„Sieht schön aus, nicht?" Sarah zeigt unvermittelt aus dem Fenster.

„Was meinst du?" Bisher habe ich mich eher auf die Autofahrt konzentriert.

„Na, hier rechts werden auf dem Odeonsplatz Tannen verkauft und da vorne liegt der Hofgarten unter einer dicken Schneedecke. Dazwischen all die Weihnachtsdeko. Ich finde das herrlich."

Das Warten an der Ampel gibt mir einen Moment Zeit, mein Umfeld wahrzunehmen. Der Weihnachtskram macht mich nicht so sentimental wie Sarah, aber all die Lichterketten und geschmückten Häuser haben was. Das gebe ich zu.

Nur wenige Meter von uns entfernt, direkt neben dem Zebrastreifen, steht ein Mann, der Lebkuchenherzen anbietet.

Doch. Hier zu wohnen, werde ich wohl aushalten. Die Stadt ist voll von Alkohol und Süßigkeiten.

Als die Ampel auf Grün schaltet, lenke ich den Wagen über die große, pompöse Ludwigstraße. Vorbei an opulenten Gebäuden, wie die bayerische Staatsbibliothek oder die Universität. Sarah deutet immer wieder nach links und rechts und erklärt mir, worum es sich bei den Bauwerken handelt.

Am Ende dieser Prachtstraße ragt das Siegestor mindestens genauso elegant in den Himmel, wie all die Häuser drumherum. Als wir es passieren, befinden wir uns auf der Leopoldstraße, die uns aus dem Stadtkern in den Norden Münchens führt.

Es dauert nicht allzu lange, bis wir unser Ziel erreicht haben. Während ich parke, lässt Sarah ihre Mutter übers Telefon wissen, dass wir gleich auftauchen werden. Netter Vorort, in dem wir, nicht wie von mir erwartet, ein kleines Häuschen betreten, sondern ein Mehrfamilienhaus. Im zweiten Stockwerk schaut uns eine Frau erwartungsvoll entgegen, und ich muss nicht fragen, um wen es sich handelt. Die dunkelbraunen Augen hat Sarah offensichtlich von ihrer Mutter geerbt.

„Kekschen, ich hätte nicht gedacht, dass die Nikolaustour stattfinden kann." Sie umarmt Sarah und gibt ihr einen Kuss auf die Wange. „Welchen netten jungen Mann hast du denn da dabei?" Neugierig sieht sie an mir auf und ab.

„Mama, das ist Ben. Ein ... Er ... Wir sind zusammen in die Schule gegangen."

„Ach ja?" Sarahs Mutter scheint eifrig in ihrem Gedächtnis zu stöbern, ob sie sich erinnern kann, kommt aber zu keinem Ergebnis.

„Nur kurze Zeit. In der Grundschule", erklärt Sarah weiter.

„Hallo, nett, Sie kennenzulernen", begrüße ich sie höflich und halte ihr meine Hand hin.

Sarahs Mutter ergreift sie und zieht mich zu sich herunter. Bevor ich weiß, wie mir geschieht, werde ich herzlich umarmt und bekomme einen dicken Schmatzer auf die Wange.

„Vielen Dank, dass du uns heute aushilfst, Ben. Das ist so lieb!"

„Ist doch Ehrensache", bringe ich gerade noch hervor, weil sie mich so festdrückt. „Wird sicher ein großer Spaß, den Weih... äh ... Nikolaus zu mimen."

Sie schiebt mich ein Stückchen von sich und mustert mich nochmals ganz genau. „Und was für einen gutaussehenden Nikolaus wir dieses Jahr haben!"

„Mama", ruft Sarah und schüttelt den Kopf. „Können wir reinkommen? Es wird immer später." Ohne Frage ist ihr das alles ziemlich unangenehm. Umso lustiger für mich.

Wir treten ein, und schon kommt mir der Duft von Weihnachtsgebäck entgegen.

„Ein Käffchen für euch?" Sie schubst uns in die Küche, wo tatsächlich frischer Kaffee in der Filtermaschine auf uns wartet.

„Nein danke, Mama. Um vier ist der erste Termin. Wir haben noch zwanzig Minuten", wendet Sarah ein.

„Mit Milch und Zucker, Ben?" Frau Kellermann ignoriert ihre Tochter und gießt mir bereits eine Tasse ein.

„Weder noch. Ich trinke ihn schwarz."

„Bitte schön. Ach, und nimm dir von den Lebkuchen." Sie hält mir eine Schale unter die Nase, und ich greife zu. Lecker. Immerhin hatte ich seit Mittag nichts mehr zwischen den Zähnen.

Ein Mann humpelt zur Tür herein und sieht mindestens genauso interessiert an mir auf und ab wie vorhin Frau Kellermann. „Wenn das unser Nikolaus sein soll, dann fehlen aber ein paar Fettpölsterchen." Er grinst und klopft sich mit der Hand auf seinen Bauch.

Ich hebe lachend die Schultern. „Ich kann mir im kommenden Jahr ein paar Kilo anfressen und es in der nächsten Saison nochmal versuchen."

„So ein Unsinn", fährt Frau Kellermann dazwischen. „Das geht schon. Es ist sehr nett von Ben, dass er dich vertritt."

Sarah wiederholt das Vorstellungsspielchen, und wie vermutet, handelt es sich bei dem Mann um ihren Vater. Wir schütteln uns freundlich die Hand, während seine Frau einen langen roten Mantel vom Kleiderbügel holt.

„Dann wollen wir mal sehen, ob wir dich in einen Nikolaus verwandeln können." Sie reicht mir das gute Stück, und ich hänge es mir über.

Wir alle gucken an mir herunter und lachen auf.

„Zu kurz", stellt Herr Kellermann fest.

„Der Mantel ist nicht zu kurz. Ben hat längere Beine als du", wirft Sarah ein.

„Das ist doch egal. Kein Kind achtet auf sowas." Ihre Mutter macht eine wegwerfende Handbewegung und fährt damit fort, mich in einen alten Mann zu verwandeln, während Sarah ins Zimmer nebenan verschwindet, um sich selbst umzuziehen. Frau Kellermann hilft mir, den künstlichen Bart anzulegen. Dann drückt sie mir eine Kopfbedeckung in die Hand. Langsam wird es mir zu viel. Sollte das nicht eine Weihnachtsmannmütze sein? Mit diesem Teil sehe ich aus wie der Papst.

„Das ist eine Mirta." Offensichtlich hat Frau Kellermann meinen skeptischen Blick erkannt und möchte vermeiden, dass ich gleich das Weite suche. „Das tragen die Bischöfe und eben auch der Nikolaus. Es sieht für dich wahrscheinlich befremdlich aus, ist aber Tradition. Keine Sorge." Sie setzt mir das Ding auf, was mich um mindestens zwanzig Zentimeter wachsen lässt.

„Puh. Damit muss ich den Kopf gewaltig einziehen, wenn ich durch die Türen passen will." Neugierig betrachte ich mich im Spiegel, der im Flur hängt.

Sarah kommt dazu und sieht mich überrascht an. „Wow! Du siehst fast echt aus."

„Du auch." Das breite Grinsen kann ich mir nicht verkneifen. Sie trägt ein weißes Kleid mit goldenen Sternen drauf, das sie über ihre normalen Klamotten gezogen hat.

Sie schüttelt den Kopf. „Hoffentlich kannst du dich nachher deinem Aussehen nach benehmen."

„Aber Hallo. Mit dem Bart." Ich greife nach dem grauen Flaum, der an mir herunterhängt und bewundere mein um Jahrzehnte gealtertes Spiegelbild. „Der sieht so irre echt aus. Nicht wie dieser weiße Kunstkram, den man im Laden kaufen kann."

„Echthaar. War nicht billig", erklärt Sarahs Vater nicht ohne Stolz in seiner Stimme.

Seine Frau widmet sich indes ihrer Tochter und flechtet Sarah ein goldenes Irgendwas ins Haar. „Gut", sagt sie zufrieden, als sie ihre Arbeit beendet hat. „So könnt ihr los."

„Mo-ment", werfe ich ein. „Ich bekomme doch wohl noch eine kurze Schulung darüber, was ich genau machen muss, oder?"

„Er weiß nicht, was er tun soll?" Sarahs Vater sieht uns entsetzt an.

Sarah zuckt schon entschuldigend mit den Schultern, als ihre Mutter die beiden wegdrängt.

„Natürlich kann dein Ersatz nicht so gut vorbereitet sein wie du. Das war mir gleich klar. Ich habe ein paar Eckdaten aufgeschrieben." Sie drückt mir einige Bögen Papier in die Hand. „Hier. Das sind die Namen der Kinder." Sie blättert durch die Dokumente. „Und bei jedem sind die guten und schlechten Taten notiert, die du nennen sollst."

Ich werfe einen Blick auf den Text. Tatsächlich stehen bei jedem Namen verschiedene Eigenschaften. 'Er macht seine Hausaufgaben'. 'Sie ist lieb zu der kleinen Schwester'. 'Er könnte dem Musikunterricht besser folgen'. 'Sie ist frech zu den Eltern'.

Frau Kellermann reicht mir ein schweres Buch mit Ledereinband. „Hier. Das ist eine Attrappe. Du kannst die Infos zu den Kindern einlegen. Und ich habe einen

Text für dich aufgeschrieben, den du einfach zu Beginn abliest."

„Wow!" Mehr ist nicht zu sagen. Sarahs Mutter ist bestens vorbereitet. Ich überfliege den Spruch und kann diese Tour wohl nur noch schwer vermasseln.

Mit flinken Handbewegungen streicht Frau Kellermann den Mantel glatt und richtet ihn ordentlich.

Aus dem Augenwinkel sehe ich Sarah schmunzeln, die vermutlich weiß, wie gut ihre Mutter auf derlei Dinge vorbereitet ist.

Auch sie liest kurz durch die Papiere und nickt zufrieden. „Danke Mama! Das hilft uns sehr."

„Die Adressen stehen jeweils drüber." Frau Kellermann zeigt ihrer Tochter, wo genau. „Fünf reguläre Familien und danach fahrt ihr noch schnell im Krankenhaus vorbei."

„Krankenhaus?"

„Ach, das ist auch so eine Familientradition", erklärt Sarah. „Mit sieben Jahren hat sich mein kleiner Bruder Mark am Nikolausabend den Arm gebrochen. Er, Mama und ich mussten eine ganze Weile in der Notaufnahme warten. Papa kam nach seiner Tour dazu. Er hatte seine Verkleidung anbehalten und ein paar Päckchen mit Obst und Schokolade mitgebracht. Die haben wir dort unter den anderen wartenden Kindern verteilt."

„Seitdem mache ich das jedes Jahr, darf sogar auf die Kinderstation ... Das heißt, dieses Jahr wirst du das tun." Herr Kellermann klopft mir auf die Schulter.

Ich nicke artig und bete, dass ich alles gut hinbekomme. Danach werde ich einen Schnaps brauchen. Oder auch zwei.

„Das Schwabinger Krankenhaus liegt auf dem Weg zurück in die Stadt. Es sollte keine Umstände machen und wir haben sogar eine Sondergenehmigung fürs Parken", erklärt Sarah stolz.

Ihre Mutter drängelt sich an uns vorbei und stößt die Küchentür zu, hinter der zwei volle Waschkörbe mit kleinen Jutesäcken stehen. „So. Und hier haben wir die Gaben."

„Was ist da drin?", will ich wissen.

„Ein Apfel, Mandarinen, Nüsse und Schokolade. Die Eltern zahlen einen Unkostenbeitrag, und das ganze Viertel spendet für die Säckchen, die für die Kinder im Krankenhaus vorgesehen sind."

Aha. So funktioniert das also.

„Meine Güte." Sarah sieht auf die Uhr. „Wir müssen los." Sie schnappt sich einen der Körbe und dreht sich zu mir. „Bist du soweit?"

Ich greife mir den anderen. „Keine Ahnung. Das werden wir herausfinden. Im Notfall habe ich ja einen Engel an meiner Seite."

Ein klein wenig Röte huscht über ihre Wangen, und ihre Eltern lachen herzhaft.

Da all die Familien in der Gegend wohnen, müssen wir nicht lange fahren, um das erste Haus zu erreichen. Sarah sendet eine Nachricht mit dem Handy, damit die Leute über unser Kommen Bescheid wissen.

Ich parke und reibe mir die Hände. „It's Showtime. Noch irgendwelche guten Tipps?"

Sie guckt mich an und lächelt verschmitzt. „Die Mischung macht's. Jedes Kind ist anders. Sie zum Heulen zu bringen ist schlecht. Wenn sie dich auslachen, wäre auch nicht gut."

„Na, dann wollen wir mal sehen." Ich steige aus und setze mir den großen Hut mühevoll auf.

Sarah schnappt sich eines der Säckchen im Kofferraum.

„Okay. Unser erstes Kind heißt Tobias", erklärt sie, als sie den Papierbogen mit den Notizen für den anstehenden Besuch in das Buch legt, aus dem ich vorlesen soll.

„Hm. Darf ich den Namen bei *unserem* zweiten Kind wählen?" Ich grinse sie an, während wir auf das Haus zu stapfen. „Autsch!"

Dieser Fausthieb gegen meine Schulter hat wehgetan.

„Kannst du jetzt mit den Kindereien aufhören und dich auf deine Aufgabe konzentrieren?"

„Yes, Mrs Claus!"

Ein kurzes Klingeln und schon bitten uns erwartungsvolle Eltern herein. Sarahs Mutter scheint sie darüber informiert zu haben, dass anstatt ihres Mannes ein Ersatz kommt.

Ich trete ins Wohnzimmer, wo auf dem Tisch eine Kerze auf dem Adventskranz brennt und auch sonst ordentlich eingeheizt ist. Unter meinem Mantel wird mir ziemlich warm. Zwei große Kinderaugen empfangen mich.

Puh! Dann mal los.

„Einen wunderschönen guten Abend", grüße ich den Jungen mit extra tiefer Stimme „Heute mache ich mich auf den Weg durch die Stadt, um all die braven Kinder für ihre guten Taten zu belohnen. Und wen haben wir hier?"

Sarah drückt mir das dicke Buch in die Hand und sieht dabei so ernst aus, dass ich mir riesige Mühe geben muss, um nicht plötzlich lauthals loszulachen. Wenn ich davon zuhause erzähle, glaubt mir das niemand. Nicht mal meine Mutter.

„Tobias. Ich grüße dich in dieser besonderen Zeit."

Er blickt stumm zu mir hoch.

„Wollen wir mal sehen, was ich mir dieses Jahr in mein himmlisches Buch notiert habe?"

Okay, das war Freestyle. Sarah kann sich ein Auflachen nicht verkneifen, das sie gekonnt in ein Räuspern verwandelt. Mein Grinsen ist durch den üppigen Bart verdeckt.

Der Junge sieht mich mit großen Augen an.

„Ich sehe, dass dich deine Mama etwas zu oft ans Aufräumen erinnern muss." Ich gebe alles, um einen ernsten Gesichtsausdruck hinzubekommen. „Und an manchen Tagen bist du ein bisschen zu übermütig und hörst nicht auf deine Eltern. Ist das richtig?"

Tobias nickt betreten und wirkt sehr schuldbewusst.

„Willst du mir versprechen, in Zukunft deine Spielsachen wegzuräumen und besser auf Mama und Papa zu hören?"

Er antwortet mit einem kleinen „Ja".

„Aber hier stehen auch gute Dinge über dich." Mit meinem Finger fahre ich im Buch herum. „Du isst dein Essen meistens brav auf, besonders wenn es Pizza gibt. Und du hast viele Freunde im Kindergarten, die sehr gerne mit dir spielen. Stimmt das?"

Nun nickt er eifrig.

„Gute Taten sollten belohnt werden."

Sarah reicht dem Jungen das Säckchen, und seine Augen strahlen. Zum Schluss singt Tobias noch 'Kling Glöckchen' für uns, was sich bei einem Vierjährigen sehr abenteuerlich anhört. Die Familie verabschiedet sich von Sarah und mir. Als die Tür hinter uns zufällt, nicke ich zufrieden.

„Ich will ja nicht angeben, aber ich muss sagen … Ich bin ein Naturtalent."

Sarah lacht auf. „Eigentlich wollte ich dich gerade loben, doch wenn du dich selbst mit Komplimenten überschüttest, dann brauchst du wohl keine von mir."

„Ach, nun komm schon. Ein Lob von dir ginge runter wie Öl." Ich schubse sie mit der Hüfte seitlich an und lasse mir nicht anmerken, wie groß meine Erleichterung darüber ist, dass der erste Besuch gut verlaufen ist.

„Okay. Das hast du toll gemacht." Auch sie rempelt mich verspielt in die Seite. Oho, das heißt wohl, dass Bambi zufrieden ist.

In den kommenden zwei Stunden gehen wir bei den Familien ein und aus. Die Kinder geben Gedichte zum Besten oder spielen Weihnachtslieder auf der Blockflöte. Nicht alle sind so ruhig wie Tobias. Von einem Mädchen müssen wir uns regelrecht losreißen, weil sie uns ganze vier Strophen eines Weihnachtsreims vorsagt.

Natürlich bleiben auch kleine Zwischenfälle nicht aus. Ein Kind nenne ich versehentlich beim falschen Namen und einmal vergesse ich, mich zu ducken, als ich durch den Türrahmen trete. Ich verliere nicht nur den großen Hut, auch mein Kunstbart verrutscht. Glücklicherweise kann Sarah ihn zurechtrücken, bevor mich eines der Kinder zu sehen bekommt.

Es bleibt zwar eine ungewöhnliche Beschäftigung für einen Freitagabend, doch langweilig wird mir nicht. Auch Sarah scheint Spaß zu haben, besonders weil ich geübter werde und mich nicht mehr nur auf den vorgegebenen Text beschränke, sondern meine eigene Art hineinmische.

Als ich den Wagen schließlich bei unserer letzten Adresse, dem Krankenhaus, parke, betrachte ich mich selbst als Profi. Diesen Job könnte ich morgen ohne Frau Kellermanns Notizen machen. Inzwischen weiß ich, wie ich improvisiere, und kein Kind hat geweint oder mich ausgelacht.

„Hier musst du nichts weiter aufsagen", erklärt Sarah. „Der Ablauf ist abhängig davon, wie viel los ist. Wenn es ruhig ist, kann uns eine Schwester begleiten und wir übergeben die Säckchen. Falls sie alle im Stress sind, geht das natürlich nicht."

Sarah meldet uns an der Rezeption an. Wenig später holt uns eine nette Krankenschwester namens Anja ab und führt uns auf die Kinderstation. Dort finden sich einige Kinder in einem Aufenthaltsraum ein und sehen uns gespannt an. Während Sarah die Säckchen verteilt, lobe ich die Gruppe für ihr artiges Benehmen und hebe hervor, wie toll sie ihren Krankenhausaufenthalt meistern. Ich wünsche ihnen gute Besserung und ermuntere sie dazu, auch nächstes Jahr brav zu sein. Lange wollen wir den Krankenhausablauf nicht aufhalten und sind nach einer halben Stunde wieder draußen.

Ich atme tief durch. Sarah tut es mir gleich. Mein Gefühl gleicht dem, das man nach einer gefürchteten, aber erfolgreichen Klausur hat. Eine tolle Leistung und Erleichterung, dass es vorbei ist.

Kapitel 8

Sarah

„Guck mal. Da ist ein Parkplatz." Die sind in meinem Viertel rar.

Ben ergreift die Chance und quetscht den Wagen in eine Lücke direkt vor meiner Haustür.

Ich schnalle mich ab und drehe mich zu ihm. „Hey Ben ..." Kurz überlege ich, wie ich ihm danken kann. „Das ... Du warst toll. Mein Vater hätte es nicht besser machen können."

Er legt den Kopf schief, als würde er meinem Lob nicht ohne Weiteres glauben.

„Wirklich. Vielen Dank", bestärke ich mein Kompliment.

„Sehr gerne", sagt er schließlich. „Es hat Spaß gemacht. Mehr als ich dachte." Seine Augen verraten mir, dass er diese Worte ernst meint. Er stupst mir leicht gegen die Schulter, und in mir keimt der wahnwitzige Wunsch auf, er würde mir wieder eine Haarsträhne aus dem Gesicht streifen.

Dann fällt mir ein, dass er das gar nicht tun könnte, da ich immer noch die Weihnachtsgirlande trage, die mir Mama vorhin schnell ins Haar geflochten hat. Ich ziehe ein paar Klammern heraus und öffne den Zopf. Gleich habe ich mich von der Glitzerdeko befreit und schüttle die Haarpracht kurz durch.

Ben sieht mir bei jeder meiner Bewegungen genauestens zu. Obwohl mich das nach wie vor nervös werden lässt, muss ich mir eingestehen, dass ich seine Aufmerksamkeit mehr und mehr genieße. Sein Gesichtsausdruck ist undurchdringlich, und nun, da er meinen Blick bemerkt, guckt er auf seine Armbanduhr. Ich sollte endlich aussteigen und ihn nicht länger aufhalten. Ich habe ihn sowieso stundenlang von einem Haus zum nächsten gejagt.

Er sieht mich fragend an. „Noch nicht mal neun. Was können wir jetzt anstellen?"

Oh. *Anstellen* ... *Wir* ... Ich überlege einen Moment.

„Hier um die Ecke ist ein kleiner Weihnachtsmarkt. Er ist ganz nett, weil er nicht so überlaufen ist wie der am Marienplatz. Hast du Lust, auf einen Glühwein vorbeizuschauen?"

„Logo. Den haben wir uns verdient."

Auch er befreit sich vom Gurt und guckt dann an sich herunter. „Aber nicht so, oder? Sonst wollen mir vielleicht noch mehr Kinder Gedichte aufsagen."

Ich muss lachen. Für heute habe ich ebenfalls genug davon. Wir steigen aus und streifen die Kostüme ab, unter denen wir unsere normale Kleidung tragen. Er öffnet den Kofferraum und legt den Mantel, Hut und Kunstbart sorgsam in einen der Wäschekörbe, die nun leer sind.

„Schade. Ich hatte schon ganz vergessen, wie du im wahren Leben aussiehst", scherze ich.

„Für echtes graues Haar muss ich noch ein wenig mehr Zeit mit dir verbringen", gibt er zurück.

Schwer schnaubend stemme ich die Hände in die Hüften. „Ein Wortgefecht mit dir würde ich wohl nie gewinnen."

„Okay, okay. Das Nächste geht an dich. Versprochen."

Lachend machen wir uns auf den Weg und erreichen in nur kurzer Zeit den Markt, der wie erhofft, nicht zu überfüllt ist. Wir schlendern in Ruhe über den Platz und sehen uns ein paar Stände genauer an. Glitzernder Weihnachtsbaumschmuck. Traditionelle Schnitzereien. Hübsche Adventsgestecke.

Der viele Schnee ist inzwischen entweder niedergetreten oder in Hügeln um den Platz herum zusammengeschoben. Von den verschiedenen Hütten strömt Wärme, aus und die Luft ist erfüllt vom Geruch nach Leckereien. Weihnachtsmusik erklingt aus jeder Ecke.

Wir bummeln weiter und kommen bei einem Würstchenstand zum Stehen.

Ben nickt und deutet darauf, als habe er genau danach gesucht. „Also ich weiß ja nicht, wie es dir geht, aber mir knurrt der Magen."

Stimmt. Ben hat seit Stunden nichts gegessen. Als er ins Hotel kam, wurde er von Tina zum Nikolausjob verdonnert und dann von mir von einem Haus zum nächsten geschubst. Auch ich könnte einen Bissen vertragen.

„Oh Gott! Natürlich. Du musst ja halb verhungert sein", sage ich erschrocken.

Er setzt einen weinerlichen Gesichtsausdruck auf. „Ja. Ich sterbe."

Wieder schlage ich ihn gegen die Schulter, was langsam kindisch wird. Ich muss mir was Besseres einfallen lassen.

Er stellt sich hinter eine Frau, die gerade bestellt, und dreht sich zu mir um. „Wonach ist dir? Bratwurst- oder Steakbrötchen?"

„Nein, nein", protestiere ich. „Es ist wirklich an der Zeit, dass ich dich einlade. Du hast uns heute gerettet und vielen Kindern eine große Freude gemacht."

Ich lasse es mir diesmal nicht nehmen, zu bezahlen und hole uns zwei Steaksemmeln. Die verschlingen wir innerhalb von fünf Minuten und wandern weiter zum Glühweinstand. Dort besteht Ben darauf, für die Getränke aufzukommen. Inzwischen fängt es ganz leicht an, zu schneien. Während ich auf ihn warte, recke ich mein Gesicht nach oben und schließe die Augen. Ich liebe solche Abende.

„Vorsicht. Die sind mit Extraschuss", verkündet Ben, als er mit den beiden randvollen Tassen zum Stehtisch kommt, an dem ich lehne.

Er hebt eine davon in die Höhe und prostet mir zu. „Auf diesen verrückten Tag. Das Niko-Dingsbums gehört auf jeden Fall in die Kategorie der seltsamsten Dinge, die ich jemals getan habe."

Wir lachen beide lauthals auf und trinken einen großen Schluck. Huch, da ist tatsächlich ein kräftiger Schuss Schnaps drin.

„Was machst du eigentlich an Weihnachten?", will ich wissen.

„Urlaub auf Mallorca."

Überrascht gucke ich auf. Damit habe ich nicht gerechnet. Irritiert bemerke ich, wie sich mein Inneres etwas versteift, denn ich gehe davon aus, dass er dort nicht alleine hinfahren wird. Meine Reaktion ärgert mich! Es geht mich doch gar nichts an.

„Das ... hört sich nett an. Nicht besonders weihnachtlich, aber bestimmt schön."

„Hm. Mal sehen. Auf jeden Fall besser als Washington."

Ich versuche, Sinn aus diesem seltsamen Vergleich zu machen.

Ben erkennt mein verwirrtes Gesicht. „Ich habe nichts gegen die Stadt, doch dort leben mein Vater und seine Freundin. Unser Verhältnis ist nicht toll. Weihnachten will ich ungern mit ihnen verbringen."

„Aha." Ich nicke.

„Auf Mallorca lebt meine Mutter mit ihrem jetzigen Mann. Bei denen ist es lustiger. Also fahre ich dorthin. Es ist schön da."

„Wow! Das ist es bestimmt." Ich versuche wirklich, mich daran zu hindern, so doof zu grinsen, aber die Tatsache, dass er seine Mutter besucht, anstatt dort mit einer Schönheit zu urlauben, lässt seltsame Schmetterlinge in meinem Bauch aufflattern.

Während wir die nächsten zwei Glühwein trinken, erzählt Ben aus seinem Leben. Ich weiß längst nicht alles, wie er mir gestern vorgeworfen hat. Im Gegenteil. Ich staune. Studium mit Auslandssemester. Eine Praktikumsstelle in New York. Und offenbar erfreuen sich viele seine Freunde einer ähnlichen Laufbahn. Man treibt sich in teuren Restaurants, Clubs oder Bars herum und jettet über das Wochenende mal eben nach Monte Carlo. Alles ganz normal.

Ich höre aufmerksam zu, und jedes Mal, wenn er mich anlächelt, gerät mein Puls außer Kontrolle. Ich schiebe es auf den Alkohol, denn ... Halloooo! Je mehr Ben erzählt, umso klarer wird mir, dass er ganz und gar nicht zu mir passt. Mein Kopf weiß das. Nur mein Herz will sich gerade auf ihn einschießen. Wie ging dieser Spruch? Ben spielt in einer anderen Liga.

„Hast du eigentlich noch Kontakt zu alten Schulkameraden?", fragt er unvermittelt.

„Aus der vierten Klasse meinst du?"

„Ja. Ich kann mich kaum an die Leute erinnern."

„Ach, nicht mal an Nina? Mit der warst du doch damals zusammen."

Oh weh. Drei Glühwein sind zu viel. Nüchtern hätte ich das nie gesagt.

Er lacht auf. „Ach stimmt. Das war die Honigblonde mit der Stupsnase", meint er ein wenig entschuldigend, da er sie offensichtlich wirklich vergessen hatte. „Weiß nicht mal, ob man das 'Zusammensein' nennen kann. Viel ist nicht zwischen uns passiert." Er hebt den Finger „Was natürlich gut ist. Wir waren ja erst zehn. Außerdem ging es nicht lange."

„Ich glaube, ihr kamt im Frühjahr zusammen, und es hielt bis zum Schulende im Sommer."

Beinahe möchte ich die Hand auf meinen Mund legen, damit ich endlich aufhöre, zu sprechen. Es ist fast bemitleidenswert, dass ich das noch so genau weiß, aber es Ben auf die Nase zu binden, ist einfach nur peinlich.

Er trinkt den Rest seines Glühweins und setzt die Tasse geräuschvoll auf dem Stehtisch ab. Dann rückt er einen Schritt näher. Aus der Hütte hinter uns tönt ein Chor aus den Lautsprechern, der die Luft mit Klängen von 'Stille Nacht' erfüllt. Für eine gefühlte Ewigkeit sieht Ben mir in die Augen, lässt ein angedeutetes Grinsen seinen Mund umspielen, ohne etwas zu sagen.

Ich bin froh über die dicke Jacke, die ich trage, sonst würde er vielleicht hören, wie laut mein Herz klopft.

„An was du dich alles erinnern kannst ...", sagt er irgendwann und schüttelt leicht den Kopf.

„Ähm ..." Ich zucke entschuldigend mit den Schultern. „Ich ... äh ... Keine Ahnung, warum ..." Weiter komme ich nicht, denn seine Hand greift in mein Haar, so wie ich es mir zuvor im Auto gewünscht habe. Sie verharrt dort einen Moment lang und ermuntert die Schmetterlinge in meinem Bauch dazu, aufzufliegen.

„Du hast wunderhübsche Augen. Weißt du das eigentlich?" Sein Blick bittet mich um die Erlaubnis, einen Schritt weiter zu gehen, und seine warmen Finger gleiten über meine kalten Wangen. Ich lasse es zu, schrecke nicht zurück.

Und als ich nur einen Augenblick später seine Lippen auf meinen spüre, mixen sich die flatternden Schmetterlinge im Bauch, der Pudding in den Knien und das Adrenalin im Herzen zu einer aufregenden Mischung. Sein Kuss fühlt sich unglaublich schön an. Sanft und doch auffordernd. Ruhig, trotzdem abenteuerlich.

Wie lange wir dort stehen und in unserer eigenen Welt versunken sind, weiß ich nicht. Aus der Hütte hinter uns ertönen weitere festliche Lieder vom Band. Alles, was ich fühle, ist die Wärme, die Ben ausstrahlt, wenn seine Lippen über meine streichen und seine Finger sich in mein Haar graben.

Als er sich von mir löst, habe ich keine Ahnung, wie viel Zeit vergangen ist. Es könnte Tage später sein. Auf jeden Fall stehen inzwischen weniger Leute um uns herum, und die ersten Stände schieben ihre Holzbretter vor, machen für heute Schluss.

Ben nimmt meine Hand. „Wir sollten gehen."

Ohne weitere Worte folge ich ihm vom Platz. Schweigend laufen wir die Straße entlang. Immer wieder versuche ich, mir bewusstzumachen, dass dies kein Traum ist. Ja, ich hatte drei Glühwein und bin ein wenig angedudelt, aber das passiert wirklich. Ich gucke an mir hinunter. Seine Hand hält meine, und es fühlt sich toll an. Es gibt keine Wortgefechte mehr zwischen uns. Keine Witzeleien oder kindisches Boxen gegen die Schulter. Nur unsere Finger sind aktiv und verweben sich ineinander. Erst bei seinem Wagen kommen wir zu uns.

„Passt es wohl, wenn ich das Auto hier stehen lasse? Nach drei Glühwein fahre ich nicht mehr." Ben sieht sich nach einem Straßenschild um.

„Ja. Es ist Wochenende. Da sollte es kein Problem sein."

„Gut." Er lässt meine Hand los und guckt sich um. „Da vorne ist eine Haltestelle für eine Straßenbahn, nicht wahr?"

Ich schlucke. Fieberhaft schüttle ich mein Inneres, um herauszufinden, was ich jetzt erwarte ... Oder erwartet hätte ... oder ... Keine Ahnung! Möchte ich, dass er geht? Andererseits ... Will ich, dass er annimmt, mit mir in meine Wohnung kommen zu können?

„Genau", antworte ich sachlich und lasse mir mein Kopfchaos nicht anmerken. „Sie bringt dich in die Stadtmitte und von dort kannst du zum Marienplatz fahren."

„Okay ... Dann schlaf gut." Er reibt sich etwas unschlüssig über den Kopf. Schließlich beugt er sich vor und gibt mir ein Küsschen auf die Wange. „Bis dann, Sarah." Langsam wendet er sich ab.

Was mache ich jetzt? Soll ich ihn einfach so gehen lassen?

„Willst du vielleicht noch auf einen Kaffee mit hochkommen?", höre ich mich fragen und kann es nicht fassen. Die wohl abgedroschenste Phrase in einer Situation wie dieser.

„Bist du sicher, dass du das möchtest?"

Mit dieser Gegenfrage lässt er mich wissen, dass er in meiner Wohnung keineswegs Kaffee erwartet.

Wortlos nicke ich. Ben kommt zu mir zurück, ganz nah und umschließt meine kalten Wangen mit seinen warmen Händen. Wieder spüre ich seine Lippen auf meinen.

Wie hätte ich diese dumme Frage nicht stellen können, wenn sich alles mit ihm so schön anfühlt?

„Kaffee wäre toll", flüstert er und jagt mir damit ein Schaudern über den Körper.

Mit zittrigen Fingern krame ich die Hausschlüssel aus meiner Jackentasche und schreite mit ihm zusammen die Treppen in den fünften Stock hoch. Jeder Schritt hallt, denn es ist spät und die Welt um uns ruhig.

Als ich die Wohnungstür aufsperre, bete ich innerlich, dass niemand zu Hause ist. Tinas und Marks Grinsen kann ich nicht gebrauchen.

Die Wohnung liegt im Dunkeln. Sie sind noch unterwegs. Gut.

Ben tritt ein und sieht sich um. „Nett hast du es hier. Ist das eine WG?"

Zum ersten Mal denke ich darüber nach, ob er wohl etwas ... Besseres erwartet hat. Aus der Unterhaltung in Maritas Bar schließe ich, dass er ein adrettes, großes Apartment mitten in Hamburg besitzt. Hier hingegen regiert das Chaos. Die Wohnung ist klein und verwinkelt. Neben der Eingangstür liegen mindestens fünf Paar Schuhe von Mark und Tina durcheinander da. Wir klopfen unsere ab und stellen sie daneben. Die Jacken finden an der überfüllten Garderobe geradeso Platz.

„Ja. Ich wohne mit meinem Bruder zusammen. Der ist heute Abend auf einem Konzert und noch nicht wieder zurück."

„Warum wirkst du so erleichtert darüber?" Ben grinst mich an. Er hat mich durchschaut.

„Na, nun hast du ja schon meine Eltern kennengelernt. Das reicht fürs Erste."

Er lacht und folgt mir in die Küche.

Etwas unsicher gucke ich in den Kühlschrank. „Hm. Natürlich hat Mark das Bier weggetrunken. Oh. Aber hicr ist eine angebrochene Flasche Weißwein. Oder möchtest du doch lieber Kaffee?"

Bevor ich mich zu ihm umdrehen kann, fühle ich seine Finger, die sanft meinen Arm emporgleiten.

„Nein. Ich will keinen Kaffee." Ein Flüstern, ganz nah an meinem Ohr.

Ich schließe die Kühlschranktür und ziehe Ben an der Hand in mein Zimmer. Dort knipse ich nur die Sternchen-Lichterkette an, die ich vorgestern aufgehängt habe. Wie erhofft schenkt sie uns genau das richtige Licht. Sanft und gedämpft.

Erneut steht er hinter mir und streicht mein Haar zur Seite, während sich sein Mund auf meinen Nacken legt. Oh, das fühlt sich viel zu gut an. Mein Herz hämmert laut gegen meine Brust. Fast bekomme ich Angst, dass es sich übernimmt. Bens Arme schlingen sich langsam um mich, und der Duft seines Aftershaves steigt betörend in meine Nase. Doch nun fällt mir etwas Wichtiges ein.

„Warte kurz."

Aufgeregt stürme ich in Marks Zimmer. Glücklicherweise weiß ich, wo er seine Kondome aufbewahrt und schnappe mir die Packung. Sorry, kleiner Bruder.

Als ich meine Zimmertür schließe und Ben dort im Schummerlicht stehen sehe – die Hände in den Hosentaschen vergraben – bin ich mir plötzlich nicht mehr sicher. Er kommt aus einer ganz anderen Welt, voll mit schönen und teuren Dingen. Da passt die kleine Rezeptionistin in der chaotischen WG nicht hinein. Was habe ich mir dabei gedacht, ihn hierher zu bringen?

„Hey." Er greift meine Hand und zieht mich zu sich. Noch einmal küsst er mich, küsst meine Zweifel weg. Dafür ist kein Platz, denn dieser Kuss lässt sie nicht zu. Er ist fordernd, leidenschaftlich und zielstrebig.

„Ich will dich, Sarah", raunt er gegen meinen Mund, während sich seine Hände unter mein Top schieben. Also lasse ich mich fallen, als er es mir über den Kopf zieht und meine Hose aufknöpft. Auch ich möchte nicht untätig sein und entledige ihn seines Shirts. Diesen Anblick muss ich erst mal aufnehmen und ... genießen. Sowas bekommt man nicht alle Tage zu sehen. Was für ein toller Körper. Trainiert und an den richtigen Stellen definiert.

„Alles klar?" Er hebt mein Kinn an, weil ich ihn wohl etwas zu lang anstarre.

„Du solltest öfter so rumlaufen." Mein Blick lässt keinen Zweifel daran, wie sehr ich auch ihn will.

Ich kann fühlen, wie seine Finger die Häkchen meines BHs lösen. Mit einem angedeuteten Grinsen löst er sich ein paar Zentimeter von mir und zieht das gute Stück herunter. Er betrachtet meinen Körper mit hungrigen Augen, lässt seine Hand vom Schlüsselbein zwischen meinen Brüsten nach unten zum Bauchnabel gleiten.

„Du auch."

Sein Bauch hebt und senkt sich, bebt so sehr wie meiner. Während ich seiner Zunge wiederholt Einlass in meinen Mund gewähre, schieben wir uns gegenseitig näher zum Bett. Allzu unerwartet fühle ich die Bettkante in meinen Kniekehlen. Ich falle rücklings auf die Matratze und nehme Ben mit mir. Er rappelt sich wieder auf, zieht mir meine Hose vom Leib und sich anschließend seine. Auch seine Boxershorts fällt, und ich bekomme zu sehen, wie erregt er ist.

Bevor er jedoch mein Höschen abstreift, kniet er sich vor mich und bedeckt meinen Körper mit tausend kleinen Küssen. Streicht mit seiner Zunge über die Haut an meinem Bauch entlang. Spielt sanft mit der Zungenspitze an meinem Bauchnabel.

Ich bebe vor Lust und möchte mich so gerne revanchieren. Doch bevor ich die Chance dazu bekomme, schiebt er mein Höschen beiseite und küsst mich zwischen meinen Beinen. Ich stöhne auf und bin einmal mehr froh, dass Mark und Tina noch nicht zu Hause sind. Das hier ist zu gut, um es nicht in vollen Zügen zu genießen. Ben befördert mich mit seinem Tun in eine Trance, aus der ich nicht zurückkehren will. Alles, was ich wahrnehme, ist mein Verlangen. Nach ihm, nach seiner Nähe.

Irgendwann löst er sich von mir und holt sich ein Kondom aus der Packung, die ich auf das kleine Schränkchen neben mein Bett gestellt habe. Er streift mein Höschen ab und schiebt seine Hüften zwischen meine Beine. Als er in mich eindringt, stöhnen wir beide auf.

„Oh verdammt Sarah. Dein Körper fühlt sich irre an."

Er wartet einen Moment, damit ich mich an ihn gewöhnen kann, doch sein Flüstern in meinem Ohr treibt mich an. Ich fange an, mich zu bewegen, will ihn ganz spüren. Er tut es mir gleich, und wir finden unseren Rhythmus. Seine Küsse, seine Stöße, sein Keuchen, alles fühlt sich unglaublich an. Und als ich es nicht mehr weiter hinauszögern kann, zieht sich mein gesamter Körper in einer Blase aus Lust zusammen, nur um dann zu explodieren. Auch Ben bäumt sich auf, lässt seiner Ekstase freien Lauf und kommt lautstark zum Höhepunkt.

Er sackt auf mir zusammen, atmet schwer. Ich streiche mit meiner Hand über seinen Rücken, was in ihm kleine Nachbeben entfacht. Für einen süßen Augenblick liegen wir so da und streifen mit den Fingern über unsere nassgeschwitzten Körper.

Dann richtet er sich ein Stück auf und schüttelt mit einem Lächeln den Kopf. „Du machst mich ganz wirr, Bambi."

Um wegen des Namens zu protestieren, bleibt mir keine Zeit, denn er küsst mich so leidenschaftlich, dass ich es schon wieder vergessen habe.

Kapitel 9

Ben

Langsam schlage ich die Augen auf und nehme den Raum, in dem ich mich befinde, nur verschwommen wahr. Eine Sekunde lang oder auch zwei muss ich überlegen. Wo bin ich?

Dann fällt mir auf, dass mein Arm um jemanden geschlungen ist.

Isa... Nein. Sarah.

Oh Mann. Wir haben miteinander geschlafen. Eine ganze Weile liege ich da, rühre mich nicht und versuche, ruhig weiter zu atmen. Ich will sie nicht wecken, denn ich brauche Zeit. Zeit, um darüber nachzudenken, ob ich mich verdammt nochmal nicht zusammenreißen hätte können. Musste das sein? Andererseits hat sie mich zu sich in die Wohnung geschleppt. Ich war schon dabei, zu gehen und die Straßenbahn zum Hotel zu nehmen, als sie mich aufhielt. Es ging von ihr aus.

Und ich? Ich habe nicht Nein gesagt, wollte sie vernaschen. Und sie hat so gut geschmeckt, noch besser, als ich es mir vorgestellt habe.

Scheiße! Wie hätte ich bitte schön Nein sagen können?

Vorsichtig streiche ich mit meinem Finger an ihrer Schulter hinab, fühle ihr weiches Haar.

Sie regt sich, wacht langsam auf und dreht sich zu mir. Auch sie braucht einen Moment, um zu sich zu kommen und zu verstehen, warum ich neben ihr im Bett liege.

Och, schon wieder wird mir ganz anders, als sich diese hübschen, scheuen, dunkelbraunen Augen auf mich richten. Dabei bemerke ich nach und nach, dass sie gar nicht so scheu ist, wie ich es ihr immer unterstelle. Es ist einfach ihre Art zu gucken und ... Was soll ich sagen? Es macht mich mächtig an.

„Ben", flüstert sie.

„Hm", brumme ich nur.

Nachdenklich spiele ich mit der einen widerspenstigen Haarsträhne, die sich mir so kampfeslustig entgegenstreckt. Wir liegen da, sagen nichts.

„Bereust du es?", fragt sie kaum hörbar.

Verdammt. Sollte ich es bereuen? Wahrscheinlich. Aber ich kann nicht.

Ich schüttle den Kopf. „Und du?"

„Nein." Ihr Flüstern ist viel zu nah an meinem Ohr. Jedes einzelne Haar an meinem Körper stellt sich auf. Und etwas anders auch.

Ich schalte meinen Verstand aus und lege meine Lippen an ihren Hals. Dort genieße ich ihren süßen Duft, während sich mein Mund auf Wanderschaft begibt. Mit vielen kleinen Küssen entlocke ich ihr hinreißende Geräusche, die mich dazu ermuntern, ihr alles von mir zu geben und mir alles von ihr zu nehmen.

Eine halbe Stunde später stehe ich unter der Dusche in Sarahs Badezimmer und lasse das Wasser an mir herunterlaufen. Inzwischen bin ich im Tag angekommen und die zweite Runde mit Bambi hat jegliche Zweifel an meinem Tun zerschlagen. Neugierig schweift mein Blick durch den Raum. Über das Durcheinander muss ich schmunzeln. Fünf angefangene Duschgels. Badesalz dazwischen. Drei verschiedene Shampoos.

Das offene Regal neben dem Waschbecken ist vollgestopft mit zahllosen Make-up-Utensilien, Mundwassern, Rasierkram für Männer und Frauen, daneben Reinigungsmittel, Föhn und mindestens fünfzehn Parfümflakons. Alles kunterbunt gemischt. Totales Chaos. Eine WG eben. Da kommt mir die Ordnung in meinem Apartment schon fast seniorenhaft vor.

Ich schwinge mir das Handtuch, das mir Sarah gegeben hat, um die Hüften und verlasse das Badezimmer. Doch weit komme ich nicht.

„Oh, là, là, wen haben wir denn hier?", kommt es von einer Frau, die in einem pinken Einhorn-Pyjama vor mir steht.

Moment mal … Ich kenne sie. Nur ohne die Hotelkleidung sieht sie so anders aus. Sie ist Sarahs Kollegin.

„Tina", erinnert sie mich an ihren Namen, weil ich wohl etwas zu dumm gucke.

„Hi … Tina." Ich muss zugeben, ein bisschen überrascht zu sein, dass ich sie hier antreffe. Auf jeden Fall greife ich nach dem Handtuch, das ich trage, um sicherzugehen, dass es nicht rutscht.

Ihr Grinsen könnte breiter nicht sein. Sarah kommt dazu.

„Na wenigstens weiß ich jetzt, wohin die Kondome verschwunden sind", wendet sich Tina an sie und klopft ihr auf die Schulter.

Sarahs Wangen erröten und ihre Augen werden groß … um nicht zu sagen scheu. Oh Mann. Ob diese Tina wohl ein weiteres Kondom verschmerzen kann? Denn wenn mein Bambi so weitermacht, muss ich sie noch einmal vernaschen.

„Gleich gibt's Frühstück, ihr beiden Süßen." Tina schiebt sich an uns vorbei ins Badezimmer und schließt die Tür, während Sarah mich in ihr Zimmer schubst.

„Du lebst mit deiner Kollegin zusammen?" Das kann ich mir nur eigenartig vorstellen.

„Was? Nein. Ich wohne mit meinem Bruder in dieser WG. Tina ist seine Freundin."

Ich lache etwas ungläubig. Sarah versichert mir, dass es in der Hotellerie ganz normal ist, wenn sich Privates unter Kollegen vermischt. Tja, ihren Ex habe ich ja auch schon kennengelernt. Irgendwann unterbreche ich ihren Redeschwall mit einem Kuss, denn eigentlich ist mir das ziemlich egal. Alles, was mich interessiert, ist mein Bambi. Ich will sie noch einmal haben. Verstohlen blicke ich auf. Seit sie die Tür geschlossen hat, sind wir nicht mehr alleine. Ihre grauweiße Katze hat es sich gemütlich gemacht. Mit wachsamen Augen beobachtet sie, was ich mit ihrem Frauchen anstelle. Oder anstellen möchte.

Sarah bemerkt meine Vorbehalte und fängt an zu kichern. „Das ist Benny." Sie wendet sich dem Tier zu und begrüßt es. „Hey Süßer. Alles gut. Das ist Ben, dein Namensvetter."

118

„Benny?" Ich muss lachen. „Kein schlechter Name." Ich strecke meine Hand nach dem Kätzchen aus, das schüchtern auf dem Schrank sitzt, will es kraulen. Prompt bekomme ich ein Fauchen zu hören, gefolgt von einer schnellen Bewegung. Bevor ich weiß, wie mir geschieht, bemerke ich die roten Kratzspuren auf meiner Hand.

„Oh nein. Böser Benny", schimpft Sarah, während das Tier unbeeindruckt nach unten springt und das Weite sucht. „Das tut mir so leid." Sie nimmt meine Hand und sieht sich die blutende Stelle an. „Wir müssen das säubern und desinfizieren."

Sie läuft aus dem Zimmer und kommt nur kurze Zeit später mit einem Erste-Hilfe-Kasten zurück.

Daran könnte ich mich gewöhnen. Sarah kümmert sich mit großer Sorgfalt um meine Wunde, tupft sanft das Blut ab und desinfiziert die Stelle. Erst als sie mich zwischen Pflaster oder Verband wählen lassen will, protestiere ich. Die Hand ist ja noch dran, und ein vierjähriges Kind bin ich auch nicht mehr.

Kurz checke ich mein Handy, das lautlos auf dem Tisch liegt. Neben vielen unwichtigen E-Mails erregen zwei Absender meine Aufmerksamkeit. Eine ist von Frau Lieblich, die mir weitere Wohnungen für eine eventuelle Besichtigung aufreiht. Die andere ist von meiner Assistentin, die mir mitteilt, dass sie es geschafft hat, den Flug nach Hamburg umzubuchen. Daten und Ticket sind angehängt. Ich müsste in etwa zwei Stunden am Flughafen sein und somit sofort aufbrechen, damit ich mein Gepäck aus dem Hotel holen kann. Auf diesen

Stress habe ich wenig Lust. Mir ist klar, dass ich Hennings Party verpassen werde, wenn ich den Flug sausen lasse. Andererseits ist er kein Kind von Traurigkeit und schmeißt solche Partys ständig. Sorry, Kumpel. Den angebrochenen Vormittag mit Bambi zu verbringen erscheint mir gerade viel attraktiver. Ohne weiter darüber nachzugrübeln, stecke ich mein Telefon weg und sehe die Sache damit als erledigt an.

„Alles in Ordnung?", fragt Sarah, nachdem sie ihre Erste-Hilfe-Box wieder weggeräumt hat.

„Alles bestens. Wo geht's zum Frühstück?"

Wir begeben uns in die Küche, und wie vorhin im Badezimmer muss ich schmunzeln. Das Durcheinander hier ist mir gestern Abend gar nicht aufgefallen. Na ja, da hatte ich wichtigere Dinge im Sinn.

Was für ein bunt zusammengewürfelter Raum das ist. Kein Möbelstück passt zum anderen, und ich stelle verwundert fest, wie viel Kram man in ein nicht allzu großes Zimmer stopfen kann. Das Radio dudelt den Weihnachtsklassiker 'Last Christmas' von Wham!, und obwohl auf den Arbeitsflächen nicht wirklich gearbeitet werden kann, weil das blanke Chaos herrscht, ist der Frühstückstisch liebevoll gedeckt. Brötchen, Butter, Marmelade, Honig und sogar gekochte Eier. Alles, was ich mir an einem Samstagmorgen wünsche, steht zur Auswahl. Tina gießt frischen Kaffee ein und setzt sich auf den Schoß von Mark, den ich mit einem Handschlag kennenlerne. Beide beäugen interessiert den Kratzer auf meiner Hand, und wir machen es uns an dem kleinen

Tisch gemütlich, an dem wir nur alle Platz finden, weil die zwei sich einen Stuhl teilen.

„Unglaublich, oder?", sagt Tina fasziniert. „Ich habe es immer schon gesagt. Dieses Tier versteht tatsächlich genau, was wir sagen."

„Was meinst du?", brummt Mark, der seinen Kaffee schlürft.

„Neulich haben wir noch über 'Ben den Bösen' geschimpft und nun kratzt Benny ihn blutig."

„Ben den was?", will ich wissen.

Sarahs Gesichtsfarbe verändert sich von normalrosig ins Tiefrote. „Ähm ... Das war doch nicht so gemeint."

Tina erklärt mir, was es mit diesem Spruch auf sich hat, und ich schwanke zwischen Lachanfall und Stirnrunzeln. Dass die Geschichte zutage kommt, ist Sarah mächtig peinlich, aber das sollte es nicht. Immerhin bin ich es, der sich unmöglich verhalten hat.

Ich ziehe sie an mich heran. „War ich tatsächlich so schlimm?"

Sie spitzt die Lippen und setzt ein überlegendes Gesicht auf. „Sogar noch schlimmer."

„Wow! Da muss ich aber in den letzten Tagen Pluspunkte gesammelt haben. Immerhin hast du mich in dein Reich gelassen."

Die Mädels lachen gleichzeitig auf. „Reich." Beide sehen sich im Chaos um.

„Hübscher Baum übrigens." Ich deute auf das rosarote Kunstbäumchen auf dem Fenstersims und kassiere einen schockierten Blick von Sarah. Sie klärt mich darüber auf, dass dieses Ungetüm, wie sie es nennt, sehr bald einer echten Tanne weichen muss.

„Und wie klappt das so, wenn Bruder und Schwester zusammenwohnen?", frage ich.

„Das ganze Jahr über funktioniert es eigentlich gut", erzählt Mark und verzieht das Gesicht nun jämmerlich. „Aber in der Weihnachtszeit tickt Sarah aus. Schade also, dass du sie ausgerechnet jetzt kennenlernst und bestimmt bald die Flucht ergreifst."

Er fängt sich von seiner Schwester einen Stoß mit dem Ellenbogen ein.

„Was meinst du damit?", will ich wissen.

„Hast du doch gerade gehört. Jeden Dezember schleppt sie einen Weihnachtsbaum an, den sie in diese winzige Küche stopft. Und dann kann sich hier niemand mehr umdrehen, schon gar nicht kochen. Außerdem spielt Benny ständig mit den Weihnachtskugeln, bis sie kaputtgehen." Er weist mit seiner Hand durch den Raum. „Ganz zu schweigen vom Dekokram und den zehntausend Lichterketten, die überall aufgehängt werden, auch wenn die Wohnung noch so klein ist. Für mich heißt das: Augen zu und durch."

Sarah verpasst ihm einen weiteren Stoß.

„Autsch! Ist doch wahr."

„Mir egal, was du denkst. Nächste Woche gehe ich auf Baumsuche." Sie verschränkt die Arme.

„Und du? Wohnst du allein?", fragt mich Mark.

„Ja. Mein Apartment in Hamburg werde ich echt vermissen. Aber mal sehen, was sich hier ergibt. Apropos ..." Ich ziehe mein Handy aus der Hosentasche, auf dem ich vorhin Frau Lieblichs E-Mail sah. „Meine Maklerin hat mir eine Besichtigung organisiert. Hier." Ich zeige Sarah die Nachricht. „Ist das eine gute Gegend?"

„Sendlinger Tor. Oh ja. Zentraler geht's nicht. Ist schön da." Sie reckt den Daumen in die Höhe.

„Na, dann werde ich sie gleich mal fragen, ob ich mir das heute noch ansehen kann."

„Wolltest du nicht versuchen, nach Hause zu kommen?"

„Ach lass mal." Ich mache eine wegwerfende Handbewegung und belasse es dabei.

Sarah sieht mich zwar stirnrunzelnd an, befragt mich aber nicht weiter dazu.

Ich tippe eine Antwort auf Frau Lieblichs E-Mail, als sich eine spontane Idee in meinen Kopf schiebt. „Kommst du mit?"

„Ich?"

„Ja. Vier Augen sehen mehr als zwei ... Natürlich nur, wenn du Lust hast."

„Hm." Sie überlegt einen Moment. „Eigentlich hatte ich vor, bei Tante Caro auf dem Tollwood vorbeischauen, um zu sehen, ob sie Hilfe braucht."

„Mach ich schon", wendet Mark ein. „Mama hat mich gestern angerufen und angeheuert."

„Was ist denn ein ... Toll-Wood?", will ich wissen.

„Ein Kulturfestival", klärt mich Tina auf. „Eine Art hipper Weihnachtsmarkt, vermischt mit lustigen Dingen, die man kaufen kann, und Unmengen von Essen aus aller Welt. Nebenbei gibt es Zelte, in denen kleine

Konzerte oder Shows stattfinden, und Künstler stellen ihre Werke aus."

„Unsere Tante Caro hat dort einen der Fressstände", erzählt Mark weiter.

„Ja, und heute am Samstag wird sicher viel los sein", wägt Sarah ab.

„Geh du mal mit Ben die Wohnung besichtigen. Das Sendlinger Tor ist doch nicht weit vom Tollwood entfernt. Kannst ja danach vorbeikommen."

Sie nickt zögerlich, und ich reibe mir die Hände. Es ist beschlossen.

Später steigen wir die Treppen aus dem U-Bahnschacht am Sendlinger Tor hoch, und auch hier empfängt uns ein Weihnachtsmarkt. Kleine Holzhütten zieren den Platz. Es riecht nach Glühwein und Keksen. Allerdings wirkte der ganze Klimbim gestern bei Schneetreiben verlockender als jetzt bei königlichem Sonnenschein und blauem Himmel. Denn an beidem dürfen wir uns heute erfreuen. Herrliches Wetter, aber kalt. Eine große, laute Kreuzung umspannt den Platz. Auch eine Haltestelle für die Straßenbahn ist zu sehen. Leute hasten von A nach B. Zentral ist dieser Ort auf jeden Fall.

„Ich glaube, wir müssen da lang."

Ich überlasse Sarah die Führung und folge ihr in eine der ruhigeren Seitenstraßen. Schon von Weitem winkt uns Frau Lieblich zu. Sie begrüßt uns beide mit einem festen Händedruck und geht voran. Das Gebäude wirkt sauber und verfügt über einen Aufzug. Das ist ein Pluspunkt.

„Wundervoll, dass Sie heute gleich Zeit gefunden haben, sich die Wohnung anzusehen. Ich bin mir hundertprozentig sicher, dass Ihnen dieses Apartment gefallen wird, Herr Hansen. Es ist gerade neu renoviert worden und bietet einen fantastischen Blick über die Stadt."

„Da bin ich gespannt."

Im sechsten und damit letzten Stock steigen wir aus dem Lift. Frau Lieblich öffnet die Tür, und ich muss schon beim Eintreten zugeben, dass sie nicht zu viel versprochen hat. Vor mir erstreckt sich ein großer offener Wohnraum, der nach frischer Farbe riecht. Das Parkett glänzt und ist vermutlich gerade erst verlegt worden. Jeder unserer Schritte hallt von den Wänden wider, und der gesamte Bereich wirkt durch die breiten Fenster auf natürliche Art hell.

„Wie ich schon erwähnt habe, wurde das Apartment umfassend renoviert und entspricht einem hohen Standard."

Ich folge Frau Lieblichs Ausführungen zu den Fenstern, die mit bestem Lärmschutz ausgestattet sind, und gucke mir den angrenzenden Raum an, der das Schlafzimmer sein könnte. Es ist nichts daran auszusetzen.

Nachdem ich auch das Badezimmer unter die Lupe genommen habe, fühle ich der Maklerin wegen des Preises auf den Zahn. Natürlich bewegt sich der an der obersten Grenze meines Budgets. Nichts anderes war zu erwarten.

Nun würde ich gerne wissen, was mein Bambi dazu sagt, und geselle mich zu ihr auf den Balkon, auf den eine große Doppelglastür führt. Selbst hier draußen kann man den Lärm, der sich nur zwei Straßen weiter am Sendlinger Tor abspielt, kaum hören.

„Guck mal, Südblick", sagt Sarah, ohne sich zu mir umzudrehen.

Tatsächlich. In der Ferne kann ich die Alpen erkennen. Nicht so klar, wie das oft auf Postkarten oder Prospekten vorgetäuscht wird, aber die schneebedeckten Umrisse der Bergspitzen zeichnen sich ganz leicht ab.

„Um genau zu sein, Süd-West-Blick", erläutert Frau Lieblich, die ebenfalls heraustritt. „Somit können Sie hier draußen schöne Stunden verbringen und die Sonne bis zum Abend genießen."

Selbst diese zeigt sich von ihrer besten Seite und scheint uns mit ihren zarten Winterstrahlen in unsere Gesichter.

„Ich lasse Sie einen Moment allein, um sich zu besprechen", wendet sich Frau Lieblich an uns, weil sie sicherlich denkt, dass wir beide einziehen werden.

Sarah scheint den Irrtum richtigstellen zu wollen, aber schon hat die Maklerin ihr Handy am Ohr und verschwindet nach drinnen.

„Was denkst du über die Wohnung?"

Sarah lacht auf. „Ich habe wirklich genauestens geguckt, ob mir irgendetwas daran nicht gefallen könnte. Aber es gibt nichts. Sie ist toll. Und ..." Nun grinst sie spitzbübisch. „... ich wüsste ganz genau, wo ich meinen Weihnachtsbaum hinstellen würde, wenn ich die Hausherrin wäre."

Ich pruste los. „Das kann ich mir gut vorstellen."

126

Kapitel 10

Sarah

Wir treten auf die Straße. Frau Lieblich schüttelt Ben und auch mir die Hand. Das ist mir ziemlich unangenehm. Sie denkt bestimmt, dass ich seine Freundin bin und mit ihm in die Wohnung ziehen will. Ben hat sein Interesse an der Immobilie bekundet, und sie wird sich um die Formalitäten kümmern. Es scheint beinahe außer Frage zu stehen, dass er das Domizil seiner Träume bekommen wird.

Etwas ernüchtert erinnere ich mich an so manche meiner eigenen Wohnungsbesichtigungen. Meist hatte ich auf Anzeigen in der Zeitung oder im Internet reagiert. Somit wurde ich mit zig anderen Bewerbern durch sehr wenige Quadratmeter gescheucht. Dann musste jeder der Interessenten ein Formular ausfüllen und wenn ich dabei ehrlich angab, dass ich in der Hotellerie arbeite und nebenher studiere, war das für mich immer das Ende der Geschichte. Die Wohnung, in der ich lebe, bekam ich nur, weil sie einem Bekannten eines Freundes meines Vaters gehört. Die Miete ist knackig, aber nicht total unbezahlbar, wie es in München nun mal meist der Fall ist.

Doch natürlich kann ich mich überhaupt nicht mit Ben vergleichen. Von Anfang an hatte er eine Maklerin engagiert, die ihm die Apartments ausgesucht hat. Die Besichtigung lief ruhig und angenehm ab. Ganz zu schweigen von seinem Budget. Ich habe die Unterhaltung über den Mietpreis hören können und bin fast umgekippt. Diese Monatsmiete könnte ich mir niemals leisten. Wieder flüstert das Stimmchen in meinem Kopf: Er spielt in einer anderen Liga. Ich fange an, mich zu fragen, was ich hier überhaupt zu suchen habe. Warum hat er mich zu der Besichtigung mitgenommen?

„Okay, dann telefonieren wir nächste Woche." Ben verabschiedet sich von Frau Lieblich, und schon ist sie weg.

Etwas unschlüssig sehen wir uns an.

„Ich sollte mich auf den Weg zum Tollwood machen", sage ich leise und schiebe den Schnee mit meinen Schuhspitzen hin und her. Ich bin mir nicht sicher, wie ich mich verhalten soll. Es war eine aufregende und wirklich schöne Zeit mit ihm, aber gerade kämpfe ich dagegen an, näher darüber nachzudenken. Ich will nicht mehr fühlen, als gut für mich wäre.

„Wo ist denn dieses ... Tollwood eigentlich?"

„Etwa zehn Minuten von hier auf der Theresienwiese, auf der im Herbst immer das Oktoberfest stattfindet."

„Oh", ruft er aus. „Heißt das, dass ich nächstes Jahr nur einen kurzen Weg zurücklegen muss, wenn ich betrunken von da nach Hause wanke?"

Ich lache. „Wenn du vorhast, dich dort abzuschießen, ja. Und natürlich nur im Fall, dass du die Wohnung wirklich bekommst."

„Ach, da bin ich zuversichtlich." Er sieht siegessicher aus. „So, willst du mir jetzt dieses ... Tollwood zeigen?"

„Was? Du möchtest mitkommen?"

Er guckt auf seine Armbanduhr. „Es ist später Samstagnachmittag, und ich hab nichts zu tun. Also ja. Natürlich nur, wenn dir das nichts ausmacht."

„Nein." Total überrascht schüttle ich den Kopf. „Das wäre schön."

Er will mehr Zeit mit mir verbringen. Die Schmetterlinge in meinem Bauch sind völlig aus dem Häuschen.

Wir laufen etwa zehn Minuten die Straße entlang und schon befinden wir uns auf der Theresienwiese. Die Zelte und ihre bunten Lichter sind nun bei Dämmerlicht gut zu erkennen. Der Haupteingang zum Festivalgelände wird von einem großen Bogen markiert, der mit riesigen Blumen verziert ist, die aus recyceltem Metall bestehen. Gespannt schaut Ben auf und guckt sich um, als wir zwischen den schneebedeckten Ständen umherlaufen. Hin und wieder blitzen dazwischen Lichtersäulen hervor, und kunstvolle Skulpturen säumen den Weg.

„Das sieht alles ziemlich abgefahren aus. Sehr abstrakt", stellt er fest.

Ich lache. „Das stimmt. Das Tollwood ist ein Kulturfestival. Meist steht es unter einem Motto, das mit Umweltschutz, Energie oder Nachhaltigkeit zu tun hat."

Ohne mich umzusehen, nehme ich direkt Kurs auf Tante Caros Stand. Jetzt, da es dunkel wird, mehren sich die Besucher, und wenn sie Hilfe braucht, dann will ich nicht untätig sein.

Ben liest vom Schild über Tante Caros Bude vor. „Das Schlemmerhäuschen."

„Hallo, ihr Lieben", begrüßt uns Mama, die vor der Hütte steht. „Mark hat erzählt, dass du vorbeischauen wolltest, Sarah."

Ich sehe meinen Bruder zusammen mit zwei unserer Cousins im Inneren der Hütte in Kochtöpfen rühren, Leberkässemmeln an Kunden servieren und nebenher viele Faxen machen. Hier auszuhelfen ist trotz allem Stress immer ein großer Spaß.

„Ja, ich wollte sehen, ob ich gebraucht werde. Bei diesem kalt-trockenen winterlichen Wetter wird heute sicherlich einiges los sein."

„Deswegen hatte ich Mark gebeten zu kommen. Du hast gestern schon die Nikolaustour gemacht."

Tante Caro serviert einem ihrer Kunden Dampfnudeln mit Vanillesoße und kommt dann an die Ecke, wo wir stehen. „Schön, dass ihr vorbeischaut." Sie zwinkert mir zu und reicht Ben ihre Hand. „Es ist wirklich lieb von euch, aushelfen zu wollen. Aber zu viele Köche verderben den Brei. Das wird zu eng."

Ben nickt, auch wenn ich gar nicht vorhatte, ihn schon wieder zur Arbeit zu verdonnern.

„Na gut. Aufdrängen werde ich mich nicht." Ich lache und wende mich an meine Mutter. „Und warum bist du hier?"

„Ich wollte nach dem Rechten sehen, falls es Mark nicht rechtzeitig schafft."

Mein Bruder ist nie pünktlich. Aber immerhin ist er hier.

„Eigentlich hatten dein Vater und ich Tickets für heute Abend." Mama zieht etwas aus ihrer Tasche und wedelt damit herum. „Möchtet ihr die haben?"

Ich nehme sie ihr aus der Hand.

„Jazzige Weihnacht?"

„Ja. Eine Jazzband, die Weihnachtssongs spielt. Die Veranstaltung beginnt um acht in einem der Zelte. Eine Bar ist vor Ort, und es steht euch frei zu tanzen. Für deinen Vater und seinen Fuß kommt das nicht infrage. Es wäre doch schade, wenn die Tickets verfallen. Ich hatte sowieso überlegt, wie wir uns bei Ben bedanken können, weil er gestern so toll eingesprungen ist. Und jetzt seid ihr zufällig hier." Sie wendet sich an ihn. „Das war sehr, sehr lieb von dir, uns auszuhelfen. Du musst natürlich nicht zu der Veranstaltung gehen, wenn du nicht willst. Es war nur ein spontaner Gedanke."

„Oh wow. Danke, das klingt vielversprechend." Er guckt sich die Tickets an.

Ich sehe fragend zu ihm auf. Ist er wirklich interessiert oder möchte er nur höflich sein?

„Hast du darauf Lust?", fragt er mich.

„Das wäre sicherlich nett." Bestimmt sogar sehr nett.

„Wunderbar." Meine Mutter klatscht in die Hände und wendet sich an mich. „Vielleicht treffen wir Ben ja in nächster Zeit öfter, hm? So ein lieber Mann", jauchzt sie lauthals und zwinkert mir zu.

Nicht doch! Wie peinlich. Ich kann fühlen, wie ihre Anspielung die Röte in meine Wangen treibt. Bens breites Grinsen, das ich aus dem Augenwinkel sehe, macht es nicht besser.

„Mama", mischt sich Mark ein, der über meine offensichtliche Verlegenheit grinst. „Sie kennt Ben seit fünf Minuten, und du siehst schon den Schwiegersohn in ihm."

Ich könnte meinen kleinen Bruder erwürgen. Ach was. Meine ganze Familie! Ich wage es nicht, in Bens Richtung zu gucken. Wie schrecklich peinlich!

„So, meine Lieben." Tante Caro drängt sich mit zwei Schüsseln an Mark vorbei. „Lust auf Gulasch?"

Was bin ich froh über den Themenwechsel. Mamas Kuppelversuche kann ich nicht gebrauchen.

Wir alle nehmen unsere Portionen dankbar an und hauen rein, bevor das Abendgeschäft richtig losgeht. So, so lecker. Danach werden die Menschentrauben um den Stand mehr, und das Team arbeitet wie ein Uhrwerk. Keine Zeit für eine Unterhaltung.

Ben und ich verabschieden uns, denn wir wollen nicht im Weg sein. Außerdem ist es schön, diese ganz eigene Atmosphäre des Tollwoods zu genießen. Wir streifen langsam über das winterliche Kulturfestival. Ich komme jedes Jahr mehrere Male her und entdecke trotzdem immer wieder etwas Neues. Und auch Bens Interesse wird von den vielen unterschiedlichen Angeboten geweckt, bei denen sich das Traditionelle mit dem Außergewöhnlichen vermischt.

Gehäkelte Mützen und Schals in allen Farben. Afrikanische Skulpturen. Geschnitzte Spielsachen. Aufwendige Lotuskerzen, die aussehen wie exotische Blumen. Witzige Wanduhren aus recyceltem Altglas.

Dazwischen Glühweinstände und Leckereien aus aller Welt.

Ben bleibt bei den Hüttenschuhen stehen und sieht sich die verschiedenen Größen an. „Ob ich meiner Mutter welche mitbringen soll?"

„Was? Nach Mallorca?" Ich lache.

„Im Winter wird es dort auch kalt. Nicht ganz so wie hier, aber meine Mutter jammert immer, dass es ihr zu kühl ist. Und die hier ..." Er zeigt mir die flauschige Fütterung im Inneren. „... sehen wirklich warm und gemütlich aus."

Tatsächlich kauft er das Paar Schuhe und gleich noch ein Zusätzliches für den Mann seiner Mutter. Als ihm der Händler die Tüte überreicht, setzt Ben ein triumphales Grinsen auf. „Sehr schön! Weihnachtsgeschenke kaufen: abgehakt." Er malt mit dem Finger einen Haken in die Luft.

„Was ist in den großen Zelten?", will er wissen.

„Der Bazar. Also weitere Verkaufsstände."

Drinnen geht es zu wie in einem Ameisenhaufen. Überall wuseln Leute auf der Jagd nach einem schönen oder außergewöhnlichen Weihnachtsgeschenk. Die Stände bieten einfach alles. Wir kommen an buntem Keramikgeschirr vorbei, sehen Bastelecken und gucken uns Bilder von Künstlern an. Dazwischen Traumfänger, farbenfrohe Ponchos, lustige Marionetten, Laternen und Schmuck in jeder erdenklichen Form.

„Da müssen wir hin." Ben schiebt mich plötzlich in einen anderen Gang, und ich kann sehen, wohin es ihn zieht.

An dem Stand habe ich auch schon oft Halt gemacht. Hängematten in allen Variationen. Ein paar davon werden mit schweren, aufwendigen Holzständern als Ausstellungsstücke präsentiert. Jeder, der will, kann sich hineinlegen und sie ausprobieren. Ben lässt sich nicht lange bitten. Schnell hat er sich in eins der Stücke geschwungen und reicht mir seine Hand.

„Komm rein. Ist kuschelig hier."

Kichernd lege ich mich zu ihm. Als ich mich an ihn geschmiegt habe und mir sein Duft in die Nase steigt, kommt mir plötzlich der Gedanke, dass ich gar nicht weiß, woran ich bei ihm bin. Wir haben den ganzen Tag ... und die Nacht davor völlig unverhofft miteinander verbracht. Natürlich war es wunderschön, trotzdem kam es seit heute Morgen zu keinem Kuss mehr zwischen uns. Doch je länger wir hier so nahe beieinanderliegen, umso bemerkbarer machen sich die Schmetterlinge in meinem Bauch und verlangen nach einer Zugabe.

„Das Ding kaufe ich und stelle es mir in mein Apartment." Er lacht und lässt meinen Kopf auf seiner Brust vibrieren.

Ich sehe zu ihm auf. „So groß ist die Wohnung nun auch nicht. Zumindest müsstest du auf ein normales Sofa verzichten."

Für ein paar Sekunden lümmeln wir kuschlig zusammen in der Hängematte. Ich hätte es definitiv länger ausgehalten. Doch ein kleiner Junge macht uns darauf aufmerksam, dass wir nicht alleine sind und etwa tausend andere Interessenten um uns herumschwirren.

„Papa. Ich will da rein. Die gehen nicht raus", mault er.

Ben und ich lachen uns an und klettern aus dem guten Stück heraus. Inzwischen schieben sich ganze Menschenmassen durch die Gänge.

Durch eine der zahllosen Türen des Bazarzelts kommen wir zurück nach draußen. Weitere Stände säumen den Weg. Bei einem davon kann man Weihnachtskugeln mit individueller Gravur kaufen. Der Händler fertigt sie an Ort und Stelle an. Mehrere Leute sehen seinem Handwerk gespannt zu.

„Warte kurz." Ben tritt etwas näher und spricht mit einem der beiden Verkäufer, dann winkt er mich zu sich. Als ich ihn erreiche, guckt er sich die vielen verschiedenfarbigen Kugeln an.

„Welche magst du?" Er zieht eine hervor. „Pink?"

Mein Gesicht verzieht sich zu einer Grimasse. „Bloß nicht. Bei Weihnachtsschmuck mag ich Rot und Gold am Liebsten. Das ist festlich." Beim Gedanken an das Lila in der Hotelhalle schüttelt es mich erneut. „Aber ...", wende ich ein. „Du willst mir doch wohl keine schenken. Das ist echt nicht nötig."

„Ich möchte es aber. Du stehst auf den Kram." Er wählt eine rote Kugel aus und gibt sie dem Verkäufer.

„Was willst du ihn denn gravieren lassen?", frage ich, als er zu mir zurückkommt.

„Du wirst schon sehen." Ein Grinsen legt sich auf sein Gesicht.

Nun macht sich Neugier in mir breit. Was hat er vor? Gespannt warte ich und gucke zu, wie der Händler die

Kugeln für zwei Kunden vor uns fertigstellt. Sein Handwerk erledigt er wirklich flink und gleich nimmt er sich meine vor.

Danach verpackt sie sein Kollege fein säuberlich in eine kleine Box und überreicht diese Ben, der sie an mich weitergibt.

„Darf ich sie öffnen?"

„Klar."

Sogleich habe ich die Schachtel geöffnet und nehme mein Geschenk heraus. Als ich die Gravur letztendlich sehe, weiß ich nicht, ob ich schmunzeln oder die Augen verdrehen soll.

„Bambi?" Was hätte ich auch anderes erwarten sollen?

„Gefällt sie dir?" Ein breites Grinsen. Vermutlich wartet er darauf, dass ich genervt aufstöhne oder ihn in die Seite boxe. Aber ich habe eine bessere Idee.

„Warte hier", ordne ich an und mache mich selbst über die Auswahl der Weihnachtskugeln am Stand her. Eine Goldene soll es sein. Auch ich lasse den Verkäufer meinen Wunsch für die Gravur wissen und bezahle. Als das Kunstwerk fertig ist, überreiche ich Ben seine Box.

„Und? Darf ich sie aufmachen?"

„Unbedingt."

Vorsichtig öffnet auch er seine Schachtel und lacht schallend auf. „Ich schätze, das ist fair! Ben der Böse", liest er vor und hebt die Kugel in die Höhe, lässt das Gold zwischen den vielen Lichtern der Girlanden über uns glitzern. „Für das Ding kaufe ich mir vielleicht sogar mal einen Weihnachtsbaum."

„Machst du das sonst nicht?", frage ich schockiert.

„Nee. Ist mir zu viel Arbeit. Bin ja eh nie daheim“, sagt er trocken.

Wow! Weihnachten ohne Weihnachtsbaum käme für mich nicht in Frage.

„Aber in der Wohnung am Sendlinger Tor ist diese wundervolle Ecke, in der locker ein Baum Platz hätte. Da würde ich sofort einen hinstellen.“

„Tja, wie du bereits bei der Besichtigung gesagt hast ... Wenn *du* dort die Hausherrin wärst.“

Huch. Nun fühle ich mich ein wenig in meine Schranken verwiesen. Mir ist klar, dass er seine Worte im Spaß meint, daher setze ich ein Grinsen auf und hebe die Hände in Abwehr. „Schon gut. Dann eben nicht. Schade um die Kugel.“

Wir lassen das Thema fallen. Ob er sich jemals einen Weihnachtsbaum kaufen wird, bleibt offen. Ich für meinen Teil weiß jetzt schon, dass ich der Bambi-Kugel nicht widerstehen werde. Sie glänzt in einem satten Rot, wie ich es gerne mag, und die Gravur ist elegant geschwungen. Sie wird einen Platz an einem der Äste bekommen.

Bei einem Stand, an dem Crêpes mit jeglicher, vorstellbarer Füllung angeboten werden, bleiben wir erneut stehen.

„Das sieht lecker aus.“ Ben liest interessiert die Geschmacksrichtungen an der großen Tafel. „Ich glaube, ich nehme den mit Feta, Pesto und Tomate. Willst du auch einen?“

Da sage ich nicht Nein. „Schoko und Banane bitte.“ Meine Lieblingskombination.

Auf dem Weg zur Show gönnen wir uns sogar noch eine Feuerzangenbowle und sehen wandelnden Gestalten – Künstlern in abenteuerlichen Kostümen und auf Stelzen – zu, wie sie sich ihren Weg durch die Menge bahnen.

„Dieses Tollwood-Festival ist ziemlich verrückt-witzig, muss ich sagen", fasst Ben seine Eindrücke zusammen.

„Das Sommer-Tollwood ist auch nicht schlecht."

„Ach, es gibt zwei?"

„Ja. Im Juli findet die Veranstaltung im Olympiapark statt. Gleiches Konzept, nur eben ... sommerlich. Mit Flip-Flops anstatt Hüttenschuhen."

„Und Caipirinha ersetzt den Glühwein?"

Ich lache. „Ganz genau."

Wir sehen gleichzeitig auf die Uhr. Zeit für die Show.

Das Zelt ist mit bunten alten Teppichen ausgelegt. Um die Tanzfläche herum sind Stehtische gestellt und Sitzecken aus Strohballen gestaltet. Auf der kleinen Bühne wird wohl gleich die Band spielen. Ein Gefühl wie im Zirkus entsteht, was sicherlich gewollt ist.

Ben und ich ergattern einen Platz in einer Ecke, direkt unter einem der kuschelig Wärme abgebenden Heizstrahler. Wir legen unsere Jacken und Tüten ab und setzen uns.

Er guckt sich suchend um. „Ah, da vorne ist eine Bar. Was trinkst du?"

„Wasser bitte. Ich brauche mal eine Pause vom Glühwein."

„Ich dachte, dir kann es nicht weihnachtlich genug sein." Lachend erhebt er sich und geht los.

Etwas nachdenklich sehe ich ihm hinterher. Wer hätte gedacht, dass ich mit Ben Hansen auf einem Tanzabend lande? Vor wenigen Tagen wollte ich nichts mit ihm zu tun haben und nun muss ich mir große Mühe geben, meine wirren Gefühle unter Kontrolle zu halten. Ich schüttle den Kopf über mich selbst und lenke mich mit dem Geschehen um mich herum ab.

Das Zelt ist bereits gut gefüllt und fast jeder Platz besetzt. Überwiegend Pärchen, hier und dort eine Gruppe von Frauen. Der Duft von Heu liegt in der Luft. Die ersten Musiker betreten die Bühne und spielen ihr Instrument ein.

Ben kommt mit einem Tablett zu unserem Tisch zurück. Was hat er denn alles geholt?

„Also ...", sagt er, als er es absetzt und die Getränke verteilt. „Ein Wasser für die Dame. Ein Bier für meine Wenigkeit und zwei von diesen hier, weil sie witzig aussehen." Er schiebt mir und sich selbst jeweils ein kleines breites Gläschen hin. „Heißer Amaretto mit Sahnehäubchen."

„Ein Lady's Drink", kichere ich.

„Wurde mir tatsächlich von einer der Ladys da drüben empfohlen." Er erhebt sein Glas.

Ich gucke in die Richtung, in die er prostet, und sehe eine hübsche Rothaarige aus einer Gruppe von Mädels seinen Gruß erwidern. Ihr Augenaufschlag entgeht mir nicht. Was für ein dreister Flirtversuch. Immerhin muss sie davon ausgehen, dass ich Bens Freundin bin.

Andererseits bin ich das nicht und komme mir bei diesem Anflug von Eifersucht mächtig doof vor.

Die Band eröffnet den Abend mit 'Winter Wonderland', und schon sind die ersten Pärchen auf der Tanzfläche. Zwei, drei Songs hören wir zu, und ich frage mich, ob ich wohl ein zwangloses Gespräch anfangen sollte. Manchmal fühlt sich Schweigen falsch an. Außerdem hört die Rothaarige nicht auf, mit Ben zu flirten. Die beiden prosten sich nochmals zu, und sie wirft dabei ihre volle Mähne zurück. Ich denke darüber nach, was ich erzählen könnte, als Ben sich plötzlich erhebt und mir seine Hand hinhält. „Willst du tanzen?"

Ich beiße auf meine Unterlippe und überlege einen Moment lang, denn ich bin keine gute Tänzerin. Aber die Angst, dass er die Rothaarige fragen könnte, lässt mich nicken und aufstehen.

„Och, Bambi. Warum guckst du so ernst?", fragt er mich, während er sich vor mir aufbaut.

„Ben … Weißt du … ich kann nicht besonders gut tanzen."

Er lacht, als er meine linke Hand auf seiner Schulter ablegt und meine rechte in seine eigene nimmt. „Das wollen wir doch mal sehen."

Ganz langsam beginnt er sich im Rhythmus der Musik von 'White Christmas' zu bewegen und nimmt mich mit. Ich lehne meinen Kopf sachte an seine Brust und folge ihm.

Oh Gott. Warum riecht er nur so gut? Am liebsten möchte ich meine Nase an ihn drücken und seinen Duft restlos aufsaugen.

Schneller als mir lieb ist, kommt die Band zum Ende dieses gemütlichen Songs und stimmt einen flotteren an. Mit großem Erstaunen stelle ich fest, dass Ben ein wirklich guter Tänzer ist. Er lenkt mich so gekonnt zu den Tönen von 'Sleigh Ride', dass ich kaum einen Schritt daneben setze. Wenn es mir doch passiert, bringt er mich in Position und macht weiter. Kein Naserümpfen oder Lachen. Erst als die Band eine Pause ankündigt, verlassen auch wir die Tanzfläche.

„Das hat wirklich Spaß gemacht", sage ich außer Atem.

„Klar hat es das." Er setzt sich ebenfalls und scheint über meinen Enthusiasmus amüsiert.

„Woher kannst du denn so gut tanzen?"

Er macht eine wegwerfende Handbewegung. „Na, so gut war das doch gar nicht. Durchschnitt."

„Dass ich nicht lache. Selbst dein Durchschnitt will gelernt sein." Angriffslustig stupse ich ihn mit meinem Finger in die Seite. „Also? Woher?"

„Meine ... Ex konnte es sehr gut." Die Art, wie er das sagt, lässt mich meinen Finger zurückziehen. Er fährt sich mit der Hand durch die Haare und macht einen verlorenen Eindruck. „Sie hat mich in ein paar Kurse geschleift." Dann scheint er die Gedanken blitzschnell abzuschütteln und lächelt mich an. „Also, gibst du mir nochmal die Ehre, wenn die Band zurückkommt?"

Tatsächlich tanzen wir für den größten Teil der restlichen Vorstellung. Ben ist wieder in Form und bringt mich mit jedem Spruch zum Lachen. Wir haben so viel Spaß, und ich genieße seine Nähe. Etwas mehr, als gut für mich ist. Denn die Art, wie er mein Herz schneller schlagen lässt, die Art, wie sein Lächeln Wünsche in mir auslöst, erschreckt mich. Ein Teil meines Inneren stellt sich Fragen zu seiner Ex-Freundin. Lange kann die Beziehung noch nicht her sein, sonst hätte er vorhin nicht so komisch reagiert. Trotzdem schiebe ich diese trüben Überlegungen beiseite und genieße den Moment.

Wie so oft vergeht die Zeit viel zu schnell, wenn man Spaß hat. Die Band spielt den letzten Song des Abends: 'Have yourself a merry little Christmas'. Ben und ich wiegen uns zum sanften Rhythmus, meine Wange an seiner Brust. Als die letzten Töne erklingen, sehe ich zu ihm auf. Noch immer hält er meine Hand, streift mit seinem Daumen über meine Handfläche. Falls er nur einen kleinen Funken Ahnung vom Gedankenlesen hat, dann müsste er erkennen, dass alles in mir sich nach einem Kuss sehnt. Nach seinem Kuss. Doch möchte er das überhaupt? Mit einem erneuten Kuss würden wir etwas, das momentan nicht mehr ist als ein One-Night-Stand, eine Stufe weitertragen.

Nun erfüllt tosender Applaus den Raum, während sich die Band verbeugt. Wir schließen uns dem klatschenden Publikum an. Dann machen wir uns wie alle anderen auf den Weg aus dem Zelt und schlendern über das inzwischen ruhige Tollwood-Festival. Die meisten Stände sind bereits geschlossen. An mancher Glühweinhütte steht noch ein harter Kern und trinkt die letzten Tassen aus.

Wir gehen durch den Bogen und verlassen damit das Gelände. Weiter vorne sehe ich den Eingang zur U-

142

Bahnstation. Schon gestern bin ich an den Punkt gekommen, an dem ich mich fragte: Was nun? Ich fand die Zeit mit Ben wirklich schön. Geht es ihm genauso?

„Hör mal ...", sagt er und bleibt stehen. „Das war ein toller Tag mit dir und ..." Er scheint nach den richtigen Worten zu suchen. Ich atme tief durch und mache mich für den Abschied bereit. Doch plötzlich zieht er mich an sich heran und küsst mich. Einfach so. Damit habe ich wahrhaftig nicht gerechnet. Vermutlich fühlt es sich deswegen umso schöner an.

Er löst sich von mir. „Weißt du ...", fängt er von vorne an und bringt ein paar Zentimeter zwischen uns. „Ich muss wirklich ins Hotel, denn ich laufe seit gestern in denselben Klamotten herum. Rasieren wäre auch nicht schlecht, aber ..." Wieder stockt er. „Kommst du mit auf nen Kaffee?"

„Äh ..." Mein Gehirn läuft auf Hochtouren. Habe ich die Frage richtig verstanden? Meint er sie so wie ich am Vorabend? Oder ist das ein Scherz?

„Nur, wenn du willst", unterbricht er meine wirren Gedanken. „Es ist absolut okay, wenn wir uns hier verabschieden."

„Nein", stoße ich aus. „Ich meine ... Ja. Also, ich würde sehr gerne mitkommen und einen Kaffee ..." Ach, ist das albern.

Wir beide lachen auf und wieder küsst er mich. Dann nimmt er meine Hand, und wir schlendern gemeinsam den Schacht hinunter.

Wir küssen uns auf der Rolltreppe zur U-Bahn, in der U-Bahn und auf dem Weg zum Hotel. Erst als wir davorstehen, kommt die Frage auf, die ich während der Fahrt immer wieder verdrängt habe. Wie komme ich hinein, ohne von Leuten gesehen zu werden, die mich kennen? Natürlich bin ich eine erwachsene Frau und kann tun, was ich will, aber einfach mit Ben durch die Halle zu spazieren, mit dem Getratsche der Kollegen im Rücken, möchte ich nicht.

„Ich ... Ich denke, ich nehme lieber den Lieferanteneingang."

„Sicher?"

„Ja."

Noch einmal küsst er mich. Lange und leidenschaftlich. So, als wolle er sichergehen, dass ich nicht kneife und abhaue.

„Bis gleich", haucht er in mein Ohr und läuft zum normalen Eingang, während ich um die Ecke husche.

Hinten auf ein, zwei leeren Kisten sitzt Ricky, einer der Köche, und raucht.

„Sarah. Wo kommst du denn her?"

„Hi du. Ich ... Ich habe etwas im Spind vergessen. Bin gleich wieder weg."

Diese Ausrede kommt so plausibel aus mir heraus, weil mir das vor ein paar Wochen wirklich passiert ist. Ich hatte mein Handy dort nach der Frühschicht liegenlassen. Den ganzen Nachmittag suchte ich es wie verrückt. Am Abend kam ich ins Hotel, weil ich nicht wusste, wo ich sonst noch gucken sollte. Und da war es. Im Spind.

Ricky interessiert sich wenig dafür und drückt seine Zigarette aus. „Na dann, schönen Abend noch."

144

„Danke. Dir auch."

Schnell schlüpfe ich durch die Tür und laufe den Flur entlang, nehme die Treppe zu einem Zwischenstockwerk und von dort den Personalaufzug, der zu den Hotelzimmern führt. Hinter den Kulissen eines Hotels sieht es meist aus wie in einem engen Hamsterlabyrinth. Der Lift bringt mich in den Lagerraum des zweiten Stocks, der normalerweise vom Reinigungspersonal genutzt wird. Von da gelange ich in den Gästeflur und mache mich auf den Weg zu Zimmer 212.

Kapitel 11

Ben

Mit ernster Miene starre ich in den Spiegel meines Badezimmers, warte auf Sarah, die den Lieferanteneingang nehmen wollte. Wenn ich mit ihr zusammen bin, verabschiedet sich mein Gehirn. Jetzt, da sie nicht hier ist, frage ich mich schon wieder, was eigentlich in meinem Kopf vorgeht.

Die dämliche Einladung zum Kaffee kam von mir. Diesmal bin ich es, von dem es ausgeht. Andernfalls hätte man die gestrige Nacht als netten One-Night-Stand in die Geschichte aufnehmen können. Punkt. Fertig. Aber so ...

Verdammt! Ich muss erst mal klare Verhältnisse schaffen, sonst wird nur Scheiße dabei rauskommen.

Ich ziehe mein Handy aus der Hosentasche. Es war über den Abend auf lautlos gestellt, und nun türmen sich die Mitteilungen. Tja, heute wäre Hennings Party. Die geht jetzt vermutlich erst so richtig los. Kurz überfliege ich die Nachrichten. Zwei Leute fragen, warum ich nicht komme, und Henning sendet mir ein paar Fotos, damit ich mir ein Bild machen kann, was ich versäume. Bekannte Gesichter, die lustig in die Kamera prosten. Darunter schreibt er: *Sei nicht traurig, dass du die Party des Jahrhunderts verpasst. Sicher hast du da unten im Süden in Lederhosen auch viel Spaß.* Typisch Henning.

Na ja, Kumpel. Wenn du glaubst, dass ich den Abend deprimiert auf meinem Zimmer verbracht habe, irrst du dich. Wo bleibt Sarah eigentlich?

Das Aufblinken meines Telefons, das immer noch keinen Ton von sich gibt, unterbricht meine Gedanken. Als ich sehe, wer der Anrufer ist, verhärtet sich alles in mir. Was will sie? Ich kann jetzt nicht mit ihr reden. Oder sollte ich doch? Einige Sekunden lang bin ich hin und hergerissen. Soll ich rangehen oder nicht? Allein dieses Herumgezeter ist albern. Verdammt! Ich bin ein Weichei.

Aber dann klopft es an der Zimmertür. Bambi.

Ich lege das Handy zur Seite, drehe das Display nach unten. So.

Als ich die Tür öffne und mir diese scheuen, hübschen Rehaugen fragend entgegenblicken, ist alles Andere vergessen. Ohne ein Wort ziehe ich Sarah herein, schließe die Tür und dränge sie gegen die Wand. Gierig küsse ich sie, während ich bereits die Kleidung von ihr reiße. Sie muss mich auffangen und sie weiß es noch nicht einmal.

„Ich will dich Sarah", raune ich in ihr Ohr.

Sie zieht mich zu sich heran und küsst mich mit einer Begierde, die meine widerspiegelt, lässt sich vollkommen auf mich ein. Nicht mal eine Minute später fische ich ein Kondom, das ich heute Morgen aus Marks Packung geklaut habe, aus meiner Gesäßtasche und ziehe es mir über. Bevor ich in sie eindringe, halte ich inne und betrachte ihren schönen Körper. Er ist nahezu perfekt. Nicht zu dürr. Brüste, die gut in meiner Hand liegen. Nippel, die sich mir gerade entgegenstrecken. Und die irrsinnig schüchternen Augen, die trotzdem so viel Lust ausstrahlen.

Ein weiteres Mal küsse ich dieses unwirkliche Geschöpf, das ich noch immer gegen die Wand dränge, und nehme sie direkt hier, weil ich mich nicht länger beherrschen kann. Ich liebe die Geräusche, die sie dabei macht. Lasse mich einhüllen von ihrem Duft.

Unser kleines heißes Abenteuer dauert nicht lange, denn ich kann und will mich nicht zusammenreißen. Ich stoße hemmungslos in sie und komme ziemlich heftig. Was für ein Ritt. Kurz lehne ich keuchend an ihr, halte mich an ihr fest. Als ich meinen Atem wiedergefunden habe, küsse ich sie und streife mit dem Finger über ihre Stirn.

„Weißt du …“, flüstere ich ihr zu. „Da ist eine geräumige Wanne in meinem Badezimmer. Wie wäre es, wenn ich dir ein Bad einlasse und mich revanchiere?“

„Revanchiere?“, fragt sie mit leiser Stimme.

„Mir ist klar, dass ich mir gerade alles von dir genommen habe, ohne dich mitzunehmen.“

„Und du willst … Ich meine … Was …?“

„Mir fallen tausend Wege ein, wie ich meine Rechnung begleichen kann. Und ehrlich gesagt freue ich mich schon auf die Geräusche, die du machen wirst.“ Mann! Das ist sowas von nicht gelogen. Ich werde mich kaum beherrschen können und hatte nur dieses eine Kondom.

Sarah errötet leicht, aber ihr Blick strahlt Vorfreude aus.

Ich halte mein Versprechen, lasse ihr ein Schaumbad ein, und als sie darin liegt, fange ich an, sie zu verwöhnen.

148

Dabei nehme ich mir viel Zeit, um sie langsam, ganz langsam in den Wahnsinn zu treiben.

Danach liegen wir zusammen im Bett. Ich stütze den Kopf auf meine Hand und fahre mit den Fingern der anderen über ihre warme Haut. Sarah starrt an die Decke und lächelt leicht.

„Was denkst du?"

„Wie unwirklich ich es finde, hier in einem der Betten im Anton-Xaver Hotel zu liegen."

„Ist es so gut und gemütlich, wie ihr es euren Gästen anpreist?"

Sie vergräbt ihren Kopf ins Kissen. „Ja, ich glaube schon."

„Wie ist dein Job sonst so, wenn dich der aufdringliche Typ aus Zimmer 212 nicht ständig nervt?" Wieder spiele ich mit einer ihrer gekräuselten Haarsträhnen.

„Nette und nicht so nette Leute. Viele Gesichter."

„Wer übernachtet bei euch so? Habt ihr auch mal Prominente da?"

„Nicht so oft wie in anderen Hotels in München, und es sind auch keine Hollywoodstars, aber ja, manchmal. Dann wird immer ein riesiger Aufstand gemacht." Sie kichert. „Als ob diese Leute goldene Eier legen könnten."

Ich lache auf. „Und um welche Goldeierleger handelt es sich?"

„Hm, wer fällt mir denn da spontan ein?" Sie richtet ihre Augen wieder an die Decke und überlegt. „Neulich hat Jenny Kerbritz in der Suite genächtigt. Die spielt in dieser Doktorserie mit. Manchmal haben wir auch

Politiker hier. Und im Sommer war der Komödiant Walter Kiel da."

„Der ist aus Hamburg. Dem bin ich schon einige Male auf Partys über den Weg gelaufen."

„Auf welchen Partys treibst du dich denn herum?"

„Ach ... Hin und wieder bei Premieren, Vernissagen, VIP-Kram und so."

Sie zieht ungläubig die Augenbrauen hoch, und ich ärgere mich, dass ich das erwähnt habe.

„Ein paar meiner Freunde sind gern auf roten Teppichen unterwegs", erkläre ich vage und wechsle das Thema. „Ist ja auch egal. Erzähl mir noch mehr. Was war das Lustigste, das dir je an der Rezeption passiert ist?"

Sarah erzählt eine ganze Weile von den kuriosen Dingen, die einem als Hotelangestellter passieren können. Eigenartig Gäste. Witzige Begegnungen. Merkwürdige Angewohnheiten. In diesem Job kann man in seltsame Situationen geraten. Allemal sind die Geschichten lustig, und sie spricht, bis wir beide schließlich einschlafen.

Als ich am nächsten Tag die Augen aufschlage, weiß ich sofort, wer neben mir liegt, muss mich nicht erst orientieren. Ich ziehe Sarah gemeinsam mit mir unter die Dusche und bestelle dann die große Frühstücksplatte für zwei Personen aufs Zimmer.

„Wenn der Roomservice an die Tür klopft, verschwinde ich ins Bad", lässt sie mich wissen, denn sie will auf keinen Fall von ihren Kollegen mit einem Gast erwischt werden. Sie steht mit Bademantel im

Türrahmen, als ob sie bereits darauf wartet, sich verstecken zu müssen.

Ein Lachen kann ich mir bei so viel Übervorsicht nicht verkneifen. Als ob wir uns strafbar machten.

„Aha. Deine Kollegen dürfen also nicht erfahren, dass du hier bist, können aber gerne denken, dass der gierige Typ in Zimmer 212 die Frühstücksplatte für zwei alleine verspeist." Ich streiche mir über den Bauch.

„Ja. So in etwa." Ein freches Grinsen.

„Du Biest." Gleich bin ich bei ihr und beiße sie in die Schulter.

Quiekend befreit sie sich. „Vielleicht sollte ich bald gehen. Ich bin heute zum Spätdienst eingeteilt. Zu lange kann ich nicht mehr bleiben."

Ich gucke auf die Uhr. „Ist doch nicht mal zehn. Mit der Zeit, die wir haben, können wir noch so viel anstellen." Lüstern dränge ich sie auf das Bett und will ihr gerade den weißen flauschigen Bademantel herunterziehen, als ich bemerke, dass jemand ins Zimmer kommt.

Ein Mädchen vom Servicepersonal zieht sorgsam einen kleinen Rollwagen hinter sich her, auf dem das Frühstück aufgebaut ist.

Sie guckt mich etwas erstaunt an, da ich mich gerade erst aus den Laken aufrichte.

„Entschuldigung", sagt sie. „Ich hatte geklopft und dachte, hereingebeten worden zu sein. Sie hatten Frühstück bestellt?"

„Und ob", bestätige ich und reibe mir die Hände, denn es riecht himmlisch.

Ihr Blick gleitet von mir zu Sarah neben mir und bleibt an ihr hängen.

„Sarah", stößt sie aus und zieht die Augenbrauen weit in die Höhe.

Oh Mist. Jetzt kommt mir erst der Gedanke, dass sich Bambis schlimmste Albträume erfüllt haben. Nun wurden wir tatsächlich erwischt.

„Carmen", sagt sie erschrocken.

Diese Carmen grinst etwas süffisant, als sie zwischen Sarah und mir hin- und herguckt. Ist ja auch ziemlich offensichtlich, was wir die ganze Nacht getan haben. Sie und ich in den weißen Bademänteln, die vom Hotel bereitgestellt werden. Die Haare zerzaust. Und eigentlich wäre es mir egal, selbst wenn uns Carmen in einer eindeutigeren Position erwischt hätte. Ich kenne sie nicht. Aber Sarah geht es da leider anders, und das kann ich gerade deutlich von ihrem Gesicht ablesen.

Also sollte ich in Aktion treten. Ich reibe mir nochmals die Hände, und versuche diese unangenehme Situation zu beenden. „Das sieht sehr lecker aus."

Schnell hole ich einen Fünf-Euro-Schein aus meinem Portemonnaie und übergebe ihn Carmen.

„Danke schön." Sie nickt mir zu und verschwindet so plötzlich, wie sie gekommen ist.

Sarah lässt sich aufs Bett sinken und sieht aus wie ein Häuflein Elend. Ich kann ihr die tausend Gedanken, die sie sich jetzt macht, richtig ansehen.

„Och, nicht doch, Bambi. Du musst mal etwas frecher werden." Ich setze mich zu ihr und nehme ihre Hand. „Nun guck nicht so schockiert. Bloß, weil du in diesem

Hotel arbeitest, heißt das nicht, dass wir uns strafbar gemacht haben. Sie kann uns wohl kaum anzeigen."

Sarah seufzt. „Nein. Das nicht. Trotzdem hasse ich das Gerede, das entstehen wird."

„Wird es das?" Zweifelnd stupse ich ihr auf die Nase.

„Ja. Carmen und ich haben nicht das beste Verhältnis. Ich gehe jede Wette ein, dass alle Bescheid wissen, wenn ich nachher meine Schicht antrete." Schwer seufzend schlägt sie ihre Hände über ihrem Kopf zusammen.

„Na, dann bleibt nur die Flucht nach vorne."

„Und die wäre?"

„Du musst dir darüber klarwerden, ob es dir unangenehm ist, mit mir erwischt worden zu sein."

Erstaunt blickt sie mich an. „Nein … Natürlich nicht wegen dir. Es war schön. Sehr schön."

Ich grinse sie frech an, drücke sie rückwärts aufs Bett und beuge mich über sie. „Gut zu wissen. Dann sollten wir daran arbeiten, dass du deinem neuen Ruf gerecht wirst."

Langsam öffne ich ihren Bademantel und streiche mit meinen Fingern sachte über ihren nackten Körper. Sie zittert bei jeder meiner Berührungen. Ein Kondom haben wir nach wie vor nicht zur Hand, aber mit ein paar gut platzierten Lippenbewegungen und sanften Fingern mache ich diese Carmen für den Moment vergessen.

Kapitel 12

Sarah

Ich atme tief ein, bevor ich durch den Lieferanteneingang des Hotels schreite. Diesmal hat es nichts mit der Leichtigkeit von gestern Abend zu tun. Zwei Lehrlinge aus der Küche sitzen auf Kisten und rauchen, beachten mich nicht.

Schnell husche ich den Flur entlang, um in den Umkleideraum zu gelangen. Die Sorglosigkeit, die Ben mir heute Morgen in seinem Hotelzimmer noch gegeben hat, ist verschwunden. Wann immer ich auf dem Weg das Gesicht eines Kollegen sehe, denke ich, dass er Bescheid weiß, wo ich die letzte Nacht verbracht habe. Theoretisch könnte es mir wirklich egal sein. Wie Ben schon sagte, haben wir uns nicht strafbar gemacht. Aber mein Beziehungsende mit Ollie ist nicht allzu lange her, und ich hasste das Gerede hinter meinem Rücken. Nun wird wieder welches entstehen.

Ich ziehe mich hastig um und wage den Gang zur Rezeption. Dort geht es ruhig zu. Tina unterhält sich mit einem Gast, während Jan am Computer herumtippt. Er schenkt mir ein schiefes Grinsen, als er mich erblickt. „Hi Sarah. Über dich hört man ja allerhand aufregende Dinge."

Fabelhaft. Und schon geht es los.

Tina verabschiedet sich von dem Herrn, den sie gerade noch beraten hat, und dreht sich direkt zu mir.

„Sarah." Sie spricht den Namen beinahe singend aus. „Erzähl mir alles."

„Da gibt es wirklich nicht viel zu erzählen", sage ich genervt. „Wir hätten nicht ins Hotel kommen sollen. Das ist alles."

„Ach, es interessiert mich doch nicht, wo ihr hingeht, um zu ..." Sie guckt sich um und zügelt ihre Zunge nur, weil wir nicht allein sind. „Du weißt schon. Aber ihr hängt ja das ganze Wochenende zusammen. Ist da etwas mehr im Spiel?" Die letzten Worte sagt sie in einer schrägen Tonlage. Sie platzt fast vor Neugierde, und ich strafe sie mit Schweigen. Was soll ich ihr auch sagen? Dass ihre Fantasie mit ihr durchgeht oder ... nicht.

„Ah, Sarah. Du bist schon da." Laura steckt ihren Kopf zur Tür heraus. „Kommst du mal eben ins Büro?"

Jan und Tina werfen mir ein Grinsen zu. „Carmen hat ganze Arbeit geleistet", meint Jan und zuckt mit den Schultern. „Es weiß wirklich jeder Bescheid."

Seufzend verschwinde ich durch die Tür zum Backoffice.

Laura tippt dort auf ihren Computer ein. „Setz dich."

Ich bin mehr gespannt als besorgt. Sie kann mich wegen sowas kaum feuern.

„Also ..." Sie blickt auf. „Was gibt es Neues?"

Ach was? Fast muss ich lachen. Sie redet mit Smalltalk um den heißen Brei herum?

„Ich denke, dass sich das schon herumgesprochen hat."

Sie seufzt. „Sarah, es geht mich rein gar nichts an und eigentlich ist es mir auch egal, aber ein Gerücht fliegt gerade durch alle Abteilungen. Wenn die Geschäftsleitung nachfragen sollte, würde ich gerne wissen, was ich sagen soll."

Hm. Das macht Sinn. Kurz überlege ich, wo ich anfangen soll, doch Laura kommt mir zuvor.

„Stimmt es, dass du letzte Nacht in Zimmer 212 bei ..." Sie tippt auf die Tastatur ein. „... Herrn Hansen übernachtet hast?", liest sie Bens Namen vom Bildschirm ab.

„Ja, das stimmt." Mehr müsste ich eigentlich nicht sagen, weil es weder sie noch die Geschäftsleitung etwas angeht, aber mit Laura habe ich fast ein freundschaftliches Verhältnis.

„Herr Hansen und ich kennen uns seit der Kindheit. Es ist ... unsere Sache."

Sie nickt. „Gut", sagt sie locker-flockig.

„Das ist alles?"

„Ja. Wie gesagt, das geht mich nichts an, und du kannst in deiner Freizeit machen, was du möchtest."

„Okay." Überrascht erhebe ich mich.

„Diese Carmen ..." Laura sieht sich einen Moment lang um, weil die Tür zum angrenzenden Büro offensteht. Dort sitzt aber keiner, denn es ist Sonntag. „... ist ein ziemlich blödes Miststück."

Ich liebe es, wenn sie ihre professionelle Fassade ablegt und kurz durchblicken lässt, was sie wirklich denkt.

„Ich kenne sie kaum. Daher werde ich das jetzt nicht ... abstreiten."

Wir beide lachen.

„Lass dich von der Kuh bloß nicht einschüchtern."

156

Ich lächle sie an und nicke. Beinahe bin ich zur Tür hinaus, als sie mir hinterherruft: „Und Sarah?"

„Ja?"

„Dieser Herr Hansen ..." Nun grinst sie. „...ist wirklich nett anzusehen."

„Ähm ... Ja", sage ich und verschwinde an die Rezeption.

Das Gespräch mit Laura hat mir Rückenwind gegeben. Für die nächsten paar Stunden ist es mir egal, welches Getratsche es über mich gibt.

Tina hat sich inzwischen nach ihrer Frühschicht in den Feierabend verabschiedet. Jan und ich arbeiten friedlich vor uns hin. Wir checken eine Gruppe von Amerikanern ein und beruhigen einen Gast, der seine Zimmerkarte verloren hat. Die Dinger werden oft von den Leuten verlegt.

Draußen ist das Tageslicht längst verschwunden, und ich erfreue mich an den Lichtern am Weihnachtsbaum. Laura vertritt erst Jan und dann mich, als jeder von uns für eine halbe Stunde in die Pause zum Abendessen verschwindet. Glücklicherweise bin ich beinahe alleine in der Kantine. Nur Carlos kommt kurz dazu, der sich nie für Hotelklatsch interessiert. Daher muss ich mich nicht weiter für die herumschwirrenden Gerüchte rechtfertigen.

Ich frage mich, ob Ben sich heute Abend noch blicken lässt. Nur um Hallo zu sagen. Oder bin ich zu anhänglich? Vermutlich. Neulich trank er ein Bier in der Halle, um mir nahe zu sein. Das erweckt in mir den Wunsch, dass er das heute auch wieder macht.

Als ich mich nach meiner Pause an der Rezeption einfinde, ist nicht viel los. Keine Spur von Ben, und ich rufe mich innerlich zur Ordnung. Das muss aufhören. Ich bin ja schlimmer als ein verliebter Teenager.

Später verabschiedet sich Laura in den Feierabend. Jan berät eine Dame, wo sie den besten Schweinebraten der Stadt essen kann, somit übernehme ich das klingelnde Telefon.

„Einen schönen guten Tag im Anton-Xaver Hotel. Hier ist Sarah Kellermann. Wie kann ich Ihnen helfen?" Diesen Text könnte ich im Schlaf aufsagen.

„Hallo", kommt es von einer Frau am anderen Ende der Leitung. „Könnten Sie mich bitte mit Herrn Hansen verbinden."

„Ja, natürlich. Einen Moment bitte", sage ich automatisch. Wie bei jedem Gast stelle ich das Gespräch durch und lege auf. Eigentlich ist der Vorgang beendet. Doch Fakten, Fragen und Zweifel breiten sich in meinem Kopf aus. Eine Frau ruft an und fragt nach Ben. Es ist Sonntagabend, also ist es wohl nicht seine Assistentin. Sie klang auch nicht wie seine Mutter.

Ich muss aufhören, darüber nachzudenken. Wir sind kein Paar. Es geht mich nichts an.

Natürlich schaffe ich es für den Rest des Abends nicht, den Anruf aus meinem Kopf zu bekommen. Von Ben höre ich rein gar nichts. Ich habe keine Ahnung, ob diese Frau ihn erreicht hat. Ist er überhaupt auf seinem

Zimmer? Immer wieder bin ich versucht, ihn anzurufen. Aber was sollte ich sagen?

Verdammt! Nun ist genau das eingetreten, was ich vermeiden wollte. Ben hat sich in meinem Kopf verankert und treibt dort sein Unwesen. Es nervt mich, dass er nicht wenigstens kurz vorbeischaut. Er weiß, dass ich nur wenige Meter von ihm entfernt bin. Zusätzlich muss ich mir eingestehen, mir unbewusst gewünscht zu haben, dass er mich bittet, auch heute Nacht bei ihm zu bleiben. Aber nichts. Kein Wort.

Ich bin gerade dabei, die Übergabeliste für den Nachtportier vorzubereiten, als ich in Ollies Gesicht blicke. Er breitet seine Belege aus und will abrechnen. Ich würde es zu gerne Jan überlassen, doch der spricht mit zwei Gästen aus Japan über das Glockenspiel am Rathaus. Wohl oder übel muss ich mich mit Ollie beschäftigen und kontrolliere seine Papiere.

„Also ..." Er legt den Kopf schief. „Ist es wahr, dass du dich mit dem Schnösel aus 212 eingelassen hast?" Natürlich bringt er es zur Sprache. Am liebsten würde ich ihn erwürgen.

„Frag doch deine Freundin. Die weiß alles", sage ich spitzzüngig. „Und außerdem ist er kein Schnösel." Das muss ich hinterherschieben, auch wenn ich damit mehr verrate, als ich möchte.

„Aha." Er nickt. „Dann ist alles klar."

„Was, bitte schön, ist denn klar? Und was geht es dich überhaupt an?" Mein Ton wird lauter, als mir lieb ist. Zum Glück ist die Halle so gut wie leer.

„Na, du hast dich von dem aufgeblasenen Idioten vögeln lassen", sagt er, als er schon fast um die Ecke ist.

Ich kann nicht fassen, was für ein peinliches Theater er abzieht. Etwas unsicher gucke ich mich um. Selbst Jan hebt irritiert die Augenbraue. Wenigstens haben die Japaner nichts verstanden.

Genervt stoße ich meinen Atem aus. Natürlich weiß ich, dass es keinen Sinn macht, mich darüber aufzuregen, und trotzdem tue ich es maßlos. Über beide Männer. Ollie hat sich sein Bett gemacht und sollte mit Carmen darin liegen, ohne mich zu behelligen. Und Ben? Verdammt nochmal, ich will, dass er sich bei mir meldet, doch er tut es nicht.

Mein Kopf ist erleichtert, als Feierabend ist, denn irgendwann ist das Durcheinander selbst ihm zu viel. Bestimmt ist es gut, dass ich die nächsten zwei Tage freihabe. Somit werde ich Ben nicht über den Weg laufen und ihn frühestens am Mittwoch wiedersehen. Vielleicht kann sich mein inneres Chaos etwas beruhigen. Ich halte meine seltsame Sehnsucht nach ihm ja selbst für total albern.

Und weil die Luft gerade so frisch auf meinen Wangen liegt, beschließe ich, nicht in die Tram zu springen, sondern die halbe Stunde zu Fuß nach Hause zu laufen. Ich gehe die Straße entlang, die längst noch nicht menschenleer ist, und atme tief ein. Das tut gut. Die Nacht ist sternenklar und daher knackig kalt. Jeder meiner Atemzüge entfacht ein Dampfwölkchen, und der niedergetrampelte Schnee unter meinen Füßen knarzt durch die Kälte. Am Marienplatz sind die Verkaufshütten vom

Weihnachtsmarkt geschlossen. Um diese Zeit durch die Gassen zu laufen, wenn die Stadt in eine weiße Winterdecke gehüllt ist, fühlt sich magisch an. Die Schaufenster glitzern weihnachtlich, fast alle Häuser sind festlich geschmückt, und Weihnachtsbäume leuchten an jeder Ecke. Vereinzelt schlendern Pärchen durch die Straße. Arm in Arm oder Händchen haltend.

Ich seufze und hindere mich bewusst daran, an Ben zu denken. Schluss jetzt!

Zu Hause ist alles dunkel. Keine Ahnung, ob Mark und Tina schon schlafen oder noch unterwegs sind. Umso dankbarer bin ich für Bennys Gesellschaft, der sofort zwischen meine Beine streift, während ich meine Jacke ausziehe.

„Hey du Streuner." Schnell schlüpfe ich aus meinen Schuhen und nehme ihn hoch. „Ich bin froh, dass du da bist."

Kapitel 13

„Huhu." Tina steckt ihren Kopf zur Küchentür herein, während ich mir ein Schinken-Käse-Brötchen mache. „Ist noch Kaffee da?"

„Nö." Ich gucke auf die Uhr. Kurz vor zwölf mittags. „Habt ihr beide etwa bis jetzt geschlafen?"

Ich hatte nicht mal damit gerechnet, dass sie und Mark hier sind, sondern in Tinas Wohnung übernachtet hätten.

„Am Wochenende gab es nicht viel Schlaf." Sie gähnt herzhaft und öffnet den Kühlschrank. „Oh wow! Der ist ja total voll."

„Ich war einkaufen", erkläre ich und beiße in mein Brötchen.

„Oh wow", wiederholt sie und guckt verdutzt in den Schrank, in dem wir das Geschirr aufbewahren, wenn es nicht wie üblich schmutzig in der Spülmaschine steckt. „Da sind saubere Gläser."

Meist räumen wir diverse Schüsselchen und Teller zwar in die Maschine, doch vergessen oft, diese auch einzuschalten. Der Umstand führt dazu, dass eigentlich nie abgewaschenes Geschirr vorhanden ist. Tina nimmt sich ein Glas und gießt sich Orangensaft ein.

„Du hast aufgeräumt?", schlussfolgert sie und schaut sich um.

Neben dem sauberen Geschirr habe ich die Ecke mit den Zeitschriften aussortiert. Das Katzenklo ist gereinigt. Sogar die Armaturen und Arbeitsflächen sind blitzeblank.

„War ja mal nötig. Hier sah es aus, als wären wir die übelsten Dreckfinken. Die Wanne hatte einen richtigen Schmutzrand."

„Du hast auch das Bad geputzt?" Sie guckt mich an, als sei das so abwegig wie eine Expedition zum Mars.

„Hm-hm. Total ekelig. Außerdem macht es ja sonst keiner."

„Huch, da hat jemand schlechte Laune." Damit könnte sie recht haben. Jedoch lässt sie sich davon nicht beeindrucken und nimmt sich munter eines der Brötchen, die auf dem Tisch liegen.

Mark kommt herein und wirft einen Blick in den Kühlschrank. „Oh wow", tönt er. „Sarah, du bist die Beste." Auch er bedient sich. „Ich muss gleich los. Hab heute schon zwei Vorlesungen sausen lassen." Er leert sein Apfelsaftglas, stellt es auf der Küchenanrichte ab und will Tina einen Abschiedskuss geben.

„Kannst du dein Geschirr in die Spülmaschine räumen?", frage ich grummelig.

„Oh. Wenn Sarah schlechte Laune hat, verdrücke ich mich lieber schneller." Hastig platziert er das Glas in der Maschine und macht sich davon.

Tina hat ihr Brötchen inzwischen mit Nutella beschmiert und beißt herzhaft hinein. „Also", sagt sie mit vollem Mund. „Welche Laus ist dir über die Leber gelaufen?"

„Was habt ihr denn alle? Ich rege mich lediglich auf, weil es immer so unordentlich ist. Ist doch gerechtfertigt."

„O-kay. Wann bist du heute aufgestanden?"

„Sieben. Außerdem habe ich ziemlich schlecht geschlafen", sage ich zerknirscht. Ich fühle mich wie gerädert.

Tina kichert. „Kannst dich wohl nicht mehr entspannen, wenn du nicht in Bens Armen liegst, hä?"

Darauf gehe ich nicht ein. Ich schiebe mir den Rest des Brötchens in den Mund und stehe auf. Mein Geschirr räume ich sorgsam in die Spülmaschine, damit nicht gleich wieder Chaos entsteht.

„Keine Antwort ist auch eine Antwort, weißt du?"

Ohne etwas zu sagen, verlasse ich die Küche und verkrümle mich in mein Zimmer. Dort habe ich bereits alle Unterlagen ausgebreitet, die ich mir ansehen wollte, denn ich muss endlich was für die Uni tun. Und das mache ich für die nächsten paar Stunden. Zwischendurch gesellt sich Benny zu mir, sitzt auf meinem Schoß und lässt sich kraulen, während ich aus dicken Wälzern zu Betriebswirtschaft lese.

Gegen drei Uhr klopft es an meiner Tür, und Tina steckt den Kopf herein. „Hey, was machst du heute noch?"

„Na, lernen." Ich nicke über das Papierchaos, das sich inzwischen in meinem Zimmer entwickelt hat.

„Aber doch nicht den ganzen Tag, oder?"

„Was willst du denn?", maule ich, und es tut mir schon in diesem Moment leid. Eigentlich ist das gar nicht meine Art, aber heute bin ich einfach schlecht drauf.

„Was Schönes unternehmen. Und bei deiner Laune hast du es bitternötig." Mit ihren Augen funkelt sie mich böse an.

„Entschuldige. Ich bin ... Ach, keine Ahnung." Ich stehe auf und reibe mir die Stirn.

„Na, dann los! Pack den Papierkram weg und zieh dich an. Schneegerechte Klamotten bitte. Ich habe eine Idee, was wir machen könnten."

Seufzend lege ich das Buch zur Seite und schiebe Benny sanft von meinem Schoß. Vielleicht ist eine Pause nicht schlecht. Wirklich aufnahmefähig für den Lernstoff bin ich sowieso nicht mehr. Genug gebüffelt.

„Wo gehen wir hin?", frage ich, als ich mir meine dicke Winterjacke und die Stiefel übergezogen habe.

„Du wirst schon sehen."

Bevor ich die Wohnung zusammen mit ihr verlasse, schnappe ich mir die Tüte vom Bäcker, die noch in einer Ecke der Küche liegt.

„Was ist das denn Schönes?", fragt Tina, als sie die Tür hinter uns zuzieht. Natürlich hat sie das Logo auf der Tüte erkannt.

„Sieh selbst." Ich halte sie ihr hin.

„Oh, Vanillekipferl. Das duftet himmlisch." Sie zieht eines heraus und steckt es in den Mund. „Hmmm. Lecker. Hast vorhin absichtlich nicht gesagt, dass du die gekauft hast, richtig?"

Beschämt gucke ich zu Boden. Es stimmt, aber meine Laune war schrecklich, und ich wollte nicht teilen. Auch ich nehme ein Stück vom süßen Gebäck und ein weiteres. Tina ebenfalls. Bevor wir das Erdgeschoss erreichen, ist die Tüte leer.

Sie bittet mich zu warten, während sie in den Keller stürmt. Kurze Zeit später kommt sie mit zwei kleinen Bobs wieder nach oben.

„Wo kommen die denn her, und was hast du damit vor?"

„Rodeln."

„Hä?"

Ich halte ihr die Tür auf, damit sie mit den beiden roten Plastikschlitten hinaus auf die Straße treten kann.

„Mark hat sie am Freitag besorgt, als es so sehr geschneit hat." Sie hebt die Bobs in die Höhe. „Wir wollten sie am Wochenende ausprobieren und kamen leider nicht dazu ... Na ja, waren zu faul. Das können wir jetzt nachholen."

„Was? Wo denn?", frage ich verwirrt, als wir schon die Straße entlanglaufen.

„Am Olympiaberg. Da gibt's sogar verschiedene Pisten. Sanfte für Kinder und steile für Freaks."

„Woher weißt du das alles?"

„Marks Kumpel hat es erzählt, und in der Arbeit hat Jan auch davon gesprochen. Wenn wir uns beeilen, kriegen wir die U-Bahn in fünf Minuten. Los."

Ich nehme ihr einen der Schlitten ab und hetze mit ihr zusammen in den U-Bahnschacht.

Als wir nur kurze Zeit später im Olympiapark ankommen, hat Tina nicht zu viel versprochen. Dutzende Leute tummeln sich hier, und es sind längst nicht nur Kinder, die die verschiedenen Hügel hinunterbrettern.

„Dann mal los!"

Wir machen uns auf den Weg nach oben zum höchsten Punkt. Kurz muss ich die Aussicht genießen, denn die gilt nicht nur den schneebepuderten Hängen, sondern auch der einzigartigen Architektur dieses Geländes. Friedlich liegt der kleine Olympiasee vor uns. Um ihn herum schlängeln sich die weltberühmten Zeltdächer, die mehrere Hallen und das Stadion überspannen. Der Olympiaturm thront daneben und blickt mit seinen zweihundertneunzig Metern nicht nur über den Park oder die Stadt, sondern weit darüber hinaus.

„Und jetzt?" Tina sieht sich um, als wir oben angekommen sind.

„Also, ich nehme erst mal die einfache Piste", lasse ich sie wissen.

Tatsächlich unternimmt auch sie eine Probefahrt. Gemeinsam rutschen wir den Kinderberg nach unten und bekommen ein Gefühl fürs Steuern und Bremsen. Es muss unglaublich komisch aussehen, aber es macht riesigen Spaß. Tina und ich kichern in einem fort.

Danach fühlen wir uns mutig genug, um einen steileren Hügel zu erklimmen und von dort hinunter zu fahren. Das habe ich zum letzten Mal gemacht, als ich klein war. Immer wieder versuchen Tina und ich, schneller und waghalsiger nach unten zu donnern und haben Mühe, uns gegenseitig nicht in die Quere zu kommen.

Oft sehen wir aus wie wandelnde Schneemänner ähm ... -frauen, wenn wir vom Bob geschleudert werden und durch die weiße Pracht kugeln.

Wir laufen ein weiteres Mal nach oben, doch als wir außer Atem ankommen, hält Tina inne.

„Guck mal."

Sie zeigt in den Westen, wo in großer Entfernung die grauen Schneewolken den Himmel nicht verdecken. Dort entwickelt sich ein herrliches Rot. Die Sonne geht in ihren schönsten Farben unter.

Wir setzen uns auf die Bobs und beobachten das Spektakel.

„Und? Hatte Tante Tina eine gute Idee?", fragt sie mich und klopft sich bereits selbst auf die Schulter.

Ich muss lachen. „Das war es wirklich. Danke, dass du mich aus meiner schlechten Laune geholt hast." Ehrlicher könnte ich es nicht meinen. Der Tag ist zu schade, um miesepetrig in der Wohnung zu sitzen.

„Also ...", setzt sie an. „Was ist los? Willst du darüber sprechen?"

Ich halte meine Nase in die kalte, klare Luft. „Weiß nicht."

„Ist es Ben der Böse?"

Wieder bringt sie mich zum Lachen. „Ja. Ich schätze schon."

„Habt ihr euch gestritten?" Sofort legt sie ihr Gesicht in Falten.

„Nein, nein. Haben wir nicht."

„Aber was ist das Problem? Ihr zwei seid so süß zusammen. Ich könnte in euch hineinbeißen." Bei den letzten Worten schlägt sie einen übertrieben schwärmerischen Ton an. „Und er sieht echt gut aus."

„Das hat Laura gestern auch gesagt."

Wir beide lachen auf.

„Laura tut immer so formal, aber hinter den Kulissen ist sie ne lockere Vorgesetzte."

„Stimmt", bestätige ich und erzähle von ihrer Einstellung zu Carmen.

„Ach, hör bloß mit der dummen Kuh auf. Die kann sowieso keiner leiden. Hättest sie mal sehen sollen, wie geschäftig sie gestern beim Mittagessen in der Kantine herumgetratscht hat, dass sie dich in Zimmer 212 mit einem Gast erwischt hat."

„Das will ich gar nicht so genau wissen. Ich kann es mir gut vorstellen." Genervt stöhne ich auf.

„Der Schuss ging sowieso nach hinten los." Tina setzt ein teuflisches Grinsen auf. „Die Mädels vom Housekeeping fragten, ob er denn gut aussieht, was ich natürlich sofort bestätigt habe ... Vielleicht ist mir herausgerutscht, dass er mir schon mit nur einem Handtuch bekleidet über den Weg gelaufen ist."

„Tina!", rufe ich aus. „Wie peinlich!"

„Gar nicht peinlich. Und außerdem stimmt es. Neben Ben sieht Carmens dummer Ollie aus wie ein Krapfen."

Gegen meinen Willen muss ich grinsen. Sie ist unverbesserlich.

„Ich bin so froh, dass du den endlich aus deinem Gedächtnis streichst und mit Ben Spaß hast." Sie setzt sich auf und guckt mich aufmerksam an. „Damit schließe ich den Kreis und komme zum eigentlichen Thema zurück.

169

Was ist das Problem mit Ben dem Bösen? Ist er denn böse?"

Och, ich wusste, dass sie den Faden wieder aufnehmen würde. Sofort verfliegt die Leichtigkeit und die Grübeleien nehmen ihren Platz in meinem Kopf ein.

„Es gibt nicht wirklich ein Problem."

„Und warum putzt du dann übellaunig zu dümmsten Uhrzeiten das Badezimmer, bist nicht ansprechbar und verheimlichst, dass du Vanillekipferl gekauft hast?"

Den Blick in die Ferne gerichtet, wo die letzten Nuancen des wunderschönen Sonnenuntergangs von der Dunkelheit verschluckt werden, denke ich nach. Wo genau ist das Problem?

„Huch", ruft Tina aus. „Guck. Es fängt an zu schneien."

Tatsächlich kommen kleine weiße Flocken vom Himmel.

„Was für ein schöner Abend." Dann schenkt sie mir einen Seitenblick und klimpert mit den Wimpern. „Was macht ... Ben eigentlich heute?"

Ich zucke mit den Schultern und sehe auf die Uhr. „Keine Ahnung. Vermutlich gerade Feierabend."

„Wunderbar. Ruf ihn doch an. Frag ihn, ob er sich mit dir treffen will. Ich verdrück mich auch artig." Sie klopft mir enthusiastisch auf den Rücken.

„Ich habe seine Handynummer nicht."

„Was?" Ihre Augen werden groß und fragend.

„Es hat sich irgendwie nicht ergeben. Hab gar nicht daran gedacht, ihn danach zu fragen", erkläre ich. „Er hat mich aber auch nicht um meine gebeten", schiebe ich hinterher, da mir dieser Gedanke gerade erst kommt.

„Na, immerhin wissen wir, wo er wohnt." Sie zwinkert mir zu. „Ruf ihn einfach im Hotel ..."

„Nein", unterbreche ich sie. „Ich möchte ihm nicht nachlaufen wie eine verliebte Gans."

„Was? Das ist doch total zwanglos. *Hey, wie geht's? Lust, dich zu treffen?* Ich würde jeden meiner Bekannten sofort fragen."

Nett gesagt. Nur leider haben wir diesen Punkt schon überschritten. Ben ist nicht irgendein x-beliebiger Bekannter, den ich einfach so anrufe.

„Weißt du ..." Noch einmal überlege ich, ob ich wirklich offen darüber reden will. Bisher waren es nur flüchtige, alberne Gedanken, die ich für mich behalten und wieder zur Seite gewischt habe. Wenn ich es nun ausspreche, wird es echter, greifbarer und auch beängstigender. „Das mit Ben ..." Ich seufze. Wie kann ich das beschreiben? „Es ist wunderschön, Zeit mit ihm zu verbringen. Wir haben uns in den letzten Tagen viel unterhalten und ..."

„Unterhalten", wiederholt sie grinsend.

„Ja, wir sind ja nicht nur im Bett."

Tina prustet los. „Ich mach doch nur Spaß."

„Auf jeden Fall mag ich ihn sehr", fahre ich fort. „Er bringt mich zum Lachen und ist auch ein guter Zuhörer und ..."

„Oho ...", unterbricht sie mich. „Ist da jemand verknallt?"

Verknallt ist so ein blödes Wort. Ich stehe auf und gucke auf die Lichter der Stadt, die nun nach Sonnenuntergang am diesigen Horizont liegen.

„Das ist doch schön. War höchste Zeit, dass du dich mal wieder ein bisschen verliebst. Was ist daran falsch?"

„Ich habe keine Ahnung, woran ich bei ihm bin." Dieser Satz fasst meine Vorbehalte gut zusammen. Und weil Tina nun protestieren will, erzähle ich ihr von der weiblichen Anruferin gestern Abend, und dass er sich seither nicht bei mir gemeldet hat.

Tina stellt sich zu mir und wägt die Geschichte ab. In solchen Momenten bemerke ich, welch gute Freundin sie mir ist und dass ihre Beziehung zu meinem Bruder dies nicht verändert hat. Sie bringt all die Theorien auf, an die ich selbst auch schon gedacht habe. Es könnte die Assistentin gewesen sein. Die Mutter. Eine Cousine und so weiter. Nach einer Weile müssen wir über uns lachen.

Resigniert schüttle ich den Kopf. „Ich muss ständig an Ben denken. Glaub mir, ich will das gar nicht, kann es einfach nicht abschalten. Gleichzeitig habe ich riesige Angst, dass ich wieder enttäuscht werde." Die Wochen, nachdem ich Ollie mit Carmen erwischt hatte, waren die Hölle, und bis heute sind die Begegnungen mit den beiden unangenehm. Aber das brauche ich Tina nicht zu erklären. Diese Geschichte kennt sie zu Genüge.

Ich lege die Hand auf meine Stirn. „Und zusätzlich passen wir sowieso nicht zusammen. Ich muss den Verstand verloren haben."

Tina schenkt mir einen missbilligenden Blick. Ich erzähle ihr von all den Kleinigkeiten, die mich verunsichern. Bens steile Karriere, während ich noch immer studiere. Die unfassbar teure Miete, die er sich leisten kann. Die guten Kreise, in denen er sich offensichtlich bewegt.

„Aha", sagt Tina und verschränkt die Arme. „Er hat also Geld und geht ab und zu auf Promipartys. Wie schrecklich." Sie zwinkert mir schief zu und wird dann ernster. „Auch wenn ich nicht finde, dass das ein wirklicher Einwand ist, gebe ich dir letztendlich recht."

Nun ist es an mir, ihr einen fragenden Blick zuzuwerfen.

„Versteh mich nicht falsch. Ich halte Ben für ein sehr gut aussehendes Schnuckelchen, mit dem man sich sicher gut vergnügen kann." Sie schenkt mir ein anzügliches Grinsen, das ich mit einem Boxschlag gegen ihren Oberarm quittiere.

„Aber ...", sagt sie und hebt tadelnd den Zeigefinger. „Trotzdem wissen wir wenig über ihn. Vielleicht verschenkst du nicht gleich dein ganzes Herz."

Seufzend nicke ich. Tina hat recht. Ich habe mich viel zu schnell und viel zu intensiv hineingesteigert.

„Ich werde es versuchen."

Wir machen uns auf den Heimweg, und sie hält mich auch für den Rest des Abends beschäftigt. Nach unserem lustigen Rodelausflug trinken wir zu Hause heiße Schokolade, um uns aufzuwärmen, und verwöhnen Benny mit Streicheleinheiten. Für die Uni tue ich an diesem Tag nichts mehr, weshalb ich mich am Dienstag richtig hineinknien will.

Schon am Morgen vergrabe ich meine Nase in den Unterlagen. Benny gesellt sich im Laufe des Vormittages zu mir, möchte gestreichelt werden. Ich liebe seine Gesellschaft. Sein weiches Fell und sein Schnurren, das mir zeigt, dass er mich genauso gern hat wie ich ihn. Meine Laune hat sich um Längen verbessert. Die Ablenkung von Ben tut mir wirklich gut. Mark ist zeitig aufgebrochen, und Tina guckt unnützen Kram im Fernsehen, bis sie sich zu ihrer Spätschicht verabschiedet. Ich kann mich konzentrieren und komme gut voran. Erst als mir der Kopf raucht und kein weiteres Wort mehr hineingehen will, bemerke ich, dass es schon fast fünf Uhr abends ist. Ich lege meine Notizen beiseite und strecke mich. Benny tut es mir gleich.

„Du hast sicher Hunger, hm?"

Langsam schlurfe ich in die Küche, um für meinen Streuner etwas zu essen vorzubereiten. Dabei fällt mir auf, dass es schon fast wieder so aussieht wie vor meinem Putzwahn. Marks und Tinas Geschirr vom Frühstück steht noch auf dem Tisch. Die Spüle ist voll mit Schneidebrettern und zwei Töpfen.

„Och Mann. Was sagst du dazu, Benny? Nächstes Mal räume ich nicht mehr auf und lasse die beiden einfach im Dreck versiffen." Ein leeres Versprechen, das ich regelmäßig mache und breche, weil ich eine schmutzige Küche nur kurze Zeit ertragen kann.

Selbst Benny weiß das und legt sein Köpfchen schief. Ich gebe ihm sein heiß ersehntes Futter, wobei mir das rosarote Weihnachtsbäumchen ins Auge fällt, das Tina und Mark vor ein paar Tagen angeschleppt haben. Sie bestanden darauf, dass das hässliche Ding so lange stehen bleibt, bis wir eine richtige Tanne haben. Spontan nehme ich den Kunstbaum, trage ihn hinüber in Marks Zimmer und ziehe mir dann Jacke und Stiefel an. Das kann ich heute noch arrangieren.

Mit Vorfreude gehe ich zur Leopoldstraße, wo ein Verkaufsstand Bäume aller Größen anbietet. Um diese Zeit unterwegs zu sein, wenn die Stadt in den Feierabendtrubel taumelt, während ich den Tag freihatte, fühlt sich immer lustig an. Die Leute eilen die Straßen entlang, wollen nach Hause oder kurz in den Supermarkt. Ich hingegen schlendere lächelnd den Bürgersteig hinunter.

Am Verkaufsstand tummeln sich einige Interessenten und beäugen die Tannenbäume. Die sehen toll aus, und die Auswahl ist groß. Der Nachteil ist natürlich, dass ich mich nicht entscheiden kann. Fast fünfzehn Minuten eiere ich zwischen drei hübschen Tannen herum und nehme letztendlich die ein Meter fünfundsechzig große, worüber sich Mark und Tina tierisch aufregen werden, weil in unserer kleinen Küche eigentlich kein Platz dafür ist. Der nette Verkäufer knöpft mir ein Vermögen ab und lässt den Baum durch die Netztrommel rutschen, damit er verpackt ist und mir die Äste nicht ins Gesicht hängen.

Mühsam schleppe ich meine Errungenschaft nach Hause. Die Fußwege sind wegen des vielen Schnees sehr eng. Glücklicherweise ist es nicht weit, und zugeben würde ich nie, dass ich mit meinem Kauf vielleicht ein bisschen übertrieben habe. Er wird schon irgendwie reinpassen. Wir müssen am Tisch eben ein wenig enger sitzen. Im Treppenhaus gebe ich alles, um mein Schmuckstück die fünf Stockwerke nach oben zu bugsieren, und als ich meine Tür endlich erreicht habe, bin ich nassgeschwitzt.

Benny erwartet mich voller Vorfreude hinter der Wohnungstür.

„Na, hast du mich vermisst? Guck mal, was ich hier habe. Den musst du aber wirklich in Ruhe lassen. Wenn der umkippt, ist die ganze Küche im Eimer."

Letztes Jahr hat er es tatsächlich geschafft, den Weihnachtsbaum erfolgreich zu sabotieren, sprang beherzt hinein, und das Ding fiel um. Mindestens fünf geliebte Weihnachtskugeln gingen zu Bruch. Die kaufe ich nämlich nicht in einer Packung im Supermarkt, sondern wähle sie einzeln und liebevoll auf Weihnachtsmärkten aus. Jede Saison kommen eine oder zwei neue hinzu. Dieses Jahr muss ich die Tanne besser befestigen. Na ja, größer und schwerer ist sie auch. Also sollte sie gegen Benny eine Chance haben.

Ich hole den Ständer und die Deko aus dem Keller, bevor ich das Netz aufschneide. Dann wird es spannend. Stück für Stück klappen die Äste nach außen, bis der Baum in seiner ganzen Pracht vor mir steht.

Das wird eng in der Küche. Mark und Tina werden sich auf jeden Fall beschweren. Aber es wird schon gehen. Außerdem steigt mir der Duft der Tanne in die Nase, und der ist einfach nur himmlisch. Ich hieve sie in den Ständer und bewege die Schrauben daran konzentriert, damit sie geradesteht. Ein paar Mal muss ich

176

das gute Stück herumschieben, doch dann bin ich zufrieden.

Kurz gebe ich dem Baum noch Wasser in den Ständer, und nun kann der schöne Teil kommen. Das Dekorieren. Dazu schalte ich das Radio an, in dem passenderweise 'It's beginnig to look a lot like Christmas' von Michael Bublé läuft, denn in wenigen Minuten wird es hier sehr weihnachtlich aussehen.

Mit Präzision befestige ich die Lichterkette und mache nach Beendigung dieser Aufgabe das Licht in der Küche aus, damit ich überprüfen kann, ob jedes einzelne Lichtlein gleichmäßig an den Ästen sitzt oder nochmal versetzt werden muss. Dann folgt der Schmuck. Gold und Rot, wie ich es mag. Ein paar Kugeln, Sternchen und dazwischen kleine Tannenzapfen. Nicht zu viel, sonst sieht es überladen aus. Zufrieden trete ich zurück und lasse das Bild auf mich wirken. Der Baum strahlt festlich. Herrlich.

Nun fällt mir die gravierte Weihnachtskugel von Ben ein. Schnell laufe ich in mein Zimmer und hole sie. Bevor ich sie jedoch an einen der Äste hänge, halte ich inne. Soll ich sie wirklich verwenden?

Ich wünschte, es wäre mir egal, ob sie am Baum hängt oder achtlos in der Box verborgen bleibt. Das würde nämlich bedeuten, dass es mich nicht kümmert. Dass er mich nicht kümmert. Und dass es mir gleichgültig ist, wo er sich herumtreibt oder ob er vielleicht an mich denkt ... So wie ich an ihn.

Tja, leider ist mir nichts davon egal. Schwer seufzend befestige ich die Kugel an einem der Äste, lese erneut die Gravur. Bambi. Hm.

„Ach du Scheiße!" Eine Stimme lässt mich vor Schreck fast in die Luft springen.

Mark steht in der Küche und guckt mich ernst an. „Sarah. Spinnst du? Wo sollen wir denn noch kochen oder sitzen? Der dämliche Baum nimmt den ganzen Platz ein."

„Jetzt übertreibst du aber. Sieh." Ich drehe mich – zugegeben etwas umständlich – im Kreis. „Außerdem ist es nicht für lange. Nur drei Wochen."

Er schüttelt den Kopf. „Und in der Zeit können wir dann immer nur einzeln frühstücken." Maulend verlässt er die Küche.

Nachdem ich mit meiner Arbeit am Baum sowieso fertig war, mache ich mich demonstrativ daran, das Abendessen vorzubereiten. Natürlich ist Platz zum Kochen, und das werde ich jetzt auch beweisen. Eifrig hantiere ich mit den Kochtöpfen herum. Irgendwann taucht Mark wieder in der Tür auf.

„Ich muss gleich ins Fußballtraining. Aber ..." Er tritt neugierig zum Herd und schnuppert. „Was kochst du denn da Schönes?"

Ich gebe gehackte Tomaten zum Hackfleisch in den Topf. „Spaghetti Bolognese."

„Hmmm. Lass mir was übrig, ja?"

„Nur, wenn du nicht mehr über unseren Weihnachtsbaum maulst."

„Ja, ja, ja", macht er und ist schon zur Tür hinaus.

Ich stelle die Weihnachtsmusik etwas lauter und singe
lauthals mit.

Kapitel 14

Ben

Was für ein Tag. Anstrengend, aber erfolgreich. Im Büro habe ich mit einer sehr überzeugenden Strategie gezeigt, wer die Hosen anhat. Scheiß auf Arnsberg. Erst saß er selbstgefällig in seinem Stuhl und versuchte mir breit grinsend dazwischenzufunken und dann vergrub er seine Nase in meiner Kalkulation, weil ihm nichts Besseres einfiel. Sie war hieb- und stichfest. Keine Chance für ihn, mir zu schaden. Schachmatt.

Überschwänglich kam ich zurück ins Hotel, doch Bambi war nicht da, genau wie schon am Montag. Irgendwie bekam ich das Gefühl, sie ein wenig zu vermissen, und der Drang, sie sehen zu wollen, wuchs. Das irritierte mich. Am liebsten wäre ich eine Runde um den Block gejoggt, aber leider habe ich keine Sportsachen oder Laufschuhe dabei. Auf dem Zimmer hielt ich es nicht aus, also ging ich los, um mir all diese Dinge spontan zu kaufen. Ich lief durch die Stadt und schaffte es, die Shoppingmeile zu verpassen. Stattdessen bog ich in eine andere Straße ein. Auf dem Weg kam ich an einem Delikatessenladen vorbei, besorgte eine nette Flasche Rotwein und nun …

Und nunm verdammt noch mal, stehe ich tatsächlich vor ihrem Haus. Ich muss total verblödet sein. Aber wie schon vorhin machen sich meine Beine selbstständig, befördern mich zur Tür, wo meine Finger auch völlig unabhängig von mir den Klingelknopf drücken. Zu meiner Überraschung wird einfach nur die Tür aufgebuzzt. Keiner fragt, wer denn hier steht.

Na gut. Wenn es mir so leicht gemacht wird ... Ich steige die Treppen hoch und weiß wie beim letzten Mal nicht, was ich mehr hasse. Dass sie im fünften Stock wohnt oder dass ich dermaßen außer Atem bin, bis ich dort oben ankomme. Mehr Sport wäre vielleicht ein guter Vorsatz fürs neue Jahr.

Als ich die anvisierte Tür erreiche, finde ich sie angelehnt vor, doch kein Mensch erwartet mich. Aus dem Inneren der Wohnung ertönen Klänge von Weihnachtssongs, und es riecht nach leckerem Essen. Zwiebel ... Knoblauch ... Tomate ...

Verwundert trete ich ein. Kurz bin ich unschlüssig, dennoch streife ich meine nassen Schuhe ab, will ja nicht flegelhaft wirken. Dann öffne ich die Küchentür einen Spalt, denn von dort kommt die Musik, der Gesang und der tolle Duft.

Und da steht mein Bambi. Fasziniert beobachte ich sie dabei, wie sie durch die kleine Küche fegt. Lächelnd gibt sie Salz, Pfeffer und Kräuter in den Kochtopf und rührt beherzt um. Sie singt lauthals zu 'Santa Claus is coming to town', das gerade im Radio läuft, was mich schmunzeln lässt. Es ist unmöglich, den Weihnachtsbaum zu übersehen. Er ist ansehnlich dekoriert, aber sich in dem Raum zu bewegen ist ein Drahtseilakt, denn die Tanne nimmt den gesamten Platz ein. Die Fenster sind beschlagen vom vielen Dampf, der von den brodelnden Töpfen ausgestrahlt wird.

Eine ganze Weile sehe ich Sarah einfach nur zu. Ihr langer Hals, als sie sich vorsichtig über den Herd beugt. Ihre leichten Bewegungen, während sie den Löffel zu ihrem Mund führt, um ihr Essen abzuschmecken. Ihr gekräuseltes Haar, das sie zu einem unordentlichen Dutt zusammengebunden hat.

Plötzlich spüre ich etwas an meinen Füßen. Die Katze schiebt sich zwischen meinen Beinen durch und huscht durch den Spalt in die Küche.

Sarah guckt auf das Tierchen, nimmt aber im selben Moment wahr, dass da jemand in der Tür steht, dass sie nicht alleine ist, und dann geht alles ziemlich schnell. Im Bruchteil einer Sekunde kreischt sie vor lauter Schreck auf, macht einen großen Satz zurück und verliert darüber den Kochlöffel. Der prallt erst auf der Küchenanrichte auf, verteilt Spritzer der Tomatensoße überall im Raum und auf ihr, bevor er auf dem Boden aufschlägt und auch dort eine riesige Sauerei hinterlässt.

„Verdammt. Ben!", schreit Sarah auf.

„Oh Shit. Entschuldige! Ich wollte dich nicht erschrecken. Die Tür war offen."

„Und dann kommst du einfach so herein, ohne was zu sagen?" Sie bückt sich und hebt den Kochlöffel auf.

Schnell lege ich meine Jacke ab und trete in die Küche. „Warum öffnest du die Tür, ohne zu fragen, wer geklingelt hat?"

„Ich dachte, es wäre Mark. Der ist vorhin los und vergisst meistens seinen Schlüssel." Frustriert lässt sie den Kochlöffel in die ohnehin volle Spüle fallen und blickt sich um. „Jetzt sieht's hier aus wie auf einem

182

Schlachtfeld." Ihre eigene Jeans fällt ihr ins Auge. „Und ich erst. Oh Mann! Was sollte diese Anschleich-Aktion?" Sie schaut mich vorwurfsvoll an, während sie die Küchenrolle zur Hand nimmt.

Ich gehe auf sie zu, sorgfältig darauf bedacht, dass ich den Weihnachtsbaum nicht streife und dabei versehentlich eine Weihnachtskugel zu Bruch geht.

„Es tut mir leid." Vorsichtig strecke ich meine Hand nach ihrem Gesicht aus und wische mit dem Finger einen Spritzer Tomatensoße von ihrer Wange. „Du hast gesungen und ... es war einfach schön, dir zuzugucken ... hören ... ach, was auch immer."

Ihre Mundwinkel ziehen sich leicht nach oben.

„Wie wäre es, wenn du dich umziehen gehst und ich so lange sauber mache?", schlage ich vor, während ich ihr die Küchenrolle aus der Hand nehme.

Sie nickt und stellt die beiden Herdplatten ab, auf denen das Essen noch immer vor sich hin kocht. Als sie die Küche verlässt, gucke ich mich etwas ratlos um. Auch ohne die von mir verschuldete Sauerei regiert das Chaos. Seufzend mache ich mich daran, auf dem Boden aufzuwischen und entferne dann die Spritzer von den Schränken und Armaturen. Danach räume ich all das schmutzige Geschirr in die Spülmaschine und bin zufrieden mit meiner Arbeit. Immerhin beschäftige ich in meiner eigenen Wohnung einmal die Woche eine Putzhilfe.

„Oh, nicht doch." Sarah kommt umgezogen zurück und guckt sich irritiert um. „Du musst nicht aufräumen."

„Du ... könntest mich ja dafür entlohnen." Ich gebe ihr einen Stups auf die Nase, wo vorhin noch Tomatensoße geklebt hat.

Sarah stöhnt entnervt. „Kannst du mit deinen zweideutigen Witzen aufhören?"

Ich muss schallend laut lachen, denn so hatte ich das keineswegs gemeint.

„Weißt du was, Bambi? An diese Art von Entlohnung habe ich ganz ehrlich nicht gedacht. Aber wenn du dich so revanchieren möchtest ... gerne."

„Ben!" Nun funkelt sie mich mit ihren tiefbraunen Augen böse an.

„Vielleicht darf ich zum Essen bleiben? Ich habe riesigen Hunger, und das, was du da kochst, riecht hinreißend. Es sei denn ..." Ich lege den Kopf schief. „Du erwartest Besuch. Aufdrängen will ich mich natürlich nicht."

„Nein. Ich erwarte niemanden." Sie drängelt sich an mir vorbei, holt zwei tiefe Teller aus einem der Schränke und fängt an, die Spaghetti abzuschöpfen.

„Ich habe etwas mitgebracht." Schnell hole ich die Flasche Rotwein, die ich im Flur abgestellt hatte. „Soll ich sie aufmachen?"

Fünf Minuten später sitzen wir bei leckerem Essen und gutem Wein in Sarahs Küche und lassen es uns schmecken.

„Bambi! Du hast die Kugel aufgehängt." Das fällt mir tatsächlich jetzt erst auf. „Ich fühle mich geehrt."

Sie zuckt unbeteiligt mit den Schultern und stochert in ihrem Essen herum, ohne aufzusehen. „Die Farbe passt ja dazu, und bei der Gravur wird wohl nicht jeder gleich fragen, ob sie auf mich bezogen ist."

Einen Moment lang mustere ich sie und versuche dann, ein anderes Gesprächsthema zu finden. „Wie war dein freier Tag? Ich hatte mich schon auf dich gefreut und ... Oh weh, oh weh ... du warst nicht an der Rezeption. Gestern auch nicht. Ich bekam Entzugserscheinungen."

„Kann ja nicht immer im Dienst sein."

Hm. Vielleicht ein neues Thema.

„Ach, Frau Lieblich hat mir die Wohnung übrigens an Land gezogen. Heute Vormittag kam die Bestätigung." Ich sehe Sarah mit Siegesgrinsen an.

„Schön für dich", sagt sie, ohne aufzublicken.

O-kay. Mein Gefühl trügt nicht. Irgendwas ist im Busch.

„Bambi?"

Sie sieht auf und funkelt mich mit ihren Augen kühl an.

„Habe ich aus irgendwelchen unerfindlichen Gründen deinen Zorn auf mich gezogen?"

„Weißt du ..." Sie hält inne und atmet tief durch. „Du kommst einfach her, weil dir eben gerade danach ist." Nun blickt sie wieder auf ihr Essen und macht nicht den Eindruck, weitersprechen zu wollen.

„Ähm ... Ja. Ich kam hierher, weil mir danach war. Ist das so schlimm?"

„Dazwischen liegen zwei Tage, an denen du dich nicht ein einziges Mal blicken lassen hast. Nicht mal am Sonntag, als ich nach unserer gemeinsamen Nacht den ganzen Abend im Dienst war. Es kam dir nicht in den Sinn, mal an der Rezeption vorbeizukommen. Ein Hallo wäre nett gewesen."

Ich nicke und bin mir darüber sogar ein wenig bewusst. Klar hätte ich vorbeischauen können, aber ich hatte das Gefühl, die Bremse ziehen zu müssen.

„Ich musste einiges für die Arbeit vorbereiten." Das entspricht der Wahrheit, doch natürlich dauerte das nicht den gesamten Abend.

„Hat dich dein Anruf erreicht?", spuckt sie mir plötzlich vor die Füße.

„Welcher Anruf?"

„Am Sonntag hatte jemand für dich angerufen. Ich habe sie zu dir auf das Zimmer verbunden."

So, so. *Sie.*

„Ich hörte das Telefon klingeln, als ich unter der Dusche stand. Hab's verpasst." Ich zucke mit den Schultern, doch eigentlich weiß ich, wer *sie* war. Immerhin hatte *sie* es zuvor mindestens zehnmal auf dem Handy versucht. „Darf ich zum vorigen Thema zurückkommen? Du bist also verstimmt, weil ich mich am Sonntag nicht blicken gelassen habe. Das ist ... süß."

„Hör auf damit, mich immer zu verniedlichen. Das ist nicht süß." Sie legt die Hände vor ihr Gesicht. „Das ist total ... doof."

Och, nun ist es ihr peinlich.

„Doch. Dass du nicht genug von mir bekommst, ist ein großes Kompliment für mich. Ich hätte gedacht, dass du nach einem ganzen Wochenende mit mir eine Pause von meinem Geplapper brauchst."

„Es wäre ..." Wieder hält sie inne. „Einfach gar nichts mehr von dir zu hören, war ..." Sie schüttelt den Kopf. „Ist ja auch egal."

Ich stehe auf und gehe zu der Pinnwand, an der zahllose Zettelchen und Fotos hängen. Mit dem Kugelschreiber, der an einem Faden befestigt an der Seite baumelt, schreibe ich meine Handynummer an die untere Ecke eines der Papiere, die dort angepinnt sind.

„So. Nun kannst du mich anrufen, wenn du Sehnsucht nach mir hast. Und vielleicht ..." Grinsend setze ich mich wieder zu ihr. „... gibst du mir deine Nummer auch. Dann muss ich nicht tollkühn hierherkommen und hoffen, dass mir die Tür ohne Weiteres aufgemacht wird, sondern kann erst mal die Lage checken."

Erfolg. Sie lacht. „Okay."

Nun wird es gemütlicher. Wir essen, trinken und lachen. Danach räumen wir das schmutzige Geschirr weg, und Sarah drückt mir einen Zettel in die Hand, auf dem ihre Handynummer steht. Ich stecke ihn ein und stehe einen Moment lang unschlüssig da. Was jetzt?

Auch sie scheint nicht zu wissen, wie sie sich verhalten soll. In ihren Augen lese ich die Frage, die ich mir schon bei meiner Ankunft gestellt habe. Warum bin ich hier? Die Antwort ist ganz simpel. Weil ich nicht wegbleiben konnte.

Was auch immer das mit ihr ist, die Situation verlangt nach klaren Verhältnissen. Doch dann blickt Sarah zu mir auf, und mein Körper reagiert erneut, ohne mich zu fragen. Ich kann nicht anders, als sie zu küssen. Wie von selbst schlingen sich meine Arme um sie, wollen alles von ihr erobern. Dabei schieben wir uns gegenseitig in ihr Zimmer und schließen die Tür hinter uns.

Ich könnte noch nicht mal behaupten, unvorbereitet zu sein. Kondome habe ich gestern besorgt, weil es mich störte, keine zu haben, wenn's drauf ankommt. Gierig ziehe ich ihr die Klamotten vom Leib, und als sie nackt vor mir steht, bin ich schon wieder hin und weg von diesem Geschöpf. Was ist das nur mit ihr?

Als ich schließlich mit ihr schlafe, muss ich mich mächtig zusammenreißen, nicht nach kurzer Zeit davongetragen zu werden, denn ihre kleinen Geräusche machen mich wahnsinnig. Ich liebe es, dass sie mich genießt, und möchte ihr Vergnügen bereiten. Im Gegenzug will ich jeden einzelnen Zentimeter ihres Körpers auskosten.

Danach liegen wir eine ganze Weile schweigend da, und auch jetzt kann ich meine Finger nicht von ihr lassen. Mit meiner Hand streiche ich über die warme Haut an ihrem Arm. In meinem Kopf sammeln sich Überlegungen an, wie ich ihr sagen könnte, was eigentlich Sache ist. Doch wirklich klar ist mir das selbst nicht.

„Was machst du morgen?", höre ich mich stattdessen fragen.

Sie stockt. „Ich muss dir gestehen, dass ich morgen Frühdienst habe und um fünf aufstehen muss. Du kannst natürlich weiterschlafen."

„Nee, lass mal. Ich stehe mit dir auf und fahre ins Hotel. Duschen, Klamotten anziehen und ab ins Büro." Ich lege mich seitlich neben sie und stütze meinen Kopf auf die Hand auf. „Was ich eigentlich wissen wollte, ist: Was machst du nach deiner Schicht?"

„Ähm ... Weiß nicht."

„Lust auf ein Date?"

Ihre tiefbraunen Augen gucken mich verwundert an. „Ein Date?"

„Ja. Wir haben Handynummern getauscht, nun sollten wir auch ein richtiges Date haben."

Sie lacht. „Macht man das heute so? Erst miteinander schlafen und dann daten?"

„Keine Ahnung. Alles, was ich weiß, ist, dass ich in deiner Gegenwart nichts mehr weiß, Bambi." Ehrlicher könnte ich in diesem Augenblick nicht sein.

Kapitel 15

Sarah

Heute kann ich es nicht erwarten, aus meiner Schicht entlassen zu werden. Ich haste sofort nach Hause, mache mich frisch und fiebere meinem Treffen mit Ben entgegen. Ein echtes Date. Natürlich könnte man den Abend auf dem Tollwood auch als eines bezeichnen, aber das ist eher zufällig passiert. Diesmal plant er etwas, und ich bin gespannt, was er sich ausgedacht hat.

Pünktlich um sieben steige ich aus der Tram, laufe durch den mittelalterlichen Torbogen des alten Rathauses und dränge mich schließlich durch die Menschenmenge, die sich wie immer am Marienplatz tummelt.

Wie vereinbart, wartet Ben vor dem großen Weihnachtsbaum auf mich. Ich habe das Gefühl, von Schmetterlingen dorthin getragen zu werden. Lächelnd kommt er auf mich zu, als er mich entdeckt. Während ich noch über eine angemessene Begrüßung nachdenke, streichen seine Lippen bereits leidenschaftlich über meine, und ich brauche nichts weiter zu tun, als seinen Kuss zu erwidern. Mein Herz kann gar nicht anders, als einen Rekordsprint hinzulegen. Was hatte ich Tina versprochen? Es langsam angehen zu lassen?

„Hey Bambi", raunt er in mein Ohr. „Wollen wir?"

Ich nicke und lasse es sein, mich über den Kosenamen zu beschweren. Vermutlich würde Ben nur lachen, und außerdem ist der Name irgendwie süß.

Aus seiner Jackentasche zieht er eine Packung gebrannte Mandeln. „Ich habe uns was für den Weg mitgebracht. Willst du?"

Da lasse ich mich nicht zweimal bitten.

Arm in Arm laufen wir durch die winterliche Innenstadt Münchens, die zauberhaft dekoriert, ist und naschen von den Mandeln. Dabei ziehen wir an den Zwillingstürmen der Frauenkirche vorbei, die das Wahrzeichen der Stadt repräsentieren. Die Leute um uns herum hasten geschäftig von einem Laden in den nächsten, tragen zahllose Tüten in der Hand. Mir kommt es vor, als schwebten Ben und ich zwischen ihnen hindurch und ließen uns von nichts und niemandem aus der Ruhe bringen.

Zwischendurch bleiben wir stehen und lauschen ein paar Musikstudenten, die sich mit Cello, Geige und Bass in einer der Seitengassen aufgebaut haben und die schönsten Weihnachtsklassiker spielen. 'Petit Papa Noel' oder 'Feliz Navidad'. Aneinandergeschmiegt hören wir uns mindestens fünf Stücke aus ihrem Repertoire an, bevor wir uns von ihnen losreißen können.

„Was haben wir eigentlich vor?", frage ich, während wir durch das Karlstor laufen, das auf den Stachus führt und die Shoppingmeile beendet.

Im Sommer sprühen auf dem großen halbrunden Platz Wasserfontänen aus dem bodenhohen Brunnen. Meist werfen sich Kinder und je nach Hitzegrad auch die Erwachsenen ins kühle Nass. Aber jetzt zur Weihnachtszeit ist, wie jedes Jahr, eine kleine Eisbahn aufgebaut.

Ben bleibt stehen und deutet grinsend darauf. „Tata. Wie wäre es mit Schlittschuhlaufen?"

Ich muss lachen. „Wie kamst du denn auf diese Idee?"

„Ich habe meine Kollegen gefragt, was man in der Stadt außer Weihnachtsmärkten sonst noch machen kann." Er sieht mich prüfend an. „Passt das für dich? Ich wollte was Lustiges unternehmen, nicht nur einfach in ein Restaurant gehen."

„Klar. Das ist eine tolle Idee." Ich nehme seine Hand und ziehe ihn zu der großen Holzhütte, die davor aufgebaut ist. Wir holen uns Schlittschuhe, die dort verliehen werden, und schon kann es losgehen.

Im ersten Moment bin ich ein wenig wacklig auf den Beinen, doch dann gleite ich über das Eis. Ich genieße das Geräusch, das die Kufen dabei entfachen.

„Diese Saison habe ich das noch gar nicht gemacht."

„Diese Saison?" Ben lacht auf. „Dann bist du besser dran als ich. Eislaufen war ich das letzte Mal ... Keine Ahnung. Als Kind eben."

Anmerken lässt er sich das nicht. Aus den Lautsprechern dudelt 'All I want for Christmas' von Mariah Carey, und wir versuchen uns in etwas Eistanzkunst, was zwar albern aussieht, aber großen Spaß macht. Wir drehen Pirouetten, schlittern um die Wette oder fallen theatralisch auf die Nase. Ich liebe es, dass Ben keine Angst hat, sich gehen zu lassen. Spontanität hat er schon am Freitag bewiesen, als er einfach so den Nikolaus gespielt hat. Ich mag seine Art wirklich sehr. Ständig bringt er mich mit irgendeinem Spruch zum Lachen.

Meine Vorbehalte, die ich Tina beim Rodeln geklagt habe, sind seit gestern Abend verschwunden. Nicht nur das. Nach und nach muss ich mir eingestehen, dass ich Hals über Kopf verliebt bin. Und ich genieße dieses Gefühl in vollen Zügen. Gibt es was Schöneres, als sich in der Weihnachtszeit zu verlieben?

Irgendwann hält Ben am Seitenrand der Eisbahn an und guckt sich um. „Von da drüben zieht ein toller Duft herüber." Er deutet auf einen Stand, an dem Bratwürste verkauft werden, und reibt sich über seinen Bauch. „Die Mandeln waren zwar lecker, aber ich brauche was Richtiges. Wie sieht's bei dir aus? Hunger?"

Seine Frage kommt im rechten Augenblick. Auch mein Magen knurrt inzwischen, und gerade gesellt sich eine große Gruppe Jugendlicher aufs Eis, die sich an ein paar wilden Kunststücken versuchen.

Wir verlassen die Eisbahn, geben unsere Schlittschuhe zurück und machen uns auf den Weg zum Nachbarstand, der deftige Leckereien anbietet. Dort holen wir uns fettige Bratwurstsemmeln, die wir verspeisen, als wären wir halb verhungert. Danach besorgt Ben zwei Tassen mit Glühwein, und wir stellen uns an einen der Stehtische im oberen Stockwerk der Hütte, von wo wir den Schlittschuhläufern zusehen können. Es ist witzig, die verschiedenen Leute bei ihren Kunststücken auf dem Eis zu beobachten. Die einen schlittern und gleiten. Die anderen watscheln und stocken. Jeder von ihnen hat eine gute Zeit.

Als ich zu Ben sehe, bemerke ich, dass sein Blick längst auf mir liegt. Ich könnte verlegen weggucken, entscheide mich aber, ihn anzustrahlen.

„Und? Hast du bisher Spaß an unserem Date? Keine Beschwerden?", will er wissen.

„Nein. Du machst das tatsächlich sehr gut."

„Das klingt, als hättest du mir das nicht zugetraut."

Ich schmunzle. „Inzwischen schon. Vor einer Woche noch nicht."

Er lacht auf und stellt sich ganz dicht zu mir. „Was gehört zu einem guten Date denn noch dazu?"

„Mal sehen." Ich nehme eine Denkerposition ein. „Gutes Essen und Getränke."

Ben malt einen Haken in die Luft. „Erledigt. Was noch?"

„Musik."

Nun hebt er seine Hand ans Ohr und horcht. Gerade sind die vielen Stimmen des Klassikers 'Do they know it's Christmas' von Band Aid zu hören.

Wieder malt Ben seinen Haken mit dem Finger.

Ich sehe zu ihm auf und versuche zum ersten Mal ganz bewusst, ihm den scheuen Blick zuzuwerfen, auf den er so sehr steht. „Vielleicht ... ein Kuss?"

„Ich hatte schon befürchtet, du würdest diesen äußerst wichtigen Punkt nicht aufzählen." Er streicht mit seinem Daumen sanft über meine Wange, bevor er sich zu mir beugt und seine Lippen zärtlich auf meine legt. Auch er hat sich seit gestern Abend verändert, denn seine Küsse sind jetzt anders. Intensiver.

Wie lange wir dastehen und uns einfach nur küssen, weiß ich nicht. Ich könnte es die ganze Nacht tun. Und das machen wir.

Ein weiteres Mal schlüpfe ich durch den Lieferanteneingang ins Hotel und schleiche in den zweiten Stock. Inzwischen ist es mir zwar egal, ob mich jemand in Zimmer 212 erwischt, dennoch möchte ich nicht an Kollegen vorbei durch die Halle laufen. Ben wartet bereits in der geöffneten Tür und zieht mich in den Raum. Dort schlafen wir nicht nur miteinander, sondern inhalieren uns gegenseitig. Ich will alles von ihm spüren und ich kann fühlen, dass es ihm mit mir genauso geht.

Danach schmiege ich mich in seinen Arm, während er aufseufzt.

„Was ist los?", frage ich irritiert.

„Mir wird klar, dass meine Zeit in München erst mal zu Ende geht." Sein Arm schlingt sich etwas fester um mich. „Kommst du morgen nach deiner Schicht nochmal her?"

Auch wenn sich in mir Wehmut ausbreitet, freue ich mich, dass er seinen letzten Abend in der Stadt mit mir verbringen will.

„Das wäre schön. Ich werde dich vermissen", hauche ich und küsse ihn auf die Wange.

Er sagt nichts dazu, wirkt nachdenklich. Stattdessen zieht er mich auf sich, und wir lieben uns noch einmal.

Am nächsten Morgen stehe ich zusammen mit Ben auf und schlüpfe zu ihm unter die Dusche. Bevor wir uns trennen, küssen wir uns leidenschaftlich.

„Bis heute Abend, ja?", prüft er nach.

„Ja."

Dann macht er sich auf den Weg nach unten, und ich schleiche mich durch die kleinen Gänge im Hintergrund des Hotels aus dem Gebäude.

Auf dem Weg zu meiner Wohnung hole ich Brötchen beim Bäcker und kann der Auswahl an Weihnachtsplätzchen in der Auslage nicht widerstehen. Beinahe schwebe ich die Treppen bis zum fünften Stock empor und erwarte eigentlich niemanden, doch als ich die Tür öffne, begegnen mir Tinas verengte Augen.

„Na, meine Liebe", sagt sie spitzzüngig. „Wo kommen wir denn her, junge Dame?"

Ich muss lachen. Streng sein ist nicht ihre Stärke.

„Warum in aller Welt bist du schon wach?"

Ihre Gesichtszüge normalisieren sich. „Mark ist gerade zur Uni. Ich konnte nicht mehr schlafen."

„Brötchen und Plätzchen?" Ich hebe die Tüte in die Luft.

Bei frischem Kaffee und Weihnachtsgebäck sitzen wir zufrieden am Tisch. Ich erzähle Tina von den Ereignissen der letzten zwei Tage, ohne dass sie fragen muss. Mein verliebtes Lächeln, das ich beim besten Willen nicht ablegen kann, hätte mich sowieso verraten.

Benny springt auf meinen Schoß und macht es sich gemütlich.

„Sorry, Süßer. Du bist ein wenig zu kurz gekommen, nicht wahr?" Ich kraule ihn liebevoll, um meine Abwesenheit wenigstens ein bisschen wiedergutzumachen.

„Also ..." Tina lehnt sich vor und sieht mich aufmerksam an. „Seid ihr beiden jetzt ein Paar?"

Huch. Die Frage kommt wie ein unerwartetes Rempeln in die Seite. Keine Ahnung.

„Na ja, er hat mir keinen Zettel zugesteckt, auf dem stand: Willst du mit mir gehen?"

Immerhin bringe ich sie zum Lachen. Aber gleich setzt sie sich wieder auf. „Diese Sache mit euch hört sich ziemlich ernst an. Ein unverfängliches Abenteuer war es schon letztes Wochenende nicht mehr. Und jetzt?"

Tja. Und jetzt? „Vielleicht klärt sich das heute Abend. Wir wollen uns nach meiner Spätschicht noch einmal treffen, bevor er über Weihnachten abreist."

„Ich bin gespannt." Sie lehnt sich zurück und stopft sich den Rest ihres Laugenbrötchens in den Mund. Dann nimmt sie meine Hand. „Ich würde mich freuen. Ben scheint es wirklich ehrlich zu meinen und ist ein lustiger Typ. Und du, meine Liebe, hättest es verdient, mal einen tollen Mann an deiner Seite zu haben."

Ihre Worte verschaffen mir einen kleinen Kloß im Hals. Auch ich drücke ihre Hand und bin froh, dass sie meine Freundin ist.

Danach machen wir uns gemeinsam auf zum Hotel. Heute sind wir beide zur Spätschicht eingeteilt, und mit Tina ist so ein Abend nie langweilig. Während des Nachmittages ist Laura dabei, kümmert sich aber größtenteils um den Papierkram im Backoffice und springt gelegentlich ein, wenn zu viele Gäste gleichzeitig etwas wollen.

Am Abend blicke ich in ein altbekanntes Gesicht. Ben.

„Hey. Wo kommst du denn jetzt her?" Ich gucke auf die Uhr. Er wird doch nicht erst das Büro verlassen haben.

„Ich habe meinem neuen Team noch einen Feierabenddrink ausgegeben. Morgen fliege ich schon gegen Nachmittag." Er zwinkert mir zu und macht Platz für einen wartenden Gast. „Bis nachher."

Ich nicke verstohlen, während Tina und Laura sich ein Grinsen zuwerfen. Ben verschwindet im Aufzug, und ich nehme den nächsten Check-in vor. Tina stopft sich den fünften Lebkuchen, der in der Schale für die Gäste liegt, in den Mund.

„Mädels, ich mache Feierabend, wenn nichts weiter ist", gibt Laura Bescheid.

„Schönen Abend", antwortet Tina mit vollen Backen.

„Iss nicht den ganzen Lebkuchen weg", rügt Laura sie und hebt kurz die Hand zum Gruß, bevor sie die Rezeption verlässt, um nach Hause zu gehen.

Inzwischen ist in der Lobby nichts mehr los. Die meisten Leute sind eingecheckt, und schon bald nehmen wir die letzten Arbeiten des Abends vor. Ich kann das Ende der Schicht kaum erwarten und wende mich dem nächsten Gast zu.

„Kann ich ihnen helfen?"

„Ja", sagt die Frau und streift sich ihr volles, blondes Haar nach hinten. „Ich möchte zu Ben Hansen. Er wohnt in diesem Hotel. Nur die Zimmernummer weiß ich leider nicht."

Ohne es zu wollen, mustere ich jeden Zentimeter von ihr. Sie ist fast einen Kopf größer als ich und toll gekleidet, sieht richtig ... glamourös aus. Was sie wohl von ihm will?

„Ähm ...“ Ich brauche einen Moment, um zu reagieren.

Ihre Augenbraue zieht sich nach oben.

„Ich darf Ihnen die Zimmernummer leider nicht so ohne Weiteres sagen“, antworte ich wahrheitsgemäß. Auch wenn die Hotelvorschriften anders wären, sträubt sich alles in mir, ihr zu helfen, Ben zu finden. So albern das ist, kann ich es trotzdem nicht ändern.

„Also bitte ...“ Sie sieht mich verständnislos an. „Ich bin seine Freundin. Sie können mir doch wohl sagen, wo ich ihn finde.“

Seine Freundin. Bens Freundin. Diese wenigen Worte haken sich in meinem Gehirn zu einer Endlosschleife zusammen, wiederholen sich. Wieder und wieder und wieder. Die hübsche Blondine, die vor mir steht, ist Bens Freundin. Was auch sonst? Das ergibt so viel mehr Sinn als das Märchen, das ich seit Tagen träume.

Sie räuspert sich, nachdem ich mehrere Sekunden lang nichts gesagt habe. „Hören Sie ...“ Nun setzt sie einen netteren, fast unschuldigen Ton an. „Ich bin den ganzen Weg von Hamburg hergeflogen, um ihn zu überraschen. Könnten Sie mir bitte helfen?“

Nein. Das kann und will ich nicht.

Tina steht plötzlich neben mir und schreitet ein. Vermutlich hat sie alles mitbekommen und ahnt, dass ich nicht handlungsfähig bin.

„Es tut uns wirklich sehr leid, aber wie meine Kollegin schon sagte, dürfen wir Ihnen leider keine Auskunft über Gäste unseres Hauses geben."

Die Blondine schüttelt ihren hübschen Kopf. „Und nun? Soll ich etwa warten, bis er zufällig durch die Lobby spaziert? Das ist doch lächerlich."

Tina bleibt cool. „Wie gesagt, uns sind die Hände gebunden. Aber wenn Sie seine Freundin sind ..." Sie lehnt sich etwas vor und sieht die Frau eindringlich an. „... dann haben Sie sicherlich seine Handynummer, richtig?"

Oh, danke Tina! Stimmt. Da hat sie recht, und eine kleine Hoffnung keimt in mir auf, dass die Frau vor mir irgendeine Verrückte ist.

Genervt stöhnt sie auf und kramt in ihrer Handtasche. „Hilfsbereites Personal arbeitet hier wohl nicht."

Sie zieht ihr Handy hervor und entfernt sich zusammen mit ihrem schicken Rollköfferchen ein paar Meter. Eine Weile lang hält sie sich das Gerät ans Ohr, was mich vermuten lässt, dass Ben ihren Anruf nicht entgegennimmt.

Ein weinendes Kleinkind wird von seinen Eltern durch die Halle getragen. Das Geschrei schneidet sich durch das 'Ave Maria', das ein Knabenchor auf der Playlist von Frau Herald zum Besten gibt. Tina übernimmt inzwischen einen neuen Gast. Ich wäre dazu nicht in der Lage gewesen. Gerade kann ich nichts anderes tun, als die Blondine zu beobachten. Bens Freundin, wie sie sagt. Aber weshalb geht er nicht ans Telefon?

Irgendwann legt sie auf, sieht sich unschlüssig um und kommt zurück an die Rezeption.

„Versuchen wir es anders", sagt sie zu mir. „Kann ich von hier jemanden anrufen?" Sie zeigt auf das Rezeptionstelefon.

Ich schiebe es ihr in Position. „Sie müssen die Null vorwählen, um eine externe Nummer anzurufen."

„Danke." Nun strahlt sie mich zufrieden an und gibt eine Nummer ein. Ob es Bens ist, kann ich nicht feststellen. Auch wenn er sie mir gegeben hat, weiß ich sie nicht auswendig. Trotzdem fände ich es merkwürdig, falls er den Anruf einer unbekannten Münchner Nummer beantwortet und den von ihrem Handy nicht.

Tina, die ihren Gast verabschiedet hat, möchte mich wegziehen, doch ich muss das hören. Ich könnte mir noch nicht mal vorwerfen, dass es mich nichts angeht. Denn das tut es.

„Ben ... Hey. Ich bin es, Isabell", sagt sie sanft.

Wow. Der Name passt zu ihr. So ... so graziös.

„Ja. Rate mal, wo ich bin." Sie horcht für einen Moment. „Nein. Ich stehe in deinem Hotel mitten in München und werde leider nicht zu dir gelassen." Bei diesen Worten schickt sie einen vorwurfsvollen Blick an Tina und mich. „Ich wollte dich überraschen", haucht sie.

Natürlich kann ich nicht hören, was er erwidert, aber ich schätze, die Überraschung ist ihr gelungen.

„Ja. Hör mal, kannst du mir deine Zimmernummer geben?" Nochmal wartet sie kurz. „Zimmer 212. Okay. Bis gleich." Sie beendet das Gespräch und schiebt das Telefon zurück zu mir.

„Danke schön", sagt sie mit zuckersüßem Lächeln. Dann stöckelt sie auf ihren hohen Absätzen in Richtung Lift.

Wie in Trance sehe ich zu, wie sich die Aufzugtüren schließen. So sehr ich es versuche, ich kann nicht atmen, bekomme keine Luft. Oh, was bin ich dumm!

Wie lange ich da stehe und auf den geschlossenen Fahrstuhl starre, weiß ich nicht. Ich bin so dumm. Das ist alles, was in meinem Kopf Platz hat. Ich bin so verdammt dumm.

Irgendwann fühle ich Tinas Hände auf meiner Schulter.

„Ich habe Laura auf dem Handy angerufen und gerade noch erwischt. Sie war schon zur Tür hinaus. Geh. Sie wird deine Schicht übernehmen."

„Was?" Ich kann nicht klar denken.

„Ich habe ihr erzählt, dass dir plötzlich schrecklich schlecht ist und dass du nicht weiterarbeiten kannst."

„Warum?"

„Willst du etwa freundlich winken, wenn dieses Arschloch Ben mit seiner Tussi vorbeikommt?"

Wow. Tina kommt direkt zum Punkt. Und nun, da ich den Gedanken zulasse und in meinem Kopf einspiele, ist ihre Ausrede an Laura keine Lüge mehr. Mir ist wirklich schrecklich schlecht.

„Morgen hast du Spätschicht. Bis du zur Arbeit kommst, ist er längst ausgecheckt. Wenn du jetzt gehst, musst du dir diese Scheiße nicht antun. Außerdem ..." Sie streichelt mir über die Wange. „Du siehst tatsächlich so aus, als würdest du jeden Moment umkippen. Schaffst du es überhaupt alleine nach Hause, Süße?"

„Ja. Danke Tina. Ich weiß gar nicht ..." Ich drücke sie kurz. Sie ist wahrhaftig eine gute Freundin.

„Schon gut, Liebes. Geh jetzt. Laura ist sicher gleich hier." Sie schubst mich in Richtung Bürotür, damit ich verschwinden kann, denn an der Rezeption steht der nächste Gast und wartet auf ihre Aufmerksamkeit.

Kapitel 16

Ben

Überrascht ... Trifft es nicht ganz. Überrumpelt ... schon eher. Planlos ... Ist vielleicht das Wort, das am besten beschreibt, was in meinem Kopf vorgeht. Immer noch regungslos halte ich mein Telefon in der Hand. Hinter der unbekannten Nummer, die auf meinem Handy aufblinkte, vermutete ich einen der neuen Kollegen. Doch es war sie.

Ein Klopfen lässt mich aufhorchen.

Ich öffne die Tür, und da steht sie. Isabell.

„Ben", haucht sie, und in ihren Augen sammeln sich Tränen. „Ich habe dich so vermisst."

„Issie." Mehr bekomme ich nicht heraus. Mit einem großen Schritt geht sie auf mich zu und umarmt mich.

Ich lege meine Arme um sie, während sie von einem Weinkrampf geschüttelt wird. Vorsichtig ziehe ich sie näher an mich, rolle den Koffer herein und schließe die Tür. „Ist ja gut", flüstere ich. „Ist ja gut."

Da stehen wir nun in meinem Hotelzimmer, und vorerst gelingt es mir nicht, sie zu beruhigen. Immer wieder streichle ich über Isabells Rücken. Sie klammert sich an mir fest.

Irgendwann löse ich mich von ihr, damit ich ihr in die Augen sehen kann. „Hey", sage ich sanft. „Warum weinst du?"

„Ich bin froh, bei dir zu sein." Sie schluchzt so sehr, ich verstehe sie kaum. „Ich ... Ich hatte solche Angst, dass ich zu spät komme ... Du ... bist einfach nicht mehr ans Telefon gegangen."

„Das stimmt so nicht", wende ich ein. „Wir haben telefoniert, und ich sagte, dass ich Bedenkzeit brauche."

„Und dann bist du nach München abgerauscht und hast keinen meiner Anrufe beantwortet", schluchzt sie aufgebracht.

„Ja. Wie gesagt, ich brauchte Zeit. Glaub es mir oder nicht ... Ich bin kein Roboter und kann Dinge nicht einfach ein- oder ausschalten." Ernüchtert schiebe ich sie ein paar Zentimeter von mir. Nach dem ersten Reflex, Issie in den Arm nehmen zu wollen, um sie zu beruhigen, kommt nun alles andere hoch.

„Dinge", wiederholt sie. „Du meinst Gefühle."

„Nenn es, wie du willst. Auf jeden Fall kannst du nicht von mir erwarten, dass ich einmal so und einmal so tanze." Ich lasse sie los und gehe rüber zur Minibar, werfe einen Blick hinein. Die habe ich die ganze Woche nicht beachtet, aber jetzt hoffe ich, dass sie gut gefüllt ist. Ich ziehe eine kleine Flasche Johnny Walker heraus und fülle ein Glas, das auf dem Schreibtisch bereitsteht. „Was machst du überhaupt hier? Hattest du genug von New York?"

„Der Job ist beendet. Ich bin wieder da und ... Wir haben doch darüber gesprochen." Sie zieht ihren Mantel aus und tritt näher zu mir.

„Ja, eben", fahre ich sie etwas zu laut an.

Sie schreckt zurück, und schon tut es mir leid.

„Issie." Ich seufze frustriert und leere mein Glas Whiskey in einem Zug. „Ich weiß nicht, ob es was bringt, wenn ich mich ständig wiederhole. Ich habe es schon bei unserem Telefonat vor zwei Wochen gesagt. Du kannst nicht erst Schluss machen, nach New York abrauschen, Monate lang nichts von dir hören lassen und dann plötzlich anrufen und so tun, als wäre nichts gewesen."

Ein weiterer Blick in die Minibar. Meine Hand greift am Wasser vorbei und zieht den Wodka heraus.

„Erstens habe ich nicht Schluss gemacht. Ich habe dich lediglich um eine Pause gebeten ... Die wir auch dringend brauchten. Zweitens kam der Job in New York kurzfristig und hatte nichts damit zu tun." Sie nimmt mir das Glas Wodka aus der Hand, das ich gerade trinken wollte, und nippt dran. „Jetzt bin ich wieder da und vermisse dich wie verrückt."

Ich presse meine Lippen zusammen. So einfach ist das nicht.

„Als du am Telefon so abweisend zu mir warst und plötzlich auch noch die Neuigkeiten mit deinem Job in München verkündet hast, bekam ich riesige Angst. Ich konnte es nicht mehr abwarten, aus den Staaten zurückzukehren." Sie sieht mich mit ihren verweinten blaugrauen Augen an. Die Wimperntusche ist überall in ihrem Gesicht verteilt. „Ich wollte dich unbedingt sehen und persönlich mit dir sprechen. Mit Henning hatte ich vereinbart, dich auf seiner Party zu überraschen."

Ach, stimmt. Der hatte neulich eine Überraschung erwähnt, als ich mit ihm telefoniert habe.

„Aber dann bist du nicht aufgetaucht. Ich bekam Panik. Mir wurde bewusst, dass ich dabei bin, dich wirklich zu verlieren."

Immer noch sage ich nichts dazu. In meinem Kopf versuche ich, das Chaos zu ordnen und herauszufinden, ob ihre Befürchtungen nicht schon zur Wahrheit geworden sind.

„Ich habe hin und her überlegt, was ich tun soll. Aber dann fasste ich den Entschluss, zu dir zu fliegen. Um mit dir zu reden. Um dir zu zeigen, wie wichtig du mir bist. Um dir zu sagen, dass ich dich liebe."

„Issie." Ich nehme ihr das Glas aus der Hand und trinke den Rest des Wodkas. „So einfach ist das nicht." Ich weiß nicht, wo mir der Kopf steht. Sie sagt all die Dinge, die ich so sehr von ihr hören wollte. Aber seitdem ist viel passiert. „Ich ...""

„Ben", haucht sie viel zu nah an meinem Ohr. „Vielleicht war die Beziehungspause eine wirklich dumme Idee, doch sie hat gewirkt. Sie hat mir gezeigt, wie sehr ich dich brauche." Ihre Hand streicht zärtlich über meine Schulter hoch nach hinten zu meinem Nacken, wo sie liebevoll mit den kurzen Haarstoppeln spielt. Ich mochte es immer schon, wenn sie das tat.

„Diese verdammte Pause ...", flüstert sie, „... hat mich zurück zu dir geführt. Ich liebe dich! Das ist mir jetzt klar." Sie nimmt mir das Glas aus der Hand und stellt es auf den Schreibtisch. Ihre Lippen wandern über meine Wange. „Lass uns wieder sein, wie wir waren. Nur du und ich. Das ist alles, was zählt."

Issies Mund streicht vorsichtig und sanft über meinen, und ich gebe mich geschlagen. Ihr Duft erweckt in mir Erinnerungen an eine glückliche Zeit und vielleicht können wir uns diese zurückholen. Als ich anfange, ihren Kuss zu erwidern, wird sie leidenschaftlicher. Fordernd tanzen unsere Zungen und erforschen das Altbekannte.

Wir ziehen uns gierig die Klamotten vom Leib und nur einen Moment später liegen wir in meinem Hotelbett. Das Bett, in dem ich gestern noch ... Halt. Das gehört nicht hierher. Ich verdränge die Gedanken an die letzten Tage in eine der hinteren Ecken meines Gehirns und konzentriere mich auf Issie. Wir sind zusammen. Wir waren einst ein Powerpaar und wir können es wieder sein. Nur das zählt, und wir beweisen es uns gegenseitig mit einer Leidenschaft, die wir schon lange nicht mehr miteinander hatten.

Eine halbe Stunde später stehe ich mit Issie zusammen unter der Dusche, die ich mir heute Morgen noch mit Sarah geteilt habe. Mann, ist das verdreht.

Issie küsst mich zärtlich und verdrückt sich ins Trockene. Nachdenklich sehe ich ihr durch die Glastür hindurch nach, als sie ihren hübschen Körper in eines der Badetücher hüllt und aus dem Badezimmer tritt. Ich bleibe zurück, bin mir darüber bewusst, dass mir Sternchen aus dem Hintern fliegen sollten. Gerade hatte ich heißen Versöhnungssex mit einer verboten heißen Frau. Der Frau, die ich so lange nicht aus dem Kopf bekommen habe und die nun hier ist, weil sie mit mir zusammen sein will. Es müsste doch alles klar sein. Leider bemerke ich nur, wie die Unklarheit Besitz von mir ergreift. Mit einem Ruck stelle ich den Wasserhahn nach rechts, rege mich nicht, während ich die Wärme schwinden spüre. Wenige Sekunden später läuft das Wasser eiskalt an meinem Körper hinab. Einen klaren Kopf verschafft es mir dennoch nicht. Seufzend stelle ich die Dusche ab und greife nach einem Handtuch. Unvermittelt steigt mir ein Duft in die Nase. Ich schnuppere irritiert. Vermutlich hat Sarah das Handtuch heute Morgen benutzt. Es riecht nach ihr.

Ich lege es zur Seite und stehe eine Weile regungslos da. Mein Spiegelbild sieht jämmerlich aus.

Verdammt! Was ist mit mir los?

Ein Blick auf die Armbanduhr, die ich auf der Armatur abgelegt habe. Kurz nach halb zwölf. Mein Bambi hat ihre Schicht beendet. Nur, dass sie nicht mein Bambi ist. Ich bin nicht zu ihr in die Lobby runtergegangen, und auch sie hat mich nicht aufgesucht. Ich gehe davon aus, dass sie mich für das letzte Arschloch hält. Und das bin ich vermutlich.

Ich sehe mir selbst ins Gesicht, direkt in den Spiegel. Nein! Ich habe ihr nichts versprochen oder vorgemacht. Isabell ist hier. Das ist alles, was zählt.

Mit einem lausigen Seufzer schüttle ich die Gedanken ab und frage mich, welch seltsame Phase ich wohl gerade durchmache.

Als ich in den Hauptraum trete, sitzt Isabell vor dem großen Wandspiegel und tuscht ihre Wimpern.

„Du hast lange im Bad gebraucht." Sie steht auf und drückt mir einen sanften Kuss auf die Wange. „Ist da drin einer dieser runden Make-up-Spiegel? Mit dem hier bekomme ich das nicht hin."

Nun bemerke ich, dass sie sich in ein ziemlich heißes Minikleidchen geschmissen hat. „Was hast du heute noch vor?"

„Na, die Stadt unsicher machen. Ich muss mir doch deinen neuen Wohnort richtig ansehen. Es gibt ja offensichtlich kein Zurück." Sie deutet auf die Unterlagen für meine Wohnung, die mir Frau Lieblich zukommen ließ. „Sieht übrigens klasse aus. Gut gewählt. Da werde ich mich sicher wohlfühlen."

Irritierenderweise verbinde ich dieses Apartment mehr mit Sarah als mit ihr.

„Ähm … Danke, aber wo willst du denn nun hin?", lenke ich das Thema wieder auf ihr zurechtgemachtes Antlitz.

„Ach, ich habe Sylvia geschrieben. Sie und Lorenzo sind in der Stadt. Wir treffen die beiden gleich in einem Club." Mit diesen Worten geht sie in das Badezimmer.

„Wie bitte? Jetzt noch?"

Über ihr Spiegelbild sieht sie mich verständnislos an. „Es ist noch nicht mal zwölf. Du kannst doch während meiner Abwesenheit nicht so sehr gealtert sein, oder?"

„Gealtert? Nein, aber …"

„Och, nun sei kein Spielverderber", unterbricht sich mich und zieht ein beleidigtes Gesicht. „Die beiden haben uns extra auf die VIP-Liste schreiben lassen."

Eigentlich habe ich überhaupt keine Lust, auszugehen. Ich meine … Wir haben uns buchstäblich gerade erst versöhnt, und nun zerrt sie mich in einen Club. So sehr ihre Nähe vorhin die Erinnerungen an gute Zeiten geweckt hat, so genervt denke ich nun an die schlechten Tage.

Eine irritierende Stimme in meinem Kopf erzählt mir, dass wir zwar heißen Versöhnungssex hatten, dieser aber ein ehrliches Gespräch nicht ersetzt. Trotzdem möchte ich jetzt nicht damit anfangen. Sie ist mir extra aus Hamburg hinterhergeflogen. Ihre Reue konnte ich in ihren Augen sehen. Sie meint es ernst und will von vorn beginnen, also sollte auch ich es versuchen.

Ich ziehe mir Hemd und Jeans über, und schon kann es losgehen. Auf dem Weg nach unten überkommt mich ein dummes Gefühl. Was, wenn Sarah aus irgendwelchen Gründen doch noch an der Rezeption steht?

Der Lift könnte mir enger nicht erscheinen. Ich komme mir vor wie in einem Film. Aus den Lautsprechern tönt adrette Musik, während ich mein Gewicht ungeduldig von einem Bein auf das andere verlagere.

„Meine Güte, warum zappelst du denn so?" Isabell streicht mir den Kragen zurecht und haucht mir einen Kuss auf die Wange.

„Alles gut ... Alles gut", sage ich und versuche, sie unauffällig von mir zu schieben.

Mit einem Ping öffnet sich die Tür. Ich trete mit einem mulmigen Gefühl aus dem Aufzug und sehe mich um. Der Nachtportier grüßt uns freundlich. Wer auch sonst?

Schnell haben wir ein Taxi ergattert, das uns zu Münchens angesagtestem Club bringt. Davor steht eine

Schlange von Menschen, die heute noch feiern wollen. Wie so oft schlendern Isabell und ich an ihnen vorbei und gehen direkt zum Eingang. Sie nennt unsere Namen, und schon sind wir drin.

Clubmusik dröhnt in meinen Ohren. Die Party ist längst im Gange. Einige Feiernde laufen in Weihnachtsmannmützen herum, prosten sich fröhlich zu. Die Tanzfläche ist brechend voll. Isabell nimmt meine Hand und zieht mich hinter sich her. Langsam schieben wir uns durch die Menge. Der Geruch von Alkohol und Schweiß liegt dick in der Luft. Irgendwo im VIP-Bereich finden wir Lorenzo und Sylvia inmitten ihrer illustren Freunde. Ich kenne keinen Einzigen der zehn Leute, die dort sitzen. Auf dem Tisch stehen unzählige Longdrinkgläser und zwei Flaschen Edelwodka. Viel Inhalt haben sie nicht mehr.

„Ben, Isabell! Na endlich." Sylvia kommt zu uns und verteilt ihre Küsschen auf unsere Wangen. „Wie schön, euch zu sehen."

„Alter", höre ich Lorenzos Stimme von der Seite. „Hast du es endlich geschafft, dich blicken zu lassen. Was geht ab? Du machst dich rar."

„Sorry, Lorenzo. Ich hatte Arbeit ohne Ende." Mehr sage ich nicht, denn ich weiß, dass keine Details verlangt oder gewünscht sind. Mir ist das recht. So nahe stehen wir uns nicht.

Ich setze mich auf eines der Sofas, und sogleich reicht mir jemand ein volles Glas. Keine Ahnung, was drin ist. Interessiert mich nicht. Mit einem Zug leere ich es. Vielleicht gehen dann die grässlichen Kopfschmerzen weg.

Wodka vom Feinsten mit ... was weiß ich, was das süße Zeug war.

Isabell setzt sich auf meinen Schoß und kichert über irgendetwas, das Sylvia gesagt hat.

„Ziehst du eigentlich mit Ben nach München?", schnappe ich Teile ihres Gesprächs auf.

„Nein, das habe ich erst mal nicht vor", stellt Issie klar. „Aber mit meinem Job bin ich sowieso immer unterwegs. Was macht da schon ein Flug mehr? Wir werden es sicherlich gut hinbekommen." Sie drückt mir einen Kuss auf. „Im Januar feiern wir eine große Einweihungsparty. Ben hat eine klasse Wohnung gefunden. Wo war das nochmal?", wendet sie sich an mich.

„Am Sendlinger Tor."

„Oh, sehr schön. Ich freu mich drauf." Sylvia klatscht übermütig in die Hände. Die beiden Mädels prosten sich mit Champagner zu.

Ich lächle freundlich, dennoch bezweifle ich, dass diese Einweihungsparty jemals stattfinden wird. Zumindest nicht in meiner Wohnung.

Die Musik und das Brüllen der Leute ... Mein Kopf dröhnt davon. Ich halte Lorenzo mein leeres Glas hin. Er lässt sich nicht lumpen und schenkt sofort nach. Wieder nehme ich einen kräftigen Schluck, sehe dem Partyvolk beim Feiern zu.

Zwischendurch zieht Sylvia Isabell von meinem Schoß, um mit ihr eine Runde tanzen zu gehen. Auch gut. Ich schütte das Edelgesöff meine Kehle hinab und stehe mit einem Ruck auf. Ich halte es hier nicht aus. Weiter vorn führt eine Tür auf die Terrasse. Schnell schlüpfe ich hinaus und stehe in der Kälte. Einige Besucher rauchen hier draußen ihre Zigaretten. Der Schall der Clubmusik ist dumpf zu hören und wird nur lauter, wenn sich die Tür öffnet, weil Leute ein- und ausgehen.

Ich lehne mich an die Wand und starre in den Nachthimmel, sehe meinem Atem dabei zu, wie er sich zu einer Dampfwolke verwandelt.

Scheiße! Irgendwas läuft nicht richtig. Warum fühle ich mich so hundsmiserabel? Es ist doch alles gut! Es ist doch alles verdammt noch mal bestens!

Für eine gefühlte Ewigkeit bleibe ich auf der Terrasse. Erst als mein Handy vibriert, bemerke ich, dass ich wohl schon zu lang weg bin. Ich nehme ab und sofort schallt mir ohrenbetäubender Lärm entgegen.

„Meine Güte, Ben", brüllt Isabell gegen die Lautstärke an. „Wo bist du?"

„Warte. Ich komme."

Natürlich versteht sie kein Wort.

Zurück im VIP-Bereich läuft sie mir entgegen. „Wo warst du denn? Ich dachte schon, du wärst gegangen." Sie nimmt meine Hand. „Lass uns tanzen."

„Issie. Ich ... Mir ist heute nicht so nach Clubbing. Ich denke, ich werde gehen."

„Was? Der Abend ist doch noch jung."

Für sie vielleicht. Es ist zwei Uhr morgens, und ich will ins Bett.

„Du kannst ja bleiben und dir später ein Taxi nehmen."

Kurz wägt sie ihre Optionen ab, was mich ziemlich ernüchtert zurücklässt. Wir haben uns gerade erst

214

versöhnt, trotzdem scheint ihr dieser Clubbesuch wichtiger zu sein.

„Nein. Ich komme mit dir." Sie kriegt die Kurve doch noch und entscheidet sich für mich. Na schön.

Nun müssen wir schiefe Blicke vom Partyvolk an unserem Tisch in Kauf nehmen und tausendfach erklären, warum wir schon gehen. Ich spiele freiwillig den Buhmann, weil ich sehen kann, wie sehr es Isabell nervt, so zeitig aufzubrechen. Dann folgt eine Armee an Küsschen von Leuten, die ich nicht kenne, und auch Lorenzo und Sylvia verabschieden sich verwundert.

„Wann fliegst du eigentlich zurück?", will ich wissen, als wir später zusammen im Bett in meinem Hotelzimmer liegen.

„Morgen um eins."

„Okay. Ich gehe ganz normal ins Büro und nehme die Maschine um vier", erkläre ich. „Du kannst das Zimmer bis zehn haben."

„Na, das passt doch. Und dann sehen wir uns in Hamburg." Sie schmiegt sich an mich.

„Sag mal ... Hast du eigentlich mit jemandem vom Hotelpersonal gesprochen, als du angekommen bist?" Das ist die eine überflüssige Frage, deren Antwort ich schon kenne. Und dennoch muss ich sie stellen.

„Ja. Die zwei Mädels an der Rezeption waren ein wenig schwer von Begriff und konnten mir nicht wirklich weiterhelfen. Aber ich habe dich trotzdem gefunden."

Scheiße. Sarah.

Ich fühle Isabells Hand auf meiner Brust. Langsam gleitet sie an mir hinab und macht mir unmissverständlich klar, was sie von mir will. Doch ich kann nicht. Verdammt! Ich kann es nicht.

Kapitel 17

Sarah

Die Tatzen von Benny wecken mich. Ich kuschle mich an seinen warmen, flauschigen Körper. Er weiß immer, was ich brauche, und seine Nähe tut mir gerade so gut.

Der Blick auf meine Armbanduhr verrät mir, dass es schon nach zehn ist. Trotzdem habe ich nicht viel Schlaf abbekommen. Die meiste Zeit der Nacht habe ich mich hin- und hergewälzt und die letzten Tage mit Ben in meinem Kopf abgespielt. Objektiv gesehen hat er mir keinerlei Hoffnungen gemacht, dass aus uns mehr würde als zwei Menschen, die ein paar Mal zusammen im Bett gelandet sind. Eine zwanglose Affäre. Aber wieso hat er ständig meine Nähe gesucht, mit mir an meinem Arbeitsplatz geflirtet? Warum hat er das volle Programm abgezogen? Das Abendessen mit der Flasche Wein und später das Date. Spielt er nur gerne und sieht, wie weit er es treiben kann?

Und ich war ein dankbares Opfer, habe mich einwickeln lassen. Ich bin mir nicht mal sicher, was mich mehr verstört. Sein eiskaltes Verhalten oder meine Naivität? Bei dem Gedanken daran spanne ich mich so sehr an, dass sich selbst Benny erschreckt.

Als ich mich aus dem Bett schleppe, weiß ich, dass ich die Wohnung für mich alleine habe. Tina ist um fünf Uhr morgens zur Frühschicht aufgebrochen. Mark knallte die Tür um neun hinter sich zu. Ich bin so froh, dass ich mit niemandem sprechen muss. Zumindest mit fast niemandem. Benny kommt immer wieder zu mir. Er spürt, dass etwas nicht stimmt, und will mir nahe sein.

Ich nehme ihn hoch und knuddle ihn. „Du wusstest, dass mit Ben was faul ist. Hast du ihn deswegen gekratzt?"

Benny guckt mich unbekümmert an. Ich werte das als ein Ja. „Gut gemacht."

Als ich für den Spätdienst meinen Platz an der Rezeption einnehme, begrüßt mich Tina mit sorgenvollem Blick. Sie legt ihren Arm um mich und bedeutet Jan mit einem energischen Gesichtsausdruck, dass er sich dem nächsten Gast widmen soll.

„Süße, wie geht es dir? Ich habe gestern noch kurz an deiner Tür geklopft, doch du hast schon geschlafen."

Das stimmt nicht ganz. Oder auch gar nicht. Ich war hellwach, wollte aber mit niemandem sprechen, also stellte ich mich schlafend. Meine eigene Dummheit war mir so peinlich. Tina hatte mich gewarnt. Vergnügen: Ja. Herz verschenken: Nein.

„Es ist okay. Wirklich." Eine Lüge. Okay finde ich all das nicht. Doch wenigstens habe ich nicht gesagt: *Es ging mir nie besser.* Das wäre noch weiter von der Wahrheit entfernt. Zögerlich stelle ich die eine Frage, die ich nicht stellen würde, wenn mir die Sache mit Ben egal wäre. „Ist er dir beim Check-out über den Weg gelaufen?"

Tina kräuselt ihre Nase und zögert für eine Sekunde. Das heißt wohl Ja.

„Ja", sagt sie schließlich.

218

„Und weiter?"

„Es gibt nicht viel zu sagen. Laura hat ihn ausge-checkt. Ich war mit einem anderen Gast beschäftigt. Weißt ja, wie stressig eine Frühschicht am Freitag ist. Vermutlich war das gut so, sonst hätte ich ihn erwürgt."

„Aber ... Hat er ... Ähm ..." Ich bin mir nicht mal sicher, was ich eigentlich wissen möchte.

„Ich habe ihm immer wieder einen Blick zugeworfen, doch er hat es absolut vermieden, in meine Richtung zu gucken, geschweige denn mit mir zu sprechen", beantwortet sie meine nicht gestellte Frage.

Okay. Keine Ahnung, was ich erwartet hatte.

„Der Typ sah aber ziemlich fertig aus. Als ob er die ganze Nacht durchgemacht hätte", mischt sich Jan ein, nachdem er den wartenden Gast zufriedengestellt hat.

Tina wirft ihm einen bösen Blick zu.

„Ich mein ja nur." Er hebt abwehrend die Hände.

Frustriert stoße ich meinen Atem aus. Nicht genug, dass ich mich schrecklich verarscht und ausgenutzt fühle, die Kollegen wissen auch noch darüber Bescheid. Vor nicht allzu langer Zeit schnatterten alle über Ollie und mich, und nun ist es eben Ben. Das kommt davon, wenn man sich mit Kollegen oder Gästen einlässt.

„Hast du ihr schon die Fotos auf Insta gezeigt?", fragt er.

„Das muss jetzt nicht sein, Jan."

Tina scheucht ihn weg, doch ich will wissen, worum es geht.

„Fotos? Insta?"

„Instagram", sagt er und macht mich damit auch nicht klüger.

„Ist nicht so wichtig." Tina zieht mich weg. „Du musst dir nicht alles antun."

Ich werfe Jan einen eindeutigen Blick zu. Tina meint es lieb, aber ich bin kein rohes Ei. Ich möchte wissen, was um mich herum vor sich geht. Er versteht und holt sein Handy aus der Tasche. Während er darauf herumtippt, fängt Tina an zu erklären.

„Als Ben heute Morgen ausgecheckt ist, war von dieser ... Wie heißt diese Barbie nochmal?", wendet sie sich an Jan.

„Isabell Fabree."

„Danke", wirft sie ihm entgegen und lehnt sich wieder zu mir. „Diese Isabell war nicht dabei, als Ben heute Morgen abgereist ist." Sie macht eine bedeutungsvolle Pause. „Gegen zehn Uhr tauchte sie in der Lobby auf und wollte sich davonstehlen. Ich hielt sie auf."

„Das ist die Untertreibung des Jahrhunderts", unterbricht Jan. „Tina hat einen riesigen Aufstand gemacht und die arme Frau behandelt wie eine Schwerverbrecherin."

Tina spitzt die Lippen und verschränkt die Arme. „Sie hat unangemeldet in einem unserer Hotelzimmer übernachtet."

„Das hat Sarah letzte Woche auch getan." Er schenkt mir ein anzügliches Grinsen. „Und alles im Zimmer 212. Der Kerl muss ja wirklich toll sein ... Oder das Zimmer."

Tina boxt ihn unsanft gegen die Schulter.

„Autsch."

„Könnt ihr mit eurer Geschichte zum Punkt kommen?", frage ich genervt.

„Auf mein Zutun forderte Laura sie auf, sich wenigstens in ein Gästeformular einzutragen", fährt Tina fort „Wegen Meldepflicht und so weiter. Wir hatten ja keinerlei Daten über sie."

„Und ich dachte die ganze Zeit, dass sie mir irgendwie bekannt vorkommt", fügt Jan hinzu. „Als wir ihren Namen wussten, habe ich sie gegoogelt." Er hält mir sein Handy unter die Nase, auf dem sein Instagram geöffnet ist.

Ich nehme es in die Hand und schaue mir an, was vor mir flimmert. Eindeutig die Frau von gestern Abend. Blond. Langbeinig. Toll gekleidet. Glamourös. Isabell ... Wie hieß sie nochmal? Ihr Account verrät es mir. Isabell Fabree. Auf diesen Bildern sieht sie umwerfend aus. Macht einen richtig professionellen Eindruck.

„Sie ist ein Model aus Hamburg." Tina guckt mir über die Schulter. „So, wie es aussieht, sind die beiden schon lange zusammen."

Das kann ich an diesen Aufnahmen nicht erkennen und gucke etwas ratlos.

Jan nimmt das Gerät an sich und scrollt nach unten. „Hier", sagt er ohne weitere Begründung und hält es mir wieder vors Gesicht.

Und die brauche ich auch nicht, denn nun verstehe ich, was er mir zeigen will. Auf dem Display vor mir flimmern ältere Bilder. Auf denen ist Ben klar zu erkennen. Er und Isabell Arm in Arm. Selbst ich muss zugeben, dass sie ein schönes Paar sind.

Der Abend auf dem Tollwood geht mir durch den Kopf. Er sagte, er hat viel mit seiner Ex getanzt. Aber sie ist nicht seine Ex, sondern seine Freundin. Die Art, wie er sie erwähnte, war seltsam und ließ mich schon in dem Moment aufhorchen. Ich dachte, dass die Beziehung vielleicht noch nicht lange vorbei wäre. Dabei ist sie gar nicht vorbei.

Ein Schauer läuft mir über den Rücken. Solch ein Lügenspiel durchzuziehen verlangt nach eiskalten Nerven. Oder ist das die Art, wie die beiden ihre Beziehung führen? Jeder macht, was er will? Vergnügt sich, mit wem er möchte?

Wieder nimmt Jan sein Handy und tippt darauf ein.

„Das war ja nur ihr Instagram. Aber in der Promipresse ist auch einiges über die beiden zu finden." Erneut drückt er mir das Gerät in die Hand. Ein Artikel vom letzten Jahr über eine Ausstellung in Hamburg zählt die Prominenten auf, die das Event besuchten. Unter dem Foto, auf dem Isabell zusammen mit Ben abgebildet ist, lese ich: *Model Isabell Fabree und ihr Lebensgefährte Ben Hansen, ein Hamburger Geschäftsmann.*

Aha.

„Da war noch eine Seite, wo die beiden abgelichtet sind", erzählt Jan. „Ich suche ..."

„Danke Jan", unterbreche ich ihn. „Das reicht mir. Ich habe ja alles Wissenswerte gesehen."

Ein Gast, der vor der Rezeption steht, räuspert sich. Wir hatten ihn alle drei nicht bemerkt. Ich stürze auf ihn zu und widme mich dem ganz normalen Check-in-Prozedere. Das ist besser, als weiter im Web nach Ben und

Isabell zu suchen und nachzulesen, welch tolles, glamouröses Paar sie sind. Und so halte ich es für den Rest meiner Schicht. Jan und Tina, die zum Frühdienst eingeteilt waren, verabschieden sich bald in den Feierabend. Während des gesamten Nachmittages ist viel los. Trotzdem bekommt meine Kollegin Claudia, die mit mir zusammen im Spätdienst arbeitet, kaum etwas zu tun. Ich reiße mich um jeden neuen Gast, weil ich keine Lust habe, tatenlos dazustehen und in Versuchung zu geraten, zu grübeln. Das bringt rein gar nichts.

Als meine Schicht vorbei ist, trotte ich aus dem Lieferanteneingang hinaus und überlege einen Moment lang. Ich habe keine Lust, nach Hause zu gehen. Ich will die mitleidigen Blicke von Tina oder Mark nicht sehen. Also, was nun? Es ist Freitagabend. Dabei fällt mir ein, dass der Nikolaustrip mit Ben erst eine Woche her ist. Schnell schüttle ich die Erinnerungen ab und nehme Kurs auf Maritas Bar. Ein Drink wäre nicht schlecht.

Ich laufe die Straße entlang. Noch immer säumen seitlich Schneeberge die Bürgersteige. Leider hat sich das hübsche Weiß inzwischen in ein trauriges Grau verwandelt. Ironisch, wie sich auch das seit letzter Woche verändert hat.

Maritas Bar ist gut besucht, doch nur einen Gast kenne ich. Er sitzt an der Bar. Ollie.

Eigentlich will ich mich schon umdrehen und wieder gehen, aber Marita hält mich auf.

„Sarah. Komm rein. Du siehst aus, als könntest du ein Gläschen gebrauchen." Sie bedeutet mir, mich zu setzen.

Seufzend trete ich näher.

„Hi Sarah", begrüßt mich mein Ex.

Ich stelle mich neben ihn an die Bar. „Hi. Was machst du hier? An einem Freitagabend müsstest du doch im Dienst sein, nicht?"

„War ich. Den ganzen Tag. Hab die Konferenz für die Firma Kräuzer am Vormittag geschmissen und dann das Weihnachtsessen für den Südwasser-Verein. Das ging ratzfatz. Um neun habe ich mich verabschiedet." Er prostet mir zu.

„Hier Sarah. Heißer Caipirinha für dich. Geht aufs Haus." Marita schiebt mir die Tasse über den Tresen, und ich nehme sie an. Na gut.

Ich lasse mich neben Ollie auf dem Barhocker nieder und wippe mit dem Fuß einen Moment lang zu 'Fairytale of New York' mit, das im Hintergrund läuft.

„Na?" Er mustert mich. „Alles okay bei dir?"

„Natürlich. Was soll sein?"

„Hab gehört, dass dir von diesem Schnösel das Herz gebrochen wurde."

Mein Gesicht muss aussehen wie ein Fragezeichen. Woher weiß er das?

Ollie wendet sich mir zu. „Jan hat heute Mittag in der Kantine erzählt, dass der Typ mit seiner Freundin abgerauscht ist." Er zuckt mit den Schultern. „Du weißt doch, dass Jan eine Plaudertasche ist. Solchen Kram darfst du ihm nicht erzählen, wenn du nicht willst, dass er es weitertratscht."

Frustriert trinke ich von meinem heißen Caipi. „Das brauche ich nicht. Im Hotel bekommt ja sowieso jeder alles mit." Dass Jan schlimmer tratscht als ein altes Waschweib, ist allgemein bekannt, aber ich dachte, dass er sich in dieser Situation ein wenig zurückhält.

Als ich Ollies Blick auf mir bemerke, setze ich mich aufrechter und nehme nochmal einen großen Schluck aus meiner Tasse. „Ich weiß nicht, was Jan für Märchen erzählt hat, doch mein Herz ..." Um es so zu sagen, wie er es gerade ausgedrückt hat. „... hat mir der Schnösel sicherlich nicht gebrochen. Wir hatten von Anfang an nichts Ernstes." Ich versuche, meine Gesichtszüge möglichst ungerührt zu halten. Vor Ollie werde ich mir nichts anmerken lassen. Eher friert die Hölle zu. Wochenlang wurde ich von allen Seiten bemitleidet, weil er mich betrogen hat. Nun werde ich nicht schon wieder in die Opferrolle rutschen. Ganz nebenbei geht ihn mein Liebesleben nichts an.

Er grinst schief und prostet mir nochmals zu. Bestimmt kennt er mich gut genug, um zu wissen, dass ich kein Typ für solche legeren Abenteuer bin, wie ich gerade vorgebe. Trotzdem sagt er nichts, und ich bin froh darüber.

Ohne es zu merken, habe ich den zweiten Caipirinha vor mir stehen. Marita hat so viel Zucker hineingemischt, dass ich das Zeug trinken kann wie Limonade, und heute sage ich nicht Nein, habe schon bald den nächsten. Ollie erzählt in seiner gewohnt lustigen Art Geschichten über kuriose Gäste und abstruse Sonderwünsche. Damit hat er mich damals schon gewinnen können, und auch jetzt legt er großen Charme an den

Tag. Ich biege mich vor Lachen. Dennoch vernebeln der Alkohol und seine Witze mein Gehirn nicht vollständig.

„Wo ist eigentlich Carmen?", frage ich irgendwann.

Normalerweise ist sie an seiner Seite, als klebte sie an ihm. Seitdem die beiden zusammen sind, habe ich keinen von ihnen ohne den anderen gesehen.

„Och. Lass uns nicht davon sprechen." Ollie murrt in seinen nicht vorhandenen Bart hinein.

„Ach was? Herrscht etwa Unwetter in eurem Hause?" Ich kann mir diese kleine Spitze nicht verkneifen, denn Carmens blödes Grinsen musste ich viel zu lang ertragen. Trotzdem dachte ich immer, dass es mir mehr Genugtuung verleihen würde, wenn die beiden von ihrer rosaroten Wolke heruntersteigen. Aber nun ist da Ben, und die Turtelei zwischen Ollie und Carmen scheint nicht mehr wichtig. Komisch, wie ein Mensch den Blickwinkel auf andere komplett verändern kann.

Mehr als ein genervtes Seufzen bezüglich der Abwesenheit seiner Freundin will mir Ollie nicht geben, und eigentlich interessiert es mich auch nicht.

Ich trinke aus und verabschiede mich von Marita, die mir für alle drei Gläser Caipirinha keinen einzigen Cent abknöpft.

Auf der Straße ziehe ich die Mütze tief ins Gesicht und möchte zur Straßenbahnstation laufen, als mich eine Hand aufhält.

„Sarah." Ollie steht hinter mir und guckt mich mit großen Augen an. „Ich ... Weißt du ... Ach, ich weiß auch nicht", stottert er und tritt einen Schritt näher. „Fühlst

du nicht immer noch etwas zwischen uns? Ich schon."
Seine Hand wandert an meine Wange.

Völlig verdattert stehe ich da, unfähig zu handeln. Das habe ich nicht kommen sehen.

„Ollie, wie ... Was meinst du?"

„Ich vermisse dich, Sarah, und ich möchte für uns kämpfen." Seine Augen wirken aufrichtig. Er meint das tatsächlich ernst.

Mein Herz rast, aber das tut es nicht aufgrund seines plötzlichen Liebesgeständnisses. Ich kann nicht einfach einen Schalter umlegen und auf Friede, Freude, Eierkuchen machen.

„Das fällt dir reichlich spät ein." Die Worte kommen kühl aus mir heraus, sogar kühler, als ich es vorhatte. Ich kann meine Gefühle nicht steuern, meine Reaktion nicht überspielen. Vielleicht ist es gut, nach all der Zeit so etwas wie eine Aussprache zu haben.

„Sarah, du wolltest mich nicht mehr." Ollies Stimme klingt energisch. Sein Gesicht ist zu nah an meinem.

Ich trete einen Schritt zurück, damit ich ein wenig Distanz zwischen uns bringen kann. Kurz warte ich, um ein paar Leute vorbei zu lassen, die sich fröhlich unterhalten, torkeln, vermutlich einen schönen Abend verbracht haben. Doch je mehr Sekunden verstreichen, umso verärgerter werde ich.

„Willst du mich verarschen?", frage ich, als wir wieder unter uns sind. „Du hast mich betrogen."

„Und das tat mir schrecklich leid. Ich war betrunken und habe einfach nicht nachgedacht." Er fährt sich mit beiden Händen durch die Haare, atmet tief durch. „Aber du konntest mir nicht verzeihen. Heute Abend hatte ich zum ersten Mal seit Monaten das Gefühl, dass wir wieder miteinander reden können."

In mir brodelt eine unbändige Wut auf, denn er legt sich die Wahrheit zurecht, wie es ihm passt. „Du verdrehst alles. Wenn du mir etwas Zeit gegeben hättest, um mit deinem Betrug fertig zu werden, wäre ich vielleicht in der Lage gewesen, neu anzufangen." Ich schnaube aufgebracht. „Doch du hast dich sofort in Carmens Arme geworfen."

Erneut tritt er einen Schritt auf mich zu. „Sarah, du bedeutest mir so viel. So viel mehr als Carmen. Das wusste ich immer. Aber als ich letzte Woche hörte, dass du dich mit diesem Schnösel aus dem Hotel eingelassen hast, ging alles mit mir durch."

Es irritiert mich, dass er Ben immerzu Schnösel nennt, doch mir fehlt die Kraft, ihn zu verteidigen. Warum sollte ich?

„Wir passen so wunderbar zusammen." Ollie streicht mit seiner Hand ein weiteres Mal über meine Wange. „Meinst du nicht, dass wir uns nochmal eine Chance geben sollten?"

Ich blicke zu ihm auf, wäge ab. Wir haben einst wunderbar zusammengepasst. Das waren schöne Zeiten. Und plötzlich fühle ich etwas, das ich lange nicht gespürt habe. Trotzdem so vertraut und irgendwie … schön. Seine Lippen streichen über meine. Ganz sanft. Vielleicht sollte ich mich einfach fallen lassen. Ohne etwas zu sagen, ziehe ich ihn an mich heran und erwidere seinen Kuss.

Kapitel 18

Ben

Seit mindestens einer Stunde starre ich an die Decke. Inzwischen kämpft sich sogar etwas Tageslicht durch die Jalousien. Als ich aufgewacht bin, war es noch stockdunkel. Issie schläft neben mir tief und fest. Kein Wunder. Sie ist erst in den frühen Morgenstunden aufgetaucht und hat sich zu mir ins Bett gelegt.

Nach getaner Arbeit im Münchner Büro saß ich für zwei Stunden in der Maschine nach Hamburg, ohne dass diese abhob. Kurz befürchtete ich, dass ich auch diesmal zurück ins Hotel fahren müsste, doch dann setzte sich das Flugzeug in Bewegung.

Isabell ließ mich wissen, dass sie mit ein paar Freunden das neue vegane Restaurant in der Stadt aufsuchen würde, und bat mich dazuzukommen. Ich lehnte ab, mit der Begründung, dass ich in den letzten Tagen extrem wenig geschlafen hätte und mir der Trubel gerade zu viel wäre, was definitiv nicht gelogen war. Ich wollte nichts lieber als alleine sein und ein bisschen Zeit für mich haben, anstatt schon wieder um die Häuser zu ziehen. Isabell war sehr enttäuscht, und ich ermunterte sie, ihren Plänen trotzdem nachzugehen. Ohne mich. Ist ja nicht ihre Schuld, dass ich eine seltsame Phase durchmache.

Jeder Schritt durch die Stadt fühlte sich unwirklich an. Ein Zuhause, in dem ich nicht mehr lange leben würde. Und obendrein hatte ich Issie wieder, die ich verloren geglaubt hatte. Es war wirklich Zeit, mir etwas Raum für mich zu nehmen, um über all das nachzudenken. Speziell das, was in München passiert ist. Mit Sarah. Mit Bambi.

Auf dem Weg zu meinem Apartment machte ich kurz Halt im kleinen Supermarkt um die Ecke und besorgte ein paar Dinge. Dann stellte ich mich in meine Küche und kochte. Bei aller Anstrengung konnte ich mich nicht daran erinnern, wann ich das zum letzten Mal getan hatte. Natürlich ist es kein Hexenwerk, Spaghetti Bolognese zuzubereiten, aber es schmeckte richtig gut. Sarah wäre stolz auf mich gewesen, und ich hätte mir gewünscht, sie zum Essen einladen zu können.

So saß ich da, mit meiner Pasta und einem Bier. Aus einer Laune heraus öffnete ich die kleine Schachtel, die aus meinem Koffer blitzte, und sah mir die Weihnachtskugel vom Tollwood an. *Ben der Böse.* Beim Lesen der Gravur musste ich laut auflachen. Und plötzlich wurde ich mir über etwas bewusst. Ich mache gar keine komische Phase durch. Es liegt allzu klar auf der Hand, was wirklich los ist.

Noch einmal hole ich tief Luft und stehle mich dann aus meinem Bett, in dem Issie nach wie vor schläft. Leise schließe ich die Tür zum Badezimmer. Die Dusche tut gut, und auch heute lasse ich das Wasser kalt an mir herunterlaufen. Langsam hilft es. Nach all den Tagen, die hinter mir liegen, werde ich klar im Kopf.

In der Küche mache ich mir einen doppelten Espresso, bevor ich anfange, das Chaos zu beseitigen. Hatte gestern keine Lust mehr, den ganzen Kram aufzuräumen.

Schnell kippe ich das Gesöff in mich hinein und fange an, die schmutzigen Töpfe und Pfannen vom Herd zu nehmen.

„Guten Morgen", kommt es verschlafen. Isabell steht im Türrahmen und gähnt herzhaft. „Was machst du denn schon so früh?"

„Hey. Sorry, habe ich dich geweckt?"

„Jein." Sie streckt sich und tritt näher. Nachdem sie mir ein Küsschen aufgedrückt hat, zieht sie die Nase kraus und guckt sich neugierig um. „Warum sieht's hier überhaupt so aus? Hast du etwa gestern gekocht?"

„Ja." Ich lache sie an. „War lecker."

Nachdem auch sie den Kaffeeautomaten betätigt hat, setzt sie sich mit ihrer Tasse an den Tisch.

„Wieso bist du denn nicht in die Stadt gekommen, um mit uns zu essen? Es war so lustig. Wir sind noch im Pixies gelandet und haben Sandy und Marcel getroffen. Die haben uns glatt für nächsten Samstag nach Venedig eingeladen. Sandy wird ihre Skulpturen bei einer Vernissage ausstellen", sprudelt es aus Issie ohne Punkt und Komma. „Eine Benefizveranstaltung zugunsten benachteiligter Kinder am Wochenende vor Weihnachten. Das wird eine riesige Sache. Viele große Namen werden dort sein. Du weißt ja, wie wichtig solche Veranstaltungen und die daraus resultierenden Kontakte für meine Karriere sind." Sie zählt einige Leute aus der VIP-Szene auf und lehnt sich vor. „Keine Angst. Am Sonntag sind wir zurück."

„Wir?", fahre ich dazwischen.

„Ich habe bereits für uns zugesagt, also kannst du nicht kneifen." Sie nippt an ihrem Espresso.

„Äh ... Eigent...", will ich widersprechen, bekomme aber keine Gelegenheit.

„Das wird mega. Du hättest gestern dabei sein sollen, als Sandy und Marcel davon erzählt haben. Dann wärst du mindestens so aufgeregt wie ich."

Das wage ich zu bezweifeln.

„Ich brauchte einen stillen Abend. Musste ein bisschen nachdenken und reflektieren", sage ich und räume die Töpfe und Teller in die Geschirrspülmaschine.

Isabell lacht auf. „Stiller Abend ... Nachdenken ... Kochen ... Meine Güte. Was ist denn mit dir während meiner Abwesenheit passiert?"

Ich zucke mit den Schultern und betätige die Knöpfe an der Maschine, um sie in Gang zu bringen.

„Ben der Böse", höre ich sie sagen und drehe mich zu ihr um. Issie hält die Weihnachtskugel in ihrer Hand. „Was ist das denn für ein Ding?"

Ich seufze. „Ein Souvenir."

„Ein Souvenir", wiederholt sie und zieht die Augenbrauen hoch. „Woher?"

Für einen Augenblick sammle ich mich, lehne mich an den Kühlschrank und verschränke die Arme. „Issie. Ich glaube, wir müssen reden."

Sie sieht mich mit großen Augen an, denn so ein Satz bedeutet selten etwas Gutes.

„Weißt du ... Du hattest recht."

„Womit hatte ich recht?"

„Mit allem, was du im Sommer bei unserer Trennung gesagt hast. Es ...“

„Halt. Moment mal“, unterbricht sie und legt die Weihnachtskugel in ihrem Frust unsanft aus der Hand. Kurz rollt das Ding über den Tisch, entscheidet sich aber doch dagegen, hinunterzufallen und in tausend Stücke zu zerbrechen.

„Es war eine Pause. Wie oft müssen wir noch darüber sprechen?“ Issie springt auf und kommt näher. „Ben, ich liebe dich. Wir gehören zusammen. Das ist mir jetzt klar. In den letzten Tagen habe ich so oft beteuert, wie leid es mir tut. Was soll ich denn noch tun?“ Ihre Stimme klingt hysterisch, und es tut mir so weh, aber der einzige Weg ist der nach vorne, nicht zurück.

„Issie, da ist nichts, was du oder ich machen können. Was zwischen uns war, ist nicht mehr da. Du wusstest es im Sommer schon, und mir ist es jetzt klar.“

Sie hatte damals all die Dinge genannt, die ich jetzt fühle. Fehlende Zeit, fehlende Leidenschaft, fehlendes Interesse. Und sie hatte recht. Wir haben uns in all den Jahren in verschiedene Richtungen entwickelt.

„Aber ich wollte keine Trennung“, haucht sie. Mit ihren blaugrauen Augen sieht sie mich an, kommt ganz nah und legt ihre Hand auf meine Wange. „Ich brauchte nur eine Pause von unserer Beziehung, damit wir uns darüber klarwerden können, was wir wollen. Und ich will dich.“

Ich weiche etwas zurück. „Das Problem dabei ist, dass du vergisst, dass an dieser Beziehung zwei Menschen beteiligt sind.“

Nun wird ihr langsam bewusst, was ich meine. Dass nicht sie der Spieler ist, der nicht mehr auf Kurs ist.

„*Du* warst gegen eine Beziehungspause. *Du* wolltest, dass alles so weiterläuft, wie es war."

Damit hat sie recht. Ich war komplett vor den Kopf gestoßen und verstand nicht, worüber sie sich klarwerden wollte.

„Was auch immer diese Pause bei dir bewirkt hat ..." Ich versuche, ihrem Blick standzuhalten. „... bei mir hatte sie den gegenteiligen Effekt."

Ich kann sehen, wie sehr sie meine Worte schockieren. Sie scheint wie erstarrt. Eine gefühlte Ewigkeit stehen wir so da. Keiner von uns wendet die Augen ab.

„Du willst es tatsächlich beenden? Uns beenden?"

Es tut höllisch weh. Vor mir steht die Frau, mit der ich die verrücktesten Dinge erlebt habe. Wir hatten so viele wundervolle Momente. Doch es ist vorbei.

„Es tut mir leid", sage ich und hole tief Luft. „Aber ich liebe dich nicht mehr. Nicht so, wie ich es sollte, um der Mann an deiner Seite zu sein."

Isabell steigen Tränen in die Augen. Sie versteht, dass ich meine, was ich sage, und dass sie an der Situation nichts ändern kann. Kurz trete ich auf sie zu, möchte sie in den Arm nehmen, doch sie weicht zurück.

Sie verschwindet ins Schlafzimmer. Ich bleibe in der Küche stehen, bin unfähig, mich zu rühren. Nach einer Weile steht sie vor mir, ist angezogen und einigermaßen zurechtgemacht. Sie legt ihren Schlüssel auf den Küchentisch und versichert mir, dass sie ihre wenigen Sachen in den nächsten Tagen abholen will. In all den

Jahren haben wir wegen unserer stressigen Jobs nie zusammengewohnt.

Als die Wohnungstür hinter ihr zufällt, fühle ich mich nicht besser oder befreiter. Auch Trauer oder Wut stellen sich nicht ein. Irgendwie hänge ich dazwischen, spüre gar nichts.

Seufzend setze ich mich und starre auf den Schlüssel, der da nun einsam liegt. Dann weicht mein Blick zu der Weihnachtskugel. Ich strecke meinen Arm aus und greife sie mir. Ben der Böse. Das Ding bringt mich tatsächlich immer zum Lächeln. Egal in welcher Situation. Einen Moment lang nehme ich mein Handy und überlege. Ob ich Sarah wenigstens eine Nachricht schicken sollte? Doch was soll ich ihr sagen? *Sorry, ich war mal kurz mit meiner Ex beschäftigt, aber es wäre schön, wenn ich jetzt wieder zu dir wechseln könnte?* Darüber muss ich ja selbst lachen. Sie würde mich zum Mond schießen und recht hätte sie.

Mein Telefon piept in meiner Hand und reißt mich aus den wirren Überlegungen. Henning. Perfektes Timing! Er fragt, ob ich mich mit ihm auf einen Drink treffen will. Auf jeden Fall!

Am frühen Abend gleitet mein Blick über die Alster. Inzwischen hat ein leichter Nieselregen eingesetzt.

„Moin", höre ich Henning hinter mir. „Dachte schon, wir sehen uns erst im nächsten Jahr." Er klopft mir beherzt auf die Schulter.

„Nein, nein. Bei dir lasse ich mich noch im alten Jahr blicken."

Wir begrüßen uns mit Handschlag.

„Sollen wir rüber zum Weihnachtsmarkt gehen? Da können wir uns bei einer Glühweinhütte unterstellen", schlägt er vor.

Wir trotten den Weg hoch zum Rathausplatz, der zwar wie immer vor Touristen wimmelt, aber wegen des nassen Wetters nicht ganz so überfüllt ist.

Hennig holt uns zwei Tassen, und wir ergattern einen der überdachten Stehtische.

„Leg mal los. Wie war die Bayernmetropole?" Geräuschvoll schlürft er seinen Glühwein.

Ich erzähle von meinen neuen Kollegen, dem wackeligen Start und von der Wohnung, die ich mir gesichert habe.

„Dann kann das neue Jahr anrollen. Sei versichert, dass ich dich als Erster besuchen komme."

„Jederzeit gerne. Und nun bist du dran. Wie war deine Party?"

Sofort setzt er ein fettes Grinsen auf. „Alter. Du hast was verpasst. Das war das Fest des Jahres. Es ging bis zum Sonntagabend."

Ich muss lachen. „Ihr habt durchgemacht? Ihr seid ja drauf." Typisch Henning.

„Ach, und ..." Er kratzt sich am Kopf und scheint nicht so recht zu wissen, ob er weiterreden soll. „Isabell war auch da. Sie wollte dich eigentlich überraschen, aber du bist ja nicht aufgetaucht."

„Ich weiß. Hat sie mir erzählt."

„Ah." Mehr sagt er nicht und nippt weiter an seinem Glühwein.

236

„Es ist aus." Ich hatte nicht vor, das Thema ansprechen, aber nachdem Henning es nun getan hat, kommt es doch aus mir heraus.

Er zieht die Augenbraue hoch. „War es nicht schon letzten Sommer aus? Ach nee", korrigiert er sich selbst. „Das war so ein Pausen-Dingens, richtig?"

„Japp. Am Donnerstag stand sie plötzlich vor meiner Tür in München und wollte es wieder versuchen. Und ich bin ein Idiot." Ich schenke meinem Kumpel einen eindeutigen Blick, und er kennt mich gut genug, um sofort zu verstehen.

„Wir haben uns versöhnt. Ich wollte wirklich, dass es funktioniert, aber ..." Ich schüttle den Kopf. „Es passt nicht mehr. Hat es im August nicht, und tue es jetzt noch viel weniger."

Henning prostet mir zu, ohne eine Regung zu zeigen.

„Du sagst gar nichts dazu?"

Gerade von ihm hätte ich ein überraschtes Gesicht erwartet. Nachdem mir Isabell die Beziehungspause aufgedrückt hatte, war ich ein paar Tage lang völlig fertig gewesen und die meiste Zeit bei ihm rumgehangen.

„Ich bin froh, dass du es endlich gerafft hast." Er lehnt sich gegen die Wand der Hütte und nimmt einen weiteren Schluck aus seiner Tasse.

„Ach was?"

„Ihr wart mal ein cooles Paar, aber im letzten Jahr war es nervig, euch zuzusehen. Ständig diese Streitereien." Er verdreht die Augen. „Du hattest keinen Bock, auf ihre Promiveranstaltungen zu gehen, und sie zeigte kein Verständnis, wenn du dich für deine Karriere reingekniet hast." Er wirkt nachdenklich, als er den Rest des Glühweins in seiner Tasse schwenkt. „Als sie nach New York abgedampft ist, war das für dich zwar erstmal ein Schock, aber letzten Endes hast du dich aufgerappelt und kamst ziemlich gut ohne sie klar."

Ich nicke stumm. Er hat mit allem recht.

„Als sie mich letzte Woche angerufen hat und mir sagte, dass sie eure Kiste wieder aufwärmen will, wusste ich echt nicht, ob ich das toll oder scheiße finden soll." Er guckt auf und zuckt mit den Schultern. „Aber wissen musst du es selbst. Da kann dir keiner helfen."

„Tja", brumme ich und halte ihm meine Tasse hin. „Um es mit deinen Worten zu sagen: Ich habe es endlich gerafft."

Wir stoßen an.

Danach holen wir uns einen weiteren Glühwein und reden von lustigeren Dingen. Er spricht von den Schandtaten auf seiner Party, und ich bringe es tatsächlich über mich, von meinem Auftritt als Nikolaus zu erzählen. Hennig lacht so laut, dass wir teilweise die Aufmerksamkeit der Leute in der Glühweinhütte auf uns ziehen.

„Alter, die Kleine muss ja mächtig Eindruck auf dich gemacht haben. Das hättest du nicht für jeden getan. Nicht mal für mich." Die letzten Worte spricht er in entsetzlich hohem Ton aus und nun spitzt er die Lippen.

„Du Idiot!" Ich schubse ihn lachend von mir.

„Stimmt doch oder etwa nicht? Sieht sie gut aus?"

„Lass das Thema. Ich will nicht ..."

„Na komm schon, rück raus damit. Sieht sie gut aus?" Feixend boxt er mir wiederholt in die Seite.

„Ja. Sie ist sehr hübsch."

„Uhu. Und sonst so?"

Ich hebe die Hände an. „Und sonst gar nichts."

Wieder boxt er mich übermütig in die Seite. „Alter. Sag schon. Ist sie aus München?"

Warum zum Teufel habe ich die ganze Geschichte erzählt? Jetzt wird er nie lockerlassen.

„Scheißegal. Ich hab es sowieso verbockt."

„Ach was. Verbockt?"

Ich nehme einen Schluck von meinem Glühwein. „Wenn sie ein bisschen was auf sich hält, wird sie sich nicht mehr mit mir einlassen."

„Och, du siehst das zu schwarz. Jede Frau hat ihren Preis."

Ich muss lachen. Hennings Ideen sind manchmal crazy. „Was? Meinst du etwa, ich halte ihr ein paar Scheine hin, und alles ist gut? Das kannst du vergessen."

„Doch nicht so. Was denkst du denn?" Er legt die Stirn in Falten, als sei ich schwer von Begriff. „Ich meine, dass jeder seinen weichen Punkt hat. Kommt darauf an, worauf deine kleine Perle steht. Was mag sie? Wenn du es nicht weißt, dann finde es heraus und verwende es zu deinen Gunsten."

„Mein Freund, hast du zu viele Spionagefilme geguckt?"

Henning zuckt mit den Schultern. „Rumjammern bring auf jeden Fall nichts. Wirst dich ein wenig ins Zeug legen müssen."

Tja. Da hat er eiskalt recht.

Wir lassen es gut sein und wechseln das Thema. Eine Weile unterhalten wir uns über Fußball und die Bundesliga. Als wir unsere Tassen geleert haben, sieht er auf die Uhr.

„So. Ich treffe mich gleich mit zwei Kollegen auf ein Bier. Kommst du mit?"

„Nope. Lass mal. Ich geh nach Hause."

Wir verabschieden uns, und ich will mich auf den Heimweg machen, als mein Blick auf eine der Verkaufshütten fällt. Geflochtene Strohanhänger für Weihnachtsbäume. Sarah hätte ihre Freude daran. Und bevor ich mich stoppen kann, kaufe ich einen davon, obwohl ich gar keine Verwendung dafür habe.

Kopfschüttelnd gehe ich mit meiner neuen Errungenschaft am Alsterufer entlang. Der Regen ist inzwischen stärker geworden. Ich blicke in die ungemütliche Nacht und überlege.

Kurzentschlossen nehme ich mein Handy und rufe Sarah an. Ich meine ... Mal sehen. Vielleicht geht sie ja ran. Es läutet. So lange, bis eine Computerstimme mir erzählt, dass diese Nummer nicht erreichbar ist.

Hm. Wahrscheinlich ist sie im Dienst. Keine Ahnung, ob es der Glühwein ist, der mir zu Kopf gestiegen ist, oder der Wille, sie zu erreichen, aber ich google die Nummer vom Anton-Xaver Hotel in München und rufe dort an.

Zweimal klingelt es, bevor ich eine bekannte Stimme höre.

„Einen schönen guten Abend im Anton-Xaver Hotel. Mein Name ist Tina Winkler. Wie kann ich Ihnen helfen?"

Eine Sekunde lang sammle ich mich und lege los. „Hi Tina. Hier ist Ben ... Ben Hansen. Könnte ich bitte mit Sarah sprechen?"

Kurz ist ein Schnauben zu hören, und dann bricht das Donnerwetter über mich herein.

„Sag mal, hast du eigentlich noch alle Tassen im Schrank? Du glaubst doch wohl nicht, dass ich dich mit ihr reden lasse. Du ... Du ..."

Ich schlucke. „Könntest du ihr vielleicht etwas ausrichten?"

„Nein. Das werde ich nicht tun. Lass sie in Ruhe und melde dich bloß nicht nochmal. Hast du mich verstanden?"

Sie wartet meine Antwort nicht ab und legt auf.

Scheiße.

Resigniert stecke ich das Handy in die Hosentasche. Ich wünschte wirklich, ich könnte einfach abschalten und mir mit Sprüchen wie ‚Dann eben nicht' und ‚Wer nicht will, der hat schon' einen entspannten Abend machen.

Ich laufe durch die feuchtkalte Nacht, während der Regen immer stärker wird. Meine Jacke lässt langsam die Nässe durchkommen. Eigentlich ist es an der Zeit, mir ein Taxi heranzuwinken. Es ist nicht so, als wären keine unterwegs. Aber irgendwie brauche ich einen klaren Kopf, muss nachdenken. Was ist da besser als eine kalte Dusche?

Als ich schließlich nach Hause komme, bin ich komplett durchgeweicht.

Und? Bin ich nun klüger?

Kapitel 19

Sarah

Heiß dampft der Tee, den ich aus der Thermoskanne in den zugehörigen Plastikbecher gieße. Vorsichtig schlürfe ich davon. Hmm. Lecker.

Hin und wieder halte ich die Tasse Tina hin, die sie dankend annimmt. Wir beide sind warm eingehüllt in unsere dicken Winterjacken, Schals, Mützen und Handschuhe. Trotzdem tut uns das Heißgetränk zusätzlich gut.

Dick hängt der Schnee in den Bäumen um uns herum. Ab und an fällt eine Ladung davon auf den Boden, weil die Äste ihn nicht länger halten können. Mit einem dumpfen Geräusch prallt er auf und legt sich dabei auf alles, was sich darunter befindet.

Während am Freitag die schöne Winterlandschaft in ein fades Grau übergegangen war, hat es gestern den ganzen Tag geschneit. Die zuvor traurigen Eishügel glänzen am heutigen Sonntagmorgen königlich weiß. So ziemlich alle Leute, die ich kenne, stöhnten genervt, weil es den Anschein hatte, Frau Holle wolle gar nicht mehr aufhören, die Flocken zu schicken. Ich allerdings freute mich wie ein kleines Kind. Bin eben unverbesserlich.

Nun sitze ich zusammen mit Tina auf einem Baumstumpf inmitten des Englischen Gartens, der sich wahrhaftig in eine Wintermärchenwelt verwandelt hat. Weiße

Hügel. Verschneite Bäume. Kaum Fußabdrücke. Die Luft ist kühl und frisch.

Gespannt beobachten wir ein Schauspiel, das so gar nicht in die Winterlandschaft passen will.

Surfer.

In spezielle Neoprenanzüge gehüllt reiten sie die Wellen, die ihnen der Eisbach bietet. Zu allen Jahreszeiten ein Touristenmagnet. Aber heute, am Sonntagmorgen, sind noch nicht viele Leute versammelt, um zuzugucken. Zugegeben schauen Tina und ich nur zu, weil Mark einer der Wahnsinnigen ist, die sich in die kalten Fluten werfen. Während sich die Jungs im Sommer artig anstellen, bis sie mit ihrem Brett an der Reihe sind, entsteht jetzt bei Schnee und Eis verständlicherweise keine Wartezeit. Zumindest fast nicht. Es sind nur mein kleiner, irrer Bruder und zwei seiner Freunde. Immerhin bekommen wir eine tolle Show zu sehen, denn alle drei machen eine wirklich gute Figur auf dem Board. Sie beweisen Standfestigkeit über mehrere Sekunden, bis sie in die Fluten fallen und vom Bach mitgenommen werden, der sie ein paar Meter weiter ausspuckt.

Tina steht brav bereit und filmt das verrückte Unterfangen, damit die Freunde das Video später auf YouTube hochladen können. Immer wieder reckt sie den Daumen in die Höhe, wenn Mark sie fragend anblickt. Irgendwann steckt sie ihr Handy weg. Bibbernd versucht sie, ihre Hände warm zu hauchen, und zieht sich ihre Handschuhe über.

„So, das ist genug. Falls er mehr Material will, muss er es selbst filmen", murrt sie und setzt sich zu mir.

Ich drücke ihr den Becher mit Tee in die Hand.

„Hmm. Danke." Sie schlürft daran und sieht den Jungs gedankenversunken zu. „Mark und seine verrückten Ideen. Das Neoprenzeug hat ein Vermögen gekostet."

„Na, wenigstens nutzt er es auch."

Er hatte schon mehrere Einfälle, die mit teurem Equipment verbunden waren. Vieles davon steht jetzt im Keller.

Mein Handy piept. Ich hole es aus der Jackentasche und ziehe meine Handschuhe aus, damit ich das Display entsperren kann. Eine Nachricht von meiner Mutter, die sich nächste Woche mit mir treffen will.

Tina sieht gebannt über meine Schulter, und ich drehe mich irritiert zu ihr um.

„Was ist denn mit dir los?"

Verlegen rückt sie ein Stückchen ab. „Ich hab nur Schiss, dass es einer von deinen beiden Pennern sein könnte."

„Wie bitte? *Meine* Penner?"

Ist ja nicht so, als ob ich mir Männer nach dem Schema aussuche.

„Du scheinst wirklich ein Magnet für Arschlöcher zu sein. Dabei weiß ich nicht, wer schlimmer ist. Ollie oder Ben."

Dann sind wir schon zwei. „Tja, da kannst du ne Münze werfen."

„Was hat sich Ollie dabei gedacht?"

„Ich glaube, das weiß nur er allein."

Ich hatte Tina von meiner Begegnung mit Ollie in Maritas Bar erzählt. Und auch von seinem Liebesgeständnis und dem daraus resultierenden Kuss auf der Straße. Kurz hatte ich mich darauf eingelassen. Dann aber fragte ich ihn, was genau sein Beziehungsstatus mit seiner Freundin war. Ich wollte auf keinen Fall auf Carmens Niveau herabsinken und einen vergebenen Mann ausspannen, selbst wenn der mein Ex ist, und ich ihn mir theoretisch nur zurückholen würde.

Ollie druckste ein wenig herum und gab zu, dass es zwischen den beiden zwar nicht so gut liefe, sie sich aber *noch* nicht getrennt hätten. Er versicherte mir, dass er sie sofort verließe, falls für ihn und mich eine Chance bestünde.

„Denkst du, dass er sich von Carmen trennen wird?"

Ich gucke Tina an und bemerke, wie sich meine Mundwinkel langsam heben. „Das ist mir ziemlich egal."

Zu meinem Entzücken meine ich das genau so, wie ich es sage. Nach Ollies seltsamen Bekundungen war mir restlos klar, dass ich nicht mehr mit ihm zusammen sein wollte. Nicht mit einem Mann, der seine Freundin ohne weitere Gedanken einfach so austauschen kann. Das sagte ich ihm und wünschte ihm viel Glück für die Zukunft. Das war alles.

Tina klopft mir anerkennend auf die Schulter. „Gut! Ich bin stolz auf dich. Hätte ja auch anders laufen können."

„Was meinst du?"

„Na, dass du dich in Ollies Arme geworfen hättest, nach der Enttäuschung mit Ben."

Ach, da haben wir das andere Thema, das mir leider nicht so egal ist wie die Sache mit Ollie.

„Weißt du ..." Ich stehe auf und laufe ein paar Schritte. Der Schnee knirscht unter meinen Stiefeln. „Es tut noch weh und das wird es wohl auch für eine Weile. Ich habe mich ziemlich in Ben verliebt."

Sie nickt verständnisvoll.

„Gestern hat er mich angerufen. Ich sah den Anruf auf dem Handy erst nach meiner Schicht."

Mein Finger war so nahe an der Wiederwahltaste. Ich wollte ihn so gerne zurückrufen.

„Hm, Sarah?", setzt Tina an, doch ich bin zu sehr in meinen Gedanken versunken, während ich Schneehäufchen mit der Schuhspitze hin- und herschiebe.

„Ich meine ... Was will er? Kurz dachte ich, dass er sich vielleicht entschuldigen möchte. Aber dann schüttelte ich meine ewige Naivität ab." Wütend schnaube ich vor mich hin. „Vermutlich steckt hinter seinem Anruf die Bitte, bloß nicht zu einem Schmierblättchen zu laufen, um von unserer Affäre zu erzählen. Immerhin ist seine Freundin ein bekanntes Model." Und dieser Gedanke hielt mich letztendlich davon ab, ihn anzurufen.

Tina kommt mir hinterher. „Dass ich nicht lache. Bekanntes Model. Höchstens C-Prominenz."

Wenigstens hat sie immer einen Spruch, der mich schmunzeln lässt.

„Du Sarah?", fängt sie nochmal an. „Ich hatte hin- und herüberlegt, ob ich dir das sagen soll. Aber ..."

„Was?"

„Ben hat gestern Abend auch im Hotel angerufen." Nun beißt sie sich auf die Unterlippe.

„Ach was? Wo war ich denn da?"

„Im Backoffice. Du hast die Zimmereinteilung gemacht."

Meine Gedanken tanzen im Kreis und fragen sich, wie es wohl gewesen wäre, wenn er ausgerechnet mich erreicht hätte.

„Was wollte er?"

„Mit dir reden. Ich sagte ihm, dass er dich in Ruhe lassen soll."

Nun muss ich wirklich überlegen, wie ich das finde. Ich schließe die Augen und halte die Nase in die kalte Luft. Ben versuchte also ernsthaft, mich zu erreichen, und Tina ließ ihn nicht. Eigentlich will ich ihr an den Kopf werfen, dass ich kein kleines Kind bin und meine Entscheidungen selbst treffen kann. Andererseits habe ich mich an ihrer Schulter schon so oft ausgeheult, dass ich sie nun nicht anfauchen möchte. Ganz zu schweigen davon, dass sie vermutlich recht hatte, ihn nicht zu mir durchzustellen.

„Bist du sauer auf mich?", fragt Tina kleinlaut.

„Nein. Aber beim nächsten Mal gibst du mir bitte Bescheid."

„Beim nächsten Mal? Du denkst, er meldet sich nochmal?" Ihre Augen verengen sich zu kleinen Schlitzen. „Willst du ihn dann etwa anhören?"

Ich zucke mit den Schultern. „Wenn er sich solche Mühe gibt, mit mir zu sprechen."

Ein Knackgeräusch unterbricht uns, und schon im nächsten Moment werde ich von einer Ladung Schnee getroffen. Der Ast über mir konnte die Menge nicht mehr tragen. Nun sehe ich aus wie ein Stück Kuchen mit Sahnehäubchen oben drauf.

Tina hält sich den Bauch vor Lachen, und auch die Jungs, die ihr kaltes Abenteuer beenden und zu uns stapfen, haben ihren Spaß.

„Das geschieht dir recht. Hoffentlich ist dir klar, dass das ein Zeichen ist."

„Ein Zeichen?"

„Ja. Für deine Dummheit! Lass dich von den Männern nicht so verarschen. Ben hat eine Freundin. Er konnte mir an dem Morgen seiner Abreise nicht mal in die Augen sehen. Eindeutiger geht es wohl nicht."

Ich fege den Schnee von meinen Schultern und richte mich auf. „Ja, ja. Schon gut."

Sie hat recht. Auch wenn es wehtut.

Tina und ich helfen den Jungs, die Bretter und das Equipment in den Kombi zu laden, der Marks Freund gehört, und verabschieden uns. Die drei stellen die Wagenheizung auf Hochtouren und fahren nach Hause.

Meine Freundin und ich machen uns auf den Weg in die Stadt, wo wir kurz was essen wollen und dann unsere Schicht anfangen. Ich bin so froh, dass wir beide zum Dienst eingeteilt sind, denn heute habe ich wirklich gar keine Lust. Viel lieber würde ich mich zu Hause mit einer Tasse heißer Schokolade und Lebkuchen an Benny kuscheln.

Der Nachmittag vergeht langsam. Die meisten Check-ins und -outs sind schon erledigt. Tina beschwert sich pausenlos über Frau Heralds Weihnachtsplaylist, die nach wie vor rauf- und runter läuft. Zwischendurch wechseln wir die Kerzen am Adventskranz. Durch die Dauerbeleuchtung brennen sie schnell nieder und müssen mehrmals in der Weihnachtszeit ausgetauscht werden. Die hausgemachten Plätzchen, die eigentlich für die Gäste vorgesehen sind, bleiben vor uns nicht sicher. Essen aus Langeweile kommt im Spätdienst am Sonntagabend ziemlich oft vor.

Plötzlich steht Carmen mit einer Flasche Champagner im Sektkübel vor uns. Breit grinsend stellt sie sich vor den Lift und wartet, bis dieser eintrudelt.

„Was grinst du denn so?", fragt Tina sie.

„Ach, ich wurde schon wieder auf Zimmer 212 bestellt. Heute mit Champagner. Neulich war es Frühstück, nicht wahr, Sarah?" Sie spielt auf letzten Sonntag an. „In dem Hotelzimmer muss etwas in der Luft liegen, hä?"

Sie trifft ins Schwarze. Bei der Erinnerung an den Tag und daran, dass all das gerade mal eine Woche her ist, tut es wieder weh.

Die Aufzugtüren öffnen sich. Sie tritt ein, dreht sich aber nochmal zu uns um. „Übrigens, tut mir leid, was dir passiert ist. Habe gehört, dass der Typ am Ende mit seiner hübschen Freundin abgezogen ist."

Tina platzt der Kragen. „Sieh du mal zu, dass du auf deinen Ollie aufpasst. Da hört man auch allerhand", bellt sie hinterher, ohne auf die Etikette zu achten.

Die Türen schließen sich hinter Carmen, und ich gebe Tina einen Schubs in die Seite.

„Was denn? Wenn ich es mir recht überlege, hättest du ihr dieses Würstchen ausspannen sollen. Nur, damit ihr das blöde Grinsen vergeht."

Ich klopfe ihr seufzend auf die Schulter.

Was schon vorher ein langweiliger Abend war, zieht sich nun wie Kaugummi. Tina schnattert in einem fort und lenkt mich wenigstens ein bisschen ab.

Während ich mich um einen Gast kümmere, geht sie ans Telefon. Als ich mit dem Check-in fertig bin, sieht sie mich mit großen Augen an.

„Was ist?"

Tina wedelt mit dem Hörer in ihrer Hand. „Ben der Böse ist dran."

Oh. Damit habe ich nicht gerechnet.

„Er will mit dir sprechen. Ich hätte ihn liebend gerne abgewimmelt, aber du wolltest ja informiert werden."

Okay. Ich straffe meine Schultern. „Kommst du kurz alleine klar? Ich nehme das Gespräch im Backoffice an."

„Na gut." Sie tippt die Nummer und legt auf. „Tu mir einen Gefallen. Lass dich nicht verarschen."

Ich schlüpfe durch die Tür ins Büro und habe Mühe, meine Wut im Zaum zu halten. Carmens dumme Anspielungen haben mir den Rest gegeben. Verarschen werde ich mich mit Sicherheit nicht lassen. Schnellen Schrittes gehe ich auf das klingelnde Telefon zu und reiße den Hörer an mein Ohr. Nur dann ... weiß ich nicht, was ich sagen soll. Einige Sekunden lang sprechen wir beide nicht.

„Sarah?", höre ich Bens vertraute Stimme.

Einen weiteren Augenblick muss ich mich sammeln. Carmens Spitze von vorhin läuft als Dauerschleife durch meinen Kopf: *Der Typ ist mit seiner hübschen Freundin abgezogen.* Was für ein bitterböses Spiel er durchgezogen hat. Enttäuschung mischt sich mit Wut.

„Ben. Bitte lass mich in Ruhe, okay?"

„Warte Sarah. Bitte leg nicht auf. Lass es mich erklären."

„Der einzige Mensch, dem du etwas erklären solltest, ist deine Freundin." Mein Ton ist so kühl, dass ich mir selbst fremd bin.

„So ist das nicht. Es tut mir schrecklich leid, wie das gelaufen ist. Ich war ... dumm und ... Isabell und ich ... wir sind nicht mehr zusammen."

Ich horche auf und lasse seine Worte auf mich wirken. Ben bereut, was passiert ist, und die beiden haben sich voneinander getrennt. Mein Herz möchte die Hoffnung auf eine gute Wendung für uns nicht aufgeben. Aber eine Stimme zischt mir zu, dass er in einer Beziehung war, als wir flirteten, tanzten, miteinander schliefen. Er hat seine Freundin eiskalt betrogen. Und sehr wahrscheinlich ist diese Trennung die Konsequenz, die Isabell daraus gezogen hat.

„Vielleicht ... Ich meine ...", will er fortfahren, doch ich habe genug.

„Das tut mir leid für euch", unterbreche ich ihn. „Ich wünsche dir alles Gute für die Zukunft."

„Sarah! Warte. Ich würde dich wirklich gerne wie..."

„Nein, Ben. Für mich ändert das nichts. Ich meine es ernst. Ruf mich nicht mehr an."

Ich lege auf.

Für eine gefühlte Ewigkeit hält meine Hand den Hörer, der nun auf dem Telefon liegt. Vielleicht habe ich Angst, sie wegzunehmen, weil sie zu sehr zittert. Ein verdammter Teil von mir wollte sich am liebsten in seine Arme stürzen. Das muss aufhören.

„Alles klar bei dir?" Tina lugt zur Tür herein.

„Ja." Ich atme tief durch und lasse das Telefon los. „Alles gut."

Ihre Augenbraue schiebt sich nach oben. „Und?"

„Nichts und. Ich habe ihm gesagt, dass er mich in Ruhe lassen soll."

„Wow." Sie nickt anerkennend. „Ich sagte es heute zwar schon mal, aber zweimal schadet nicht: Ich bin stolz auf dich."

Kapitel 20

Sarah

„Welches ist schöner? Das mit den Weihnachtssternen oder das, bei dem die Stechpalme eingearbeitet ist?", fragt mich meine Mutter vor einem Stand, der weihnachtliche Kränze und Gestecke anbietet.

„Das Zweite ist schlichter. Gefällt mir besser."

Absichtlich lehne ich mich etwas näher zu diesen Gestecken, denn sie riechen so gut. Überhaupt liegt ein toller Duft in der Luft. Nach Zimt, Schokolade und Punsch.

Mama will wenigstens einmal im Dezember auf den Weihnachtsmarkt am Chinesischen Turm gehen. Der liegt im Englischen Garten und ist wie fast alle Märkte in der Stadt bei den Touristen sehr beliebt. Daher bleibt mein Vater gerne fern. Gerade hat er die Ausrede mit seinem angeknacksten Fuß, aber das macht nichts. Mama und ich sind ähnlich weihnachtsverrückt und machen uns eine schöne Zeit.

„Papa wird murren, wenn du das anschleppst", wende ich ein. Genau wie ich liebt meine Mutter es, Weihnachtsdeko zu kaufen, egal wie viel sie davon schon hat.

„Ach papperlapapp." Sie lacht und bezahlt für das Gesteck. Dieses reiht sich nun in ihre heutigen Errungenschaften ein. Drei Strohanhänger. Eine Weihnachtskugel in Form eines Sterns. Neue Handschuhe.

„Sollen wir uns einen Punsch gönnen?", schlägt sie vor.

„Na klar. Nach all dem Shopping."

Wir lachen und schielen auf unsere Tüten, die sich angesammelt haben.

„Dann mal los." Sie hakt sich unter, und wir steuern eine der vielen Glühweinhütten an.

Obwohl meine Mutter einen Mittwoch für den Besuch gewählt hat, ist der Platz brechend voll. Am Wochenende möchte man sich gar nicht erst hierherwagen. Ein Geheimtipp ist dieser Weihnachtsmarkt schon lange nicht mehr. Trotzdem ist die Atmosphäre wie sonst nirgendwo, und der Schnee liegt immer noch ganz dick, was den Zauber vervielfacht.

An einer der Glühweinhütten ergattern wir eine Ecke am Tresen, und Mama lädt mich zu einem Punsch ein.

„Wie war eigentlich die Jazz-Veranstaltung neulich? Hattet du und Ben eine gute Zeit?"

Die Frage trifft mich völlig unvorbereitet. Ich hatte schon vergessen, dass meine Eltern Ben kennengelernt haben, und besonders Mama ihn ganz toll fand. Seitdem ist viel passiert.

„Am Samstag auf dem Tollwood", legt sie nach, weil ich sie ziemlich verdattert angucke. „Hat es euch nicht gefallen?"

„Äh ... nein ... Ich meine, ja ... Es hat uns schon gefallen ..."

„Wunderbar. Da bin ich aber beruhigt." Meine Mutter reibt sich zufrieden die Hände. „Wie war die Musik? Habt ihr getanzt?"

„Ja", seufze ich. „Die Band war sehr gut, und wir hatten einen schönen Abend." Ich muss dringend das Thema wechseln.

„Dieser Ben ist so ein netter junger Mann und sieht auch noch sehr passabel aus. Und er ...""

„Mama", unterbreche ich ihre Lobeshymne auf ihn. „Das mit Ben ... wird nichts, okay?"

Nachdem sie natürlich nicht aufhört zu bohren, erzähle ich ihr die Kurzfassung von dem, was passiert ist. Und sie wäre nicht meine Mutter, wenn sie meine Enttäuschung nicht bemerken würde. Als wir unseren Punsch leer getrunken haben, kann sie sich bereits ein gutes Bild von meinem Zustand machen.

„Ach Kekschen." Sie nimmt mich in den Arm. „Weißt du, was alles besser macht?"

„Nein."

„Mehr Punsch."

Ich muss lachen.

Mama winkt den guten Mann in der Hütte nochmal zu uns, und nur kurze Zeit später halten wir wieder zwei volle Tassen in der Hand.

Sie schlürft ein wenig von ihrem Getränk, wirkt nachdenklich.

„Und da kann man wirklich nichts mehr machen?", fragt sie plötzlich. „Ich meine ... Ben sagte, er und seine Freundin haben sich getrennt, und offensichtlich war es ihm wichtig, sich bei dir zu entschuldigen."

„Ach Mama", seufze ich. Diese Gedanken sind in den letzten Tagen ständig in meinem Kopf gekreist. „Ich war ... Ich bin so hin- und hergerissen. Einerseits war ich in dem Moment so sauer auf ihn." Meine Gründe habe ich ihr bereits erzählt und stehe nach wie vor zu ihnen. „Andererseits wünschte ich im Nachhinein, ich hätte ihn ausreden lassen. Er wollte alles erklären, und ich gab ihm keine Chance dazu. Vielleicht hätte ich besser damit abschließen können."

Mama nickt nur. Selbst sie hat nicht viel hinzuzufügen.

„Jetzt ist es sowieso egal. Er hat sich nicht mehr gemeldet. Tut also, worum ich ihn gebeten hatte." Ich setze ein tapferes Lächeln auf.

„Och Kekschen." Mama reibt mir liebevoll über den Rücken. „Es ist schwer, einen Partner zu finden, mit dem man glücklich wird. Aber viel wichtiger ist, dass man mit sich selbst glücklich ist."

Da hat sie recht.

Eine schöne Weisheit, die ich mir zu Herzen nehmen will. Auf jeden Fall werde ich versuchen, mir in Zukunft mehr Zeit zu geben, wenn ich mich auf jemanden einlasse. Als Ben auftauchte, war ich kaum über Ollie hinweg. Ruckzuck wollte ich jeden Tag mit Ben verbringen, vermisste ihn, wenn er nicht bei mir war. Meine Gefühle für ihn wurden viel zu schnell viel zu intensiv. Dabei führe ich doch ein gutes Leben, auch ohne Mann, kann stolz auf mich sein und glücklich.

Die Woche verfliegt ohne weitere Vorkommnisse, und der Weihnachtsstress nimmt an Fahrt zu. Ollie hat keine Konsequenzen gezogen und sich nicht von Carmen getrennt. Fast tut sie mir leid. Sie hat wirklich keine

Ahnung, dass der von ihr abgöttisch geliebte Mann sie vor ein paar Tagen beinahe weggeworfen hätte. Er würdigt mich seit dem Abend keines Blickes, was mich wenig interessiert.

Als ich am Samstag nach meiner Frühschicht aus dem Hotel komme, gleicht die Stadt einem Ameisenhaufen. Jeder macht so kurz vor dem Fest die letzten Besorgungen.

Gutgelaunt hüpfe ich in die Tram und freue mich auf den Abend. Laura hat eine kleine Weihnachtsfeier bei Marita organisiert. Nur für die Mitarbeiter der Rezeption. Vor zwei Tagen hatten die Heralds für ihre Hotelangestellten eine große Feier veranstaltet, aber ich war zur Spätschicht eingeteilt und bin nach Feierabend nur auf einen Drink dazugestoßen. Umso größer ist nun meine Vorfreude auf den kommenden Abend. Tina hat sich dafür sogar extra ein neues Top gekauft.

An meiner Haltestelle steige ich aus der Straßenbahn und laufe den Bürgersteig entlang. Obwohl sich das hübsche Weiß des Schnees am Straßenrand wieder in ein Grau verwandelt hat, bin ich froh, dass er noch liegt. Hoffentlich bleibt es über Weihnachten so. Mit fliegenden Schritten erklimme ich die Stufen in den fünften Stock und komme abrupt zum Stehen.

Ben sitzt vor meiner Tür.

„Bambi." Er lächelt mich an, und alleine das lässt mein Herz aus seiner gewohnten Bahn springen.

Ich hasse, dass er das kann.

Dann frage ich mich, ob ich halluziniere. Oder ist das eine dieser Shows mit der versteckten Kamera?

„Ben." Etwas verkrampft steige ich die letzten beiden Stufen hoch. „Was machst du hier?"

Er erhebt sich. „Ich bin ins Haus gekommen, weil ein anderer Mieter gerade herausging. Aber Tina wollte mir eure Wohnungstür nicht öffnen."

„Was? Wie lange sitzt du denn da schon?"

Er zuckt mit den Schultern. „Eine Weile."

Unsicher spiele ich mit dem Schlüsselbund in meiner Hand.

„Du hast gesagt, ich soll dich nicht mehr anrufen. Daran habe ich mich gehalten. Du hast nicht erwähnt, dass ich nicht herkommen darf."

Sein typisches Grinsen legt sich auf seine Lippen.

Obwohl mein erster Reflex es ihm nachmachen möchte, mahne ich mich selbst dazu, meine Gesichtszüge im Griff zu behalten.

„Okay. Punkt für dich", sage ich ruhig und nüchtern. „Und warum bist du hier?"

„Ich würde wirklich gerne mit dir reden."

„Du willst mir nicht erzählen, dass du dafür extra aus Hamburg angereist bist."

„Doch. Das bin ich. Wie gesagt, du hast mir verboten, dich anzurufen."

O-kay. Etwas ungläubig nehme ich diese verrückte Info auf.

Er reibt sich die Hände. Wenn er hier tatsächlich schon länger sitzt, ist ihm vermutlich kalt.

„Also gut." Ich schiebe mich an ihm vorbei und stecke den Schlüssel ins Schloss. „Dann komm rein."

Ich öffne die Tür, klopfe meine Schuhe ab, und schon kommt uns Tina entgegen. Sie hält inne, als sie Ben hinter mir eintreten sieht. Mit einem eindeutigen Gesichtsausdruck lasse ich sie wissen, dass ich alles im Griff habe. Sie verdrückt sich in die Küche. Ich lotse Ben in mein Zimmer, um in Ruhe sprechen zu können. Benny huscht herein, bevor ich die Zimmertür schließe. Vermutlich liegt er auf der Lauer, damit er im Ernstfall kratzen kann.

„Setz dich." Mit meiner Hand deute ich auf das Sofa, das so ziemlich die einzige freie Stelle im Raum ist. Nachdem es nur noch wenige Tage bis Weihnachten sind, hat der Geschenke-Einpack-Prozess begonnen.

„Ich hatte keine Ahnung, dass die strenggeheime Elfenwerkstatt vom Weihnachtsmann nicht am Nordpol liegt, sondern in München." Er lässt seinen Blick durchs Zimmer streifen. Zahllose Rollen mit Geschenkpapier. Schleifen in allen Farben. Sternchenaufkleber. Was auch immer man für ein ansehnliches Geschenk braucht, ich habe es.

Wortlos zucke ich mit den Schultern und mache keine Anstalten, mich zu ihm zu setzen.

Eine Stille entsteht, die uns beiden unangenehm zu sein scheint. Benny streicht um meine Füße, bis ich ihn schließlich auf den Arm nehme. Mit ihm als Schutzschild fühle ich mich etwas mutiger.

„Also Ben. Sag, was du zu sagen hast."

Er reibt sich mit den Händen über seine Knie und stößt den Atem scharf aus. Wenn ich es nicht besser wüsste, könnte ich glauben, dass ihm die Worte fehlen. Fast tut er mir ein wenig leid.

„Vielleicht fange ich einfach ganz von vorne an zu erzählen", schlägt er vor.

Ich stimme ihm mit einem kurzen Nicken zu.

„Ich bin mit Isabell zusammengekommen, als ich achtzehn war. Wir waren ein tolles Paar und über viele Jahre glücklich miteinander. Nur ... irgendwann waren wir es nicht mehr. Im letzten Sommer bat sie mich um eine Beziehungspause."

Meine Augenbrauen ziehen sich wie von selbst nach oben. Beziehungspause. Ich dachte, sowas gibt es nur im Fernsehen.

„Ich war so in unserem Trott versunken, dass ich nicht bemerkt hatte, wie unglücklich wir eigentlich waren. Und ich wollte es nicht sehen. Danach ging sie für einen Modeljob nach New York, und ich blieb gekränkt zurück." Ein Seufzen kommt ihm über die Lippen. „Irgendwann fing ich an, mich aufzurappeln, machte weiter. Dann kam der Job in München, und ich ergriff die Chance."

„Und da wart ihr irgendwie zusammen und auch nicht." Ganz kann mein Gehirn diese Informationen nicht zusammenwürfeln.

„Tja. Das ist das Problem bei solchen Pausen. Man weiß nie, woran man ist."

Meine Mimik ist unverändert. Ich bin mir nicht sicher, was ich davon halten soll.

„Als ich dich traf, waren Isabell und ich im eigentlichen Sinne kein Paar mehr. Ohne es bemerkt zu haben, war ich längst über sie hinweg. Mir ist wichtig, dass du das weißt." Er steht auf und kommt zu mir. „Der einzige

Fehler war, dass ich nicht für klare Verhältnisse gesorgt habe."

„Was ist dann letzten Donnerstag passiert?", murmle ich mehr in Bennys Fell als frei heraus.

Ben fährt sich mit seiner Hand durch die Haare.

„Isabell suchte mich im Hotel auf", antwortet er das Offensichtliche. „Das hast du ja bestimmt mitbekommen."

Scherzkeks.

Ich nicke, ohne etwas zu sagen.

„Sie war zurück aus New York und wollte wieder mit mir zusammen sein. Und ich ..." Er zögert einen Moment. „... habe mich zu dieser Idee hinreißen lassen."

Ich drücke Benny fester an mich, kann Ben nicht in die Augen sehen. „Was willst du dann von mir?"

„In den vergangenen Tagen habe ich viel nachgedacht, gegrübelt und gebrütet. Isabell und ich haben unsere Beziehung ein für alle Mal beendet. Es ist vorbei."

„Und warum erzählst du mir das?"

„Weil ich nicht aufhören kann, an dich zu denken. Und weil ich dich um eine zweite Chance bitten will."

„Eine Dritte", stelle ich klar. „Die zweite Chance hast du schon bei Marita bekommen, nachdem du dich beim Check-in so unmöglich verhalten hast. Weißt du nicht mehr?"

„Stimmt." Ein Flüstern ganz nah an meinem Ohr.

Mein Herz rast so laut, dass Benny in meinem Arm unruhig wird. Noch immer starre ich auf das Fell meines Katers, weil ich es nicht schaffe, zu Ben aufzublicken.

„Gibst du sie mir?"

Die Versuchung, einfach Ja zu sagen und mich in seine Arme zu werfen, ist groß. Doch es wäre falsch. Hatte ich nicht gerade erst Ollie einen Korb gegeben, da er seine Freundin scheinbar mühelos auswechseln kann?

Nein. Ich habe eine bessere Idee.

„Nicht heute", sage ich und sehe ihm schließlich in die Augen.

Er schluckt. Enttäuschung liegt in seinem Gesicht.

Benny hat inzwischen genug von der Intensität des Gesprächs und springt von meinem Arm auf den Boden.

„Ich will mich nicht nochmal so schnell auf etwas einlassen. Das tut mir nicht gut. Aber ..." Nun berühre ich seine Hand ganz leicht mit meiner. „... eine Chance für uns wäre schön."

„Ja?", haucht er an meine Stirn.

„Ja." Meine Finger verhaken sich mit seinen. „Wenn du im Januar in die Stadt ziehst, könnten wir von vorne beginnen und uns ehrlich kennenlernen ... ohne Ex-Freund und Ex-Freundin im Nacken. Ohne Ballast. Ganz von Anfang an."

„Der Gedanke gefällt mir." Er lehnt seine Stirn an meine und verharrt dort für einen Augenblick. „Ich habe dir was mitgebracht", sagt er und zieht etwas aus der Jackentasche. „Das habe ich in Hamburg auf einem Weihnachtsmarkt entdeckt und musste an dich denken."

Es ist ein kleiner Anhänger für meinen Weihnachtsbaum. Ein aus Stroh geflochtenes Reh.

Ich kann mir das Lachen nicht verkneifen. „Du hast echt einen verrückten Fetisch. Weißt du das?"

„Der entfaltet sich nur bei dir."

Epilog

Ben: ein Jahr später

„Ich glaube, er lehnt doch etwas nach links."

Von hinten trete ich an Sarah heran und richte ihren Kopf gerade, den sie schief gelegt hat.

„So besser?"

Sie boxt mich in den Oberarm.

Gespielt wanke ich in Richtung des Tannenbaums, welcher der Wohnung beachtlichen Platz stiehlt. „Vorsicht. Sonst falle ich noch in dein geliebtes Ungetüm."

Wieder spüre ich ihre Faust.

„Autsch. Wenn du nicht gleich aufhörst, werde ich auch handgreiflich."

„Ja? Was willst du denn machen?"

Ich lege meine Lippen an ihren Hals. „Oh, da fallen mir tausend aufregende Dinge ein", flüstere ich in ihr Ohr, bevor ich sanft hineinbeiße.

Sie quiekt auf und möchte flüchten, aber ich lasse sie nicht los.

„Ich glaube, ich muss heute noch ein Reh erlegen."

Den Spitznamen hat sie nun inne und für den Moment lässt sie es sich gefallen.

Ich musste mir das Vertrauen meines Bambis hart erarbeiten. Als ich im Januar nach München zog, hat sich Sarah längst nicht gleich auf mich eingelassen, wollte es wie angekündigt langsam angehen lassen. Zwei Wochen habe ich gebettelt, bis sie sich von mir zu einem simplen

Tee einladen ließ. Dann rückten wir zu einem Kinobesuch vor, und schließlich fragte ich sie, ob ich für sie kochen dürfe. Das wollte ich unbedingt machen, und sie willigte ein. Zufällig – mehr oder weniger – wählte ich dafür den Valentinstag. Ups. Kitschig, aber nicht ohne Wirkung. Ein romantisches Abendessen mit etwas Rotwein und danach die verschmitzte Frage, ob sie auf einen 'Kaffee' bleiben wolle.

Seitdem sind wir zusammen, und ich genieße jede Minute mit ihr. Besonders jetzt gerade, denn inzwischen liegt sie vor mir auf dem Sofa, und ich habe ihr Shirt ein Stück nach oben gezogen. Ich verteile kleine Küsse um ihren Bauchnabel.

„Doch. Er ist schief", höre ich sie sagen und gucke zu ihr.

„Was? Du wagst es, dich auf den Baum zu konzentrieren, während ich dich mit allen Mitteln verwöhne?"

Sie guckt schuldbewusst. „Tut mir leid."

„Nein, tut es nicht." Ich beiße sie leicht.

Sarah kichert und strampelt. „Okay, okay, tut es nicht. Ich liebe diesen Baum. Immerhin musste ich für ihn ein Ultimatum eingehen."

Das stimmt. Irgendwann letzten Herbst wiederholte sie, wie perfekt ein Weihnachtsbaum in die Ecke zwischen Küche und Wohnbereich passen würde. Daraufhin erinnerte ich sie an die Worte, die sie bei der Besichtigung gesagt hatte: *Wenn ich hier die Hausherrin wäre, wüsste ich genau, wo ich den Weihnachtsbaum aufstellen würde.* Also sagte ich ihr klipp und klar, dass sie einziehen müsse, um mich dazu zu bringen, einen zu besorgen. Nach einigem

Überlegen und Abwägen tat sie es. Seit zwei Wochen leben wir zusammen. Das hatte zur Folge, dass Tina zu Mark gezogen ist. Wir halfen uns alle gegenseitig beim Umzug. Benny der Böse ist in der WG geblieben. Sarah wollte ihn nicht aus seiner gewohnten Umgebung reißen, und bei Mark und Tina hat er ein gutes Leben. Ich muss zugeben, dass ich nicht sehr traurig darüber bin. Wir haben uns zwar angenähert, aber vertrauen tue ich dem Tierchen immer noch nicht.

Und seit heute steht Sarahs ersehnter Weihnachtsbaum in unserer Wohnung. Sie durfte sich die Tanne aussuchen und wählte natürlich eine, die gerade so hereinpasst. Das Ding ist riesig, mindestens zwei Meter hoch. Vorhin haben wir ihn liebevoll geschmückt. Neben vielen Lichtern zieren ihn goldene und rote Weihnachtskugeln. Unsere beiden gravierten Kugeln hängen stolz auf Augenhöhe.

„Was muss ich machen, um deine volle Aufmerksamkeit zu bekommen?", will ich wissen.

Sie wendet sich zurück zu mir. Inzwischen hat sie diesen scheuen Blick perfektioniert, und ich kann aus Erfahrung sagen, dass rein gar nichts scheu daran ist. Sie weiß, was sie mit mir anstellt, wenn sie mich so anguckt. Das Lächeln, das sich auf ihre Lippen legt, verrät sie.

Sanft streiche ich die eine widerspenstige Haarsträhne hinter ihr Ohr, die sich mir immer kampflustig entgegenstreckt. „Wer hätte das gedacht, als ich vor einem Jahr gestresst in das Anton-Xaver-Hotel eingecheckt bin?"

„Tja, Herr Hansen", flüstert sie und zieht meinen Kopf näher an ihr Gesicht heran. „Lass deine schlechte Laune niemals an anderen Leuten aus. Es könnte ja ..."

„... eine hübsche Rezeptionistin sein, die mich völlig um den Verstand bringt", vervollständige ich ihren Satz.

Sie lacht. „Oder einfach nur die Ex-Schulfreundin aus der vierten Klasse."

„Stimmt. Oder die große Liebe".

Ihre Augen weiten sich.

„Oder ..." Ich lege meine Lippen auf ihre und küsse sie sanft. „... alle drei Möglichkeiten auf einmal."

-ENDE-

Weihnachts-Playlist

Oh Tannenbaum
Oh du Fröhliche
Happy Xmas
Kling Glöckchen
Stille Nacht
Last Christmas
Winter Wonderland
White Christmas
Sleigh Ride
Have yourself a merry little Christmas
It's beginning to look a lot like Christmas
Santa Claus is coming to town
Petit Papa Noel
Feliz Navidad
All I want for Christmas
Do they know it's Christmas
Ave Maria
Fairytale of New York

Ich hoffe, dass du richtig schön in
Weihnachtstimmung gekommen bist. Ich wünsche dir
und deinen Lieben eine wundervolle Weihnachtszeit
und ein frohes Fest.

Ende?

Eine Bitte, bevor Du das Buch zuschlägst ...

Ich hoffe, dass Dir diese Geschichte gefallen hat. Es würde mich sehr freuen, wenn Du eine Rezension auf einem Deiner Lieblingsportale für Bücher hinterlassen könntest. Dieses Feedback hilft meiner Geschichte von anderen Lesern gefunden und gelesen zu werden. Außerdem lässt es mich Deine Eindrücke erfahren und die sind mir sehr wichtig.

Mehr zu mir und meinen Geschichten findest Du bei:
Website: www.stefaniebrunswick.com
Instagram: Stefanie.Brunswick
Facebook: Autorin Stefanie Brunswick
Wenn Du Dich bei meinem Newsletter anmeldest, kannst du alles zu meinen Schreibprojekten erfahren: www.stefaniebrunswick.com/newsletter

Danke

Last but not least:

Danke schön!

Da mich das Jahr 2021 deutlich ausgebremst hat, erfreue ich mich umso mehr, dass mein Weihnachtsroman erscheinen kann. Geschrieben hatte ich ihn in Reckortzeit. Dabei hat sich die Liebesgeschichte zwischen Sarah und Ben wundervoll mitten unter all die weihnachtlichen Bräuche geschlichen, die ich als Deutsche im Ausland so sehr vermisse. Das ging wie von selbst.

Aber natürlich haben mir auch diesmal wieder ganz viele liebe Menschen dabei geholfen, dass aus einer Idee ein echtes Buch wird.

As always, the person I need to thank most is my wonderful husband. Thank you so much for believing in me, supporting my madness and simply loving me. I couldn't write about love, if it wasn't for you.

And I'm sending kisses to my kiddies, who appreciate the fact that Mummy writes books a little more these days.

Ein großes Dankeschön geht an die wundervolle Daniela vom Textkabinettchen, die das Lektorat übernommen hat und mir geduldig zur Seite stand.

Ein überdimensionales, riesiges, mega Danke sende ich an meine Wortwiederholungspolizei, Englische-Wortwahl-Aufschreierin, Schlechte-Grammatik-Hervorheberin und einfach nur Zuhörerin Mila Marten. Ohne dein Korrektorat müsste ich mich jetzt hinter meinem Sofa verstecken. Ich habe absolut keine Ahnung, was ich ohne dich machen würde.

Ein großer Schmatz geht an Bridget Lionhill. Du hast noch mehr Herz in die Geschichte gebracht.

Vielen lieben Dank auch an die aufmerksamen Testleserinnen Alex und Evi, die mit ihren wachsamen Augen darangingen und mir Schwachpunkte aufgezeigt haben.

Ein massives Danke an die talentierte Jessica Dueren. Du musstest dich wieder Mal in meinen Kopf denken und hast ein wunderhübsches Cover gezaubert.

Ein Dankeschön auch an Jen für deine Anmerkungen über die Arbeiten an einer Hotelrezeption. Und an Stephan, für die Geschichte mit der beißenden und kratzenden Katze. Daraus wurde 'Benny der Böse', auch wenn er nicht so böse geraten ist, wie die Katze aus deiner Erzählung.

Herzlichen Dank an den süßen Dackel Anton-Xaver, der sich als Namenspatron für mein Münchner Hotel zur Verfügung gestellt hat.

Der größte Dank gilt Dir, lieber Leser. Vielen lieben Dank, dass ich Dir die Geschichte von Sarah und Ben erzählen durfte.